ALICE EN DANGER

Le Paradis des ratés, 2000.

ED MCBAIN

ALICE EN DANGER

*Traduit de l'anglais (États-Unis)
par Guy Abadia*

Thriller

Collection dirigée
par Frédéric Brument

Titre original : *Alice in Jeopardy.*
Première édition : Simon and Schuster, 2005.

Tous droits de traduction, de reproduction et d'adaptation réservés pour tous pays.

© Hui Corp, 2005.

© Éditions du Rocher, 2006, pour la traduction française.

ISBN : 2 268 05919 7

Pardonnez-moi, mais c'est l'amour de ma vie,
comprenez-vous ?
Et c'est pourquoi je dédie celui-là aussi
à mon épouse Dragica.

MERCREDI
12 MAI

1

À l'instant précis où le cauchemar habituel la réveille, elle se dresse comme un ressort au milieu du lit.

Où suis-je ? se demande-t-elle.

Et elle regarde le réveil sur la table de nuit en battant des cils.

7 h 15.

Aussitôt, elle est opérationnelle.

— Les enfants ! s'écrie-t-elle. Jamie ! Ashley ! Debout ! On est en retard ! Levez-vous !

Elle entend des grognements qui viennent du couloir. C'est la voix d'Ashley. Jamie ne dit plus rien depuis près de huit mois maintenant.

— Vous êtes debout ? crie-t-elle.

— Oui, m'man ! répond Ashley.

Elle a dix ans et c'est l'aînée.

Elle a les yeux marron et les cheveux bruns. Comme sa mère. Jamie, huit ans, ressemble plutôt à son papa. Blond aux yeux bleus. Elle n'est plus capable de plonger son regard dans ces yeux-là sans que le souvenir de cette affreuse journée lui revienne à l'esprit.

Elle secoue la tête pour chasser le cauchemar et quitte son lit.

Sous la douche, elle se rend compte qu'elle a bien réglé la sonnerie du réveil, mais qu'elle a oublié de l'activer. Elle se dépêche tellement de se savonner qu'elle laisse tomber la savonnette sur son petit orteil gauche et hurle de douleur. On croirait qu'elle a reçu un coup de marteau sur le pied.

— Bordel de merde !

Elle se baisse pour ramasser l'objet glissant, et sa fesse cogne le levier du mélangeur mural. Aussitôt, l'eau devient glacée. Surprise, elle se redresse, lâche de nouveau la savonnette, qui tombe cette fois-ci à côté de son pied. Elle s'écarte du jet glacé en se disant : *Rien de tout ça ne serait en train de m'arriver si Eddie était encore vivant.*

Mais Eddie n'est plus là. Eddie est mort.

Les larmes lui montent aux yeux.

Elle tend le bras à travers la cataracte d'eau glacée pour fermer le robinet.

Les enfants sont censés être à l'école à 8 h 15. Elle a vingt minutes de retard. Jamie a oublié sa casquette rouge porte-bonheur, et il faut qu'elle retourne la chercher à la maison. La circulation sur la Route 41 est bouchée à cette heure-ci, bien qu'on soit hors saison. Le temps de rapporter la casquette à l'école et de se rendre au bureau par le périphérique, et il n'est pas loin de 9 h 30. Elle a rendez-vous avec Reginald Webster à 10 heures. Ce qui lui laisse à peine le temps de regarder ses mails, de jeter un coup d'œil aux nouveaux listings déposés par Aggie sur son bureau et de mettre un peu de rouge à lèvres, car elle n'a pas eu le temps de le faire avant de partir. Elle va une dernière fois aux toilettes, et il est déjà là !

Il doit avoir dans les quarante-trois ans. Grand de taille, assez beau garçon, plus ou moins. Bronzé à force de passer des heures sur le pont de son Catalina de dix mètres. Il cherche une baraque au bord de l'eau avec poste d'amarrage.

— Tout le monde m'appelle Webb, lui dit-il. Ça sonne mieux que Reggie, vous ne trouvez pas ? (Il garde sa main dans la sienne un peu trop longtemps.) N'importe quoi mais pas Reggie. Alors, vous m'avez trouvé quelque chose ?

— Je crois, fait-elle en retirant sa main. Vous voulez du café, ou vous préférez qu'on commence tout de suite ?

— Un petit café, c'est pas de refus, s'il est déjà prêt.

Elle appelle Aggie à l'Interphone et lui demande d'apporter deux cafés. En attendant, elle montre à Webb les photos d'une douzaine de maisons qu'elle a trouvées sur Internet. Il y en a deux à Willard Key et une à Tall Grass qui ont l'air de l'intéresser. Les deux marinas sont à des extrémités opposées de Cape October. La journée promet d'être longue.

Aggie entre avec un plateau contenant deux tasses de café, un pot de crème et un sucrier. En posant le pot de crème et le sucrier sur le bureau, elle bouscule accidentellement la tasse de Webb, dont le contenu se renverse sur sa jambe de pantalon gauche. Il fait un bond, pousse un cri mais retrouve son calme instantanément.

– Ce n'est rien, dit-il en riant. J'avais déjà fait le plein pour la journée, de toute manière.

Elle se met à expliquer à Reginald Webster l'origine du nom Cape October. Ils viennent de visiter les deux maisons de Willard Key et roulent à présent en direction de Tall Grass.

– C'est parce que les touristes commencent à arriver en octobre, suggère-t-il.

– Mais non, mais non. Il s'agit plutôt d'un curieux mélange de séminole et d'espagnol.

Elle explique que lorsque les premiers Espagnols ont débarqué au sud-ouest de la Floride, les Séminoles utilisaient déjà le mot *tha-kee,* qui signifie « grand », pour désigner le cap. En ajoutant *cabo*, ça donnait « Cabo Tha-kee », ou « Grand Cap ». Au bout d'un moment, l'appellation est devenue en espagnol « Cab'Octubre », qui a donné, naturellement, « Cape October » en anglais.

– C'est du moins ce que les gens du coin racontent, dit-elle en se tournant vers lui avec un sourire.

October Bay est plus ou moins délimitée à l'est par la Route 41, qu'on appelle ici familièrement le Tamiami Trail. D'après Frank Lane, le patron de l'agence immobilière, *Tamiami* serait une déformation de « to Miami ». Elle ignore si c'est vrai. Toujours est-il qu'en se prolongeant vers le sud, la 41 fait la jonction avec la route dénommée Alligator Alley, qui traverse la péninsule de part en part, jusqu'à la côte ouest de la Floride, où se trouve Miami. Ce qui fait que Lane n'a peut-être pas tort.

Il y a quatre «keys [1]» au cap. Au-delà de ces barrières naturelles s'étend le golfe du Mexique. En naviguant vers l'ouest à partir du cap, on aboutit normalement, avec un peu de chance, à Corpus Christi, au Texas.

— Et vous avez quel âge, Alice? lui demande Webster. Vous permettez que je vous appelle Alice?

— Pas de problème.

— Alors, votre âge? redemande-t-il.

Elle trouve qu'il se mêle de ce qui ne le regarde pas, mais c'est un client, et elle ne veut pas se montrer discourtoise.

— Trente-quatre, répond-elle.

— Mariée?

— Veuve.

— Désolé, murmure-t-il.

— Oui.

— Des enfants?

— Deux. Une fille et un garçon.

— Dur.

— Oui, répète-t-elle.

— Depuis longtemps?

— Pardonnez-moi, mais je préfère ne pas en parler.

— Comme vous voudrez, dit-il en haussant les épaules. Excusez-moi, je ne voulais pas me montrer indiscret.

— Il n'y a pas de mal, dit-elle. C'est encore douloureux, ajoute-t-elle d'une voix radoucie.

— C'est donc récent, hein?

Puis, voyant qu'elle ne répond pas, il répète:

— Excusez-moi.

Ils roulent en silence pendant un bon moment.

— À la suite d'un accident? demande-t-il.

Elle ne répond pas.

---

1. Les Florida Keys constituent un arc de récifs et d'îles coralliens d'une longueur de deux cent quarante kilomètres au sud de la Floride. Les îles les plus connues sont Key West et Key Largo. La plupart sont reliées entre elles et au continent par une route et des ponts. *(Toutes les notes sont du traducteur.)*

– Ça peut aider d'en parler, vous savez. Je suppose qu'il était jeune, n'est-ce pas? Comme vous n'avez que trente-quatre ans... Probablement une crise cardiaque ou un accident quelconque, je me trompe?

– Il s'est noyé il y a huit mois, murmure Alice.

Webb demeure silencieux jusqu'à ce qu'ils arrivent à Tall Grass.

– La maison date de 1956, explique-t-elle. Elle porte le nom de Jennifer Bray Healey, qui l'a fait construire par Thomas Cooley et son fils, deux célèbres architectes de Cape October.

– Jamais entendu parler.

– Ils ont réalisé pas mal de bâtiments en ville. Je vous les montrerai un peu plus tard, si ça vous intéresse. La résidence Haley est considérée comme une étape importante de l'évolution architecturale du cap.

Ils se tiennent sur l'allée ovale devant la maison. Délibérément, Alice retarde le moment d'ouvrir la porte pour dévoiler le spectacle panoramique de la baie de Little October, qui ne manque jamais d'avoir son effet sur les acheteurs en puissance.

– La maison est restée un peu à l'abandon après la mort de Mme Healey, dit-elle en cherchant les clés au fond de son sac. Les propriétaires actuels, Frank et Marcia Allenby, l'ont achetée il y a deux ans. Ils ont entrepris de la rénover dans les règles de l'art. C'est-à-dire, je cite, qu'ils ont le droit «de lui apporter des modifications à condition de respecter les aspects significatifs de son caractère historique et de sa conception architecturale».

– Ça ressemble à du blabla administratif.

– Plus que ça. Ces règlements sont destinés à préserver l'environnement aussi bien que la construction proprement dite.

– Mmm.

– Ah! la voilà.

Elle a trouvé la clé. Elle l'insère dans la serrure et la tourne.

– Les propriétaires sont en voyage, dit-elle. Ils ont une autre maison en Caroline du Nord.

Elle pousse la porte, se tourne vers lui et murmure:

– Entrez.

La vue est effectivement ahurissante.

Du pas de la porte où ils se tiennent, le regard traverse tout le salon, puis les baies vitrées coulissantes au-delà desquelles une série de terrasses en bois descend graduellement jusqu'à la mer, où un Seward Eagle de onze mètres est amarré au ponton. Plus loin sur la baie, une escadrille de pélicans en formation groupée survole les eaux paisibles et silencieuses.

– Pas mal, déclare Webb.

– Et toutes les chambres ont la même vue grandiose, lui dit-elle.

– Il faisait du bateau quand il a eu cet accident ?

– Oui, se contente-t-elle de répondre en le précédant dans le living.

Ils passent devant la cheminée.

– Elle est en pierre fossile, explique-t-elle. Entièrement restaurée sur le toit, avec un conduit tout neuf. Tous les planchers en cèdre ont été refaits également.

– Et la partie qui donne sur la baie ?

– Sur le golfe, corrige-t-elle vivement en faisant coulisser l'une des baies vitrées. Toutes les portes et fenêtres ont été remplacées lors de la rénovation. Voyez, c'est tout neuf.

Elle s'avance sur la première terrasse.

– Les planchers extérieurs ont été également changés, et toutes les terrasses ont été agrandies, explique-t-elle. Tout est de première qualité. Bois exotique et visserie en inox.

Ils descendent ensemble jusqu'au ponton.

– Vous remarquerez la piscine et le jardin auxquels la chambre à coucher principale donne directement accès, précise-t-elle.

La grosse vedette des Allenby est doucement secouée par la houle le long du ponton.

– L'embarcadère est également tout neuf, explique Alice. Quatorze mètres de long. Il peut accueillir un gros bateau et deux petits, ou bien un deuxième jusqu'à sept mètres. Double alimentation cinquante ampères sur le ponton. Accès direct au golfe du Mexique, aucun pont à passer.

– Depuis combien de temps êtes-vous dans l'immobilier ?

– Un peu moins de six mois.

– Il y a pas mal de veuves dans la profession.

– Je n'avais jamais remarqué.

– Des veuves et des divorcées. Je suppose que ça occupe l'esprit.

Elle a envie de répliquer que c'est plus qu'une occupation pour elle, que c'est une manière de refaire sa vie, d'affronter les conséquences de la perte insensée de son mari, qui a fait basculer toute son existence dans...

Elle se reprend, et elle laisse errer son regard sur l'eau.

– C'est si tranquille, ici, murmure-t-elle.

Elle le laisse savourer en silence la solitude du lieu et la vue somptueuse.

– Venez, lui dit-elle au bout d'un moment. Je vais vous montrer le reste de la maison.

Ils rentrent, et elle lui fait visiter la cuisine avec son comptoir sur mesure en teck, ses éléments sur mesure décorés à la main, ses appareils Miele et Thermador.

– Il y a un adoucisseur d'eau qui dessert toute la maison, lui dit-elle, et une climatisation double zone dont tous les conduits ont été refaits. Les sanitaires ont été entièrement rénovés, évacuations comprises. Le système d'arrosage automatique est neuf, de même que le forage et l'allée de gravier. En fait, vous seriez acquéreur d'un logement neuf qui serait en même temps un monument historique.

Elle le précède à l'intérieur de la grande pièce qui se trouve à l'extrémité sud de la maison. Assis derrière le bureau de Frank Allenby, on a une vue extraordinaire sur toute la baie.

– En fait, cette pièce était destinée à être la deuxième chambre à coucher, explique Alice. Elle a sa salle de bains. Mais comme les Allenby sont seuls à occuper la maison, Frank en a fait son bureau.

– On dit qu'il faut bien un an, déclare Webb.

– Je vous demande pardon ?

– Pour se remettre d'un divorce ou bien d'un décès.

Elle ne lui répond pas.

– Ça fait neuf mois que j'ai divorcé, continue-t-il. Vous croyez que c'est vrai ?

– Aucune idée.

– Vous êtes remise ?

— Je m'adapte.

Ce qui est faux. Elle se bat. Elle se bat de toutes ses forces.

— La chambre à coucher principale se trouve à l'autre bout de la maison, lui dit-elle. Elle est identique à celle-ci. Représentez-vous la maison comme un très beau papillon. Le séjour et la salle à manger forment le corps, et les deux chambres les ailes.

— Quelle superficie pour le séjour?

— Sept mètres sur dix. C'est une grande pièce.

— Et les chambres?

— Cinq sur sept. Venez, je vais vous montrer l'autre. En surface habitable, la maison représente un peu plus de deux cent quatre-vingts mètres carrés.

Elle lui fait faire de nouveau le tour de la demeure. Ils retournent dans le living et dans la salle à manger, puis dans la chambre à coucher principale.

— De votre lit, vous aurez vue sur le jardin et sur la piscine, dit-elle.

— Ils en demandent combien?

— Un million sept. Ils ont déjà refusé une offre à un million quatre. Je pense qu'ils marcheraient pour un million six, dans ces eaux-là.

— Ça représente beaucoup d'argent.

— Pas pour un tel emplacement.

— Pour n'importe quel emplacement. Un million six, ça fait presque six mille dollars au mètre carré.

— Comptez un million rien que pour le terrain. Des vues comme ça, vous n'en trouverez pas beaucoup.

— Il faudra que j'y réfléchisse, dit-il.

Elle a le cœur qui chavire.

Quand ils retournent à l'agence, il est déjà midi moins le quart.

Ils échangent leurs numéros de téléphone, et Alice promet de lui faire visiter d'autres maisons le lendemain à 9 heures. Elle espère qu'il la rappellera avant pour faire une offre sur l'une des trois propriétés qu'ils ont visitées aujourd'hui, mais elle n'y croit pas trop.

Il lui a dit qu'il ne voulait pas mettre plus d'un million, mais qu'il pourrait aller éventuellement jusqu'à un million cinq. Elle lui a assuré qu'il n'aurait pas de mal à obtenir un prêt bancaire de 80 %, ce qui signifie qu'il pourrait avoir la maison Healey avec un apport personnel de 320 000 dollars. Elle est absolument certaine que Frank et Marcia Allenby ne descendront jamais en dessous de un million six.

L'agence prend une commission de 7 % sur laquelle elle verse 4 % à Alice. Ce qui représente 64 000 dollars. De quoi vivre pendant un an ou plus, même si elle ne réalise aucune autre vente, ce qui est du domaine du probable vu qu'elle travaille à l'agence depuis près de six mois et qu'elle n'a encore vendu aucun bien.

Elle a commencé en novembre quand elle s'est rendu compte qu'elle n'arriverait pas à joindre les deux bouts avec les maigres économies réalisées par Eddie et elle depuis qu'ils s'étaient installés en Floride. La maison où elle continue de vivre avec les enfants est située dans un quartier bien scolarisé, mais elle lui coûte 1 600 dollars par mois, et à ce rythme-là elle ne pourra plus payer en juin, à moins qu'un Reginald Webster ou quelqu'un d'autre se décide à acheter quelque chose. Ou à moins, naturellement, que l'assurance se décide à payer. Ça fait un mois et demi qu'elle aurait dû toucher l'argent.

Elle décroche le téléphone, compose le numéro qu'elle connaît par cœur et attend.

– Briggs, Randolph et Soames, annonce une voix de femme.

– M. Briggs, je vous prie, dit-elle.

– De la part ?

– Alice Glendenning.

– Un instant.

Elle attend.

– Allô, Alice, fait une voix d'homme.

– Bonjour, Andy. Comment ça va ?

– Très bien, merci, et vous ?

– Ça peut aller. Andy, ça m'ennuie de vous déranger encore, mais…

— Vous ne me dérangez pas du tout, Alice. Croyez bien que je suis aussi embêté que vous.

— Toujours pas de nouvelles ?

— Ils continuent à se faire tirer l'oreille.

— Ça fait huit mois à présent. Quelle preuve de plus leur faut-il ?

— Ils demandent un certificat de décès. Ce qui est absurde. Il s'est noyé en pleine mer. Le corps ne sera jamais… Pardonnez-moi, Alice.

— Ce n'est rien.

— Les faits sont là…

Les faits, elle les connaît. Eddie a voulu prendre le sloop pour faire un tour au clair de lune. Le bateau n'était pas très gros et la mer était forte cette nuit-là sur le golfe. Il n'y avait personne à bord quand le pétrolier l'a heurté le lendemain matin. Eddie était tombé par-dessus bord, ou bien un paquet de mer l'avait emporté. C'était ça, les faits.

— Ils n'ont pas le droit chez Garland de bloquer le paiement, murmure Andy.

— Mais ils le font quand même.

— Oui, parce que ça représente une grosse somme et qu'ils sont financièrement en mauvaise posture. Avec la clause de doublement du capital, l'indemnité s'élève à… et soit dit en passant, personne, chez Garland, ne conteste la thèse de l'accident.

— Ce serait ridicule de leur part.

— C'est ridicule de temporiser comme ils le font pour échapper à leurs obligations. Les autres compagnies d'assurances ont toujours payé dans ces cas-là. Ce n'est pas comme si c'était un cas unique.

— Je sais.

— Certaines mettent un peu plus de temps que d'autres, mais elles paient quand même. Franchement, leur attitude est honteuse.

— Qu'est-ce qu'on fait, alors, Andy ?

— Je suggère de leur donner jusqu'à la fin du mois. S'ils ne paient pas d'ici là, nous ferons un procès.

— La fin du mois.

— Oui. Je les relancerai le 1er juin. Vous êtes d'accord ?

— Je pense, oui.

— Alice ?

– Quoi ?

– Ils finiront par payer, je vous le promets.

– Espérons.

– Faites-moi confiance.

– D'accord, Andy. Merci. Et à bientôt.

– Je vous tiendrai au courant.

– Merci.

– À plus tard, Alice.

Et il raccroche.

Elle garde le combiné à la main pendant un instant, puis elle le repose sur son berceau. Soudain, elle se met à pleurer. Elle tire un mouchoir en papier de la boîte en carton sur son bureau, se mouche et essuie ses larmes.

Le 1ᵉʳ juin, c'est dans trois semaines. Elle a assez d'argent à la banque pour tenir jusque-là. Mais elle ne sait pas ce qui va se passer après. Elle a calculé qu'il ne lui resterait plus grand-chose à ce moment-là. Elle pourrait prendre un emploi de serveuse, mais il faudrait qu'elle paye Rosie davantage. Ça lui ferait toujours un fixe, plus les pourboires. Elle n'aurait plus à attendre une commission qui ne vient jamais. Jusqu'à présent, elle a travaillé pour rien. Zéro. *Nada*. Pour des prunes.

Elle décroche de nouveau le téléphone et fait le numéro de la maison. Elle attend patiemment. Rosie Garrity décroche à la troisième sonnerie.

– Résidence Glendenning, dit-elle.

– Rosie, salut, c'est moi.

– Bonjour, madame. Vous allez bien ?

– Oui, merci. Tout va bien là-bas ?

– Tout va bien. Quelle heure est-il, au fait ?

– Une heure moins le quart.

– Très bien. J'ai le temps de faire une tarte pour les enfants.

Rosie vient travailler à midi tous les jours ouvrables. Elle fait le ménage jusqu'à l'arrivée des enfants à 14 h 30 ou 15 heures, selon la circulation. Quand Alice rentre à 17 heures, tout est prêt pour le dîner. Le samedi et le dimanche, Rosie travaille à plein temps. Une vraie journée de fonctionnaire.

– Vous avez trouvé le poulet dans le frigo ? demande Alice.

– Oui. Vous voulez que je l'accommode avec les épinards ?

– Si ça ne vous dérange pas. Et mettez quelques pommes de terre à rissoler au dernier moment.

– Vous allez vous régaler. Pourriez-vous vous arrêter chez le marchand de glace en rentrant ? Ça ira bien avec la tarte.

– Une tarte à quoi ?

– Aux myrtilles.

– Mmm. Entendu, j'y penserai.

– À ce soir, alors.

– Au revoir, Rosie.

Il est bientôt 13 heures.

Elle décide d'aller manger.

Gros Bec est une île artificielle qui sert de pierre de gué pour passer du continent à Willard Key. Si Cape October peut se targuer de posséder un quartier marchand digne de la Gold Coast, c'est bien sur la ceinture de Gros Bec qu'il se trouve. Il n'y a que des centres commerciaux dans cette ville. L'agence où travaille Alice se trouve dans Mapes Avenue, juste à la limite du quartier central de Gros Bec.

Elle vient de traverser Founders Boulevard, que les autochtones appellent facétieusement Flounders Boulevard[1], lorsqu'elle entend le son strident d'un avertisseur, suivi d'un hurlement de pneus qui freinent sur la chaussée et d'un cri de femme : «Oh, mon Dieu ! »

Elle se retourne à temps pour voir le pare-chocs rouge d'une voiture à moins de quinze centimètres de sa hanche. Elle essaie de pivoter de nouveau, mais trop tard. De désespoir, elle tend les deux mains vers le pare-chocs, comme pour le repousser. Elle se prépare au choc et sent le contact du métal sur sa chair. Elle est soudain projetée en arrière et se retrouve étalée sur la chaussée à un mètre de la roue avant droite de la voiture. Sa jambe lui fait atrocement mal. Elle essaie de se retourner pour échapper à la douleur, mais ne

---

1. *Founder* : fondateur ; *flounder* : poisson de la famille du carrelet, très apprécié en Floride.

réussit qu'à s'éloigner un peu plus de la roue, comme si c'était encore une menace.

– Mon Dieu ! Vous n'avez rien ?

La femme est à genoux à côté d'elle. Alice regarde son visage élégant, les cheveux blonds qui l'encadrent, les yeux bleus où les larmes vont presque jaillir.

– Vous vous sentez bien ? lui demande la femme.

– Non, répond Alice.

Le visage de la femme disparaît. Alice entend un bruit de portière qu'on ouvre, puis un déclic suivi de quelques bips, et la même voix lui parvient de nouveau.

– Allô ? Il y a eu un accident.

Elle parle dans un portable.

– Pourriez-vous envoyer une ambulance, s'il vous plaît ?

L'ambulance arrive quelques minutes plus tard.

La police n'est pas encore là quand les secouristes embarquent Alice.

Le médecin des urgences du centre hospitalier de Cape October lui dit qu'elle a une légère fracture de la cheville. Il va lui mettre le pied gauche dans ce qu'il appelle une botte plâtrée, qui ressemblera à une grosse chaussure de ski blanche. Elle pourra conduire, car elle a une boîte automatique et n'a besoin que de son pied droit pour l'accélérateur et le frein. Elle aura un peu de difficulté à marcher, mais il ne pense pas qu'il lui faudra des béquilles. Il sourit en lui disant tout cela. Visiblement, il pense qu'elle s'en est tirée à bon compte.

Il leur faut une heure et vingt minutes pour nettoyer la plaie, la panser et lui mettre la cheville et le pied dans le plâtre. Il n'est pas loin de 15 heures quand elle ressort en boitant de la salle des urgences. Un peu de difficulté, c'est le moins qu'on puisse dire.

La femme qui l'a renversée est là qui l'attend.

– Je m'appelle Jennifer Redding, lui dit-elle. Vous ne pouvez pas savoir à quel point je suis navrée.

Alice lui donne dix bonnes années de moins qu'elle. Vingt-quatre, vingt-cinq ans au plus. C'est une blonde svelte en pantalon blanc à pattes d'éléphant avec pont boutonné comme en portaient les marins, ou comme ils en portent toujours peut-être, si ça se trouve. La dernière fois qu'elle a fréquenté un marin, elle avait dix-neuf ans. C'est un pantalon taille basse, et son sweat en coton rose découvre dix bons centimètres de peau lisse et ferme, avec au milieu un nombril bien dur.

— Je suis heureuse que vous soyez là, lui dit Alice. Vous ne m'avez pas encore donné vos coordonnées d'assurance.

— Pourquoi les voudriez-vous ?

— Euh… il y a eu un accident.

— Je dois avoir une attestation quelque part dans mon sac.

— Les flics ne vous l'ont pas demandée ?

— Quels flics ?

— Pour le constat.

— Ils ne sont pas venus.

— Vous n'avez pas appelé la police ?

— Non. Il fallait ?

Alice comprend soudain qu'elle a affaire à une tarée.

— Personne n'a fait venir les flics ?

— Pourquoi donc ? L'ambulance vous avait déjà emmenée.

— Je regrette d'avoir à vous le dire, mais si vous quittez l'endroit où vous avez causé un accident, ça s'appelle un délit de fuite. À votre place…

— Je n'ai pas pris la fuite puisque je suis venue directement ici pour prendre de vos nouvelles.

— La police verra peut-être les choses différemment. Sortez votre portable et faites le 911. Dites-leur que…

— C'est une fracture ? demande Jennifer en baissant les yeux vers le plâtre.

— Oui.

— Je suis vraiment désolée.

— Vous rouliez trop vite. Il y a un stop. Vous auriez dû au moins ralentir.

— C'est ce que j'ai fait, mais vous vous êtes jetée sous mes roues.

— J'ai fait quoi ?

– J'ai eu l'impression que vous étiez dans les nuages.

– C'est ce que vous avez l'intention de déclarer à la police ? Que j'étais dans les nuages ?

– Je ne dirai rien à la police.

– Eh bien, moi, si !

– Pour quelle raison ?

– Parce que j'ai déjà eu affaire aux compagnies d'assurances et que je sais comment elles fonctionnent, merci. Il va y avoir des notes d'hôpital à régler, et je veux prendre date. Surtout si vous prétendez que j'étais dans les nuages et que je me suis jetée dans vos roues.

– J'ai même klaxonné, mais vous n'avez pas fait attention.

– Jennifer, c'est gentil d'être venue, et je vous en suis reconnaissante, mais je vais quand même appeler la police. Vous feriez bien d'appeler la première si vous ne voulez pas risquer d'être inculpée.

– Ne dites pas de bêtises. Il y a quelqu'un qui vous ramène à la maison ?

– Non, mais je vais appeler au bureau. Ma voiture est…

– Je peux vous raccompagner.

Alice la regarde.

– Ma voiture est garée près du bureau, dans Mapes Avenue. Si vous pouvez me déposer là…

– Certainement, fait Jennifer avec un sourire angélique.

Quand elle finit par rentrer chez elle sur le continent, il est presque 16 heures. Elle a fait promettre à Jennifer d'appeler la police, mais elle a la ferme intention de l'appeler aussi. C'est pour la compagnie d'assurances. Elle connaît la musique. Elle passe son temps à remplir des papiers depuis la mort d'Eddie.

North Oleander Street ressemble à un bout de jungle traversé par un ruban d'asphalte qui s'est détérioré avec le temps. Un panneau à l'entrée de la rue indique que c'est une impasse. Effectivement, deux pâtés de maisons plus loin, la rue forme une boucle qui permet de retourner dans la direction opposée. Les maisons, au nombre de douze, sont en bardeaux, avec des fenêtres à jalousies de verre comme on en trouvait partout dans le temps à Cape October avant que l'endroit devienne une destination prisée des touristes du Middle West et du Canada. Toutes les demeures sont pratiquement cachées derrière une épaisse végétation où dominent les palmiers nains poussiéreux, les palmiers Sabal, les bougainvilliers rouges, les bougainvilliers mauves, les bougainvilliers blancs, les poivriers penchés, les lauriers roses, les allamandas jaunes, les lantaniers rampants couleur lavande, les plantes crevettes couleur rouille, les hibiscus jaunes, les hibiscus roses, les hibiscus rouges ou ceux que l'on appelle rince-bouteille ou goupillon, aux longs épis rouge vif. Et de temps en temps, la véritable splendeur florale de Cape October, l'oiseau de paradis, avec ses crêtes spectaculaires orange ou bleu-mauve.

Rosie Garrity vient l'accueillir à la porte d'entrée.

Le visage rond, grassouillette, la cinquantaine, elle porte une robe à fleurs et un tablier blanc. Elle regarde le pied d'Alice en secouant la tête et murmure :

— Qu'est-ce qui vous est arrivé ?

— J'ai été renversée par une voiture.

— Une fracture ?

— À la cheville, oui. Où sont les enfants ?

— Je croyais que vous étiez passée les prendre.

— Que voulez-vous dire ?

— Ils n'étaient pas dans le car.

— Oh, mon Dieu ! s'écrie Alice. Encore un cafouillage ?

Elle boite jusqu'à la cuisine, décroche le téléphone de son support mural au-dessus du passe-plat et compose de mémoire le numéro de l'école. Quelqu'un de l'administration lui répond à la troisième sonnerie.

— École élémentaire Pratt.

À moins d'avoir la chance d'être admis à l'école publique élémentaire de Cape October «pour les enfants doués», officiellement dénommée Pratt par son conseil d'administration mais pernicieusement surnommée «Brat[1]» par les parents des enfants qui ont

_____
1. En anglais : « chenapan ».

échoué au sévère examen d'entrée, ou à moins d'être assez riche pour se payer l'une des deux écoles privées de la région, Saint-Marc, à Cape October, et l'établissement Headley, dans la localité voisine de Manakawa, le seul choix restant, dans l'enseignement primaire, se limite à trois établissements publics, en fonction du domicile de l'élève. Jamie n'a pas prononcé un seul mot depuis la mort de son père, mais Ashley et lui sont indubitablement doués, et ils n'ont eu aucun mal à réussir l'examen d'entrée à Pratt.

– Bonjour, fait Alice. Ici madame Glendenning. Est-ce que mes enfants sont encore montés dans le mauvais car?

– Oh, mon Dieu! J'espère que non! Dans quel véhicule devaient-ils monter?

– Celui de Harry Nelson.

– Je vais voir si je peux le contacter.

Silence sur la ligne. Rosie hausse un sourcil interrogateur. Alice hausse les épaules. Elle attend. La voix se fait de nouveau entendre.

– Madame Glendenning?

– Oui?

– Harry dit qu'ils n'ont pas pris son car. Il pensait que vous étiez venue les chercher.

– Non. Pouvez-vous me dire quel car ils ont pris?

– Ça risque de prendre un peu de temps. J'ai eu de la chance d'avoir Harry du premier coup.

– La dernière fois, ils m'ont téléphoné de chez Becky Feldman. Ils sont descendus avec elle quand ils se sont aperçus qu'ils n'étaient pas dans le bon car. Vous savez lequel c'est?

– Je peux vérifier. Vous devriez contacter les Feldman en attendant. Je vous rappellerai.

– Merci, fait Alice.

Elle raccroche et prend l'annuaire pour chercher le numéro des Feldman. Si sa mémoire est bonne, le père de Becky s'appelle Stephen. Oui, voilà… Stephen Feldman, Adler Road. Elle fait le numéro. Cela sonne une fois, deux fois, trois fois…

– Allô?

– Susan?

Elle entend des voix d'enfants.

– Oui ?

– Bonjour, ici Alice Glendenning.

– Ah, bonjour, comment allez-vous ?

– Mes enfants n'ont pas atterri de nouveau chez vous, j'imagine ?

– Non. Vous les avez encore perdus ?

– On dirait. Est-ce que je pourrais dire un mot à Becky ?

– Bien sûr. Un instant.

Elle entend Susan appeler sa fille. Elle entend Becky qui s'approche du téléphone, le prend dans ses mains.

– Allô ?

– Salut, Becky, c'est la maman d'Ashley.

– Ah ! Bonjour, madame Glendenning.

– Dis-moi, tu as vu Ashley et Jamie à la sortie de l'école aujourd'hui ?

– Non, madame.

– D'accord. Merci, Becky.

– Vous voulez que je vous repasse ma mère ?

– Non, inutile. Dis-lui au revoir de ma part.

– Entendu, fait Becky avant de raccrocher.

Alice remet le combiné sur son support mural. La sonnerie retentit presque aussitôt. Elle décroche.

– Allô ?

– Madame Glendenning ?

– Oui.

– Ici Phoebe Mears, à Pratt.

– Oui, Phoebe ?

– J'ai interrogé l'agent de service à l'arrêt des cars. Il s'appelle Luke Farraday. Il connaît bien vos enfants. Il dit que quelqu'un est venu les chercher en voiture.

– Quelqu'un ? Comment ça, quelqu'un ?

– Vers quatorze heures trente, c'est ce qu'il m'a dit.

– Mais *qui* ? Avec qui sont-ils partis ?

– Une femme, dans une voiture bleue.

– Elle a emmené *mes enfants* ?

– Dans une voiture bleue, oui madame.

– Mais je ne connais personne qui a une voiture bleue! gémit Alice.

– Qu'y a-t-il? demande Rosie.

– Il est encore là? Cet agent... Luke machin.

– Farraday. Non, madame. Je l'ai appelé chez lui.

– Je... euh... Pourriez-vous me donner son numéro, s'il vous plaît?

Elle écrit sur le bloc-notes à côté du téléphone le numéro que lui dicte Phoebe.

– Merci, dit-elle.

Elle raccroche, hésite un instant...

– Qu'y a-t-il? répète Rosie.

Au moment où elle va saisir le téléphone, la sonnerie retentit. Elle sursaute.

Quand elle décroche, une voix de femme lui dit:

– J'ai vos enfants. N'appelez pas la police ou ils meurent.

La communication est coupée avec un déclic.

Alice raccroche d'une main tremblante. Elle est devenue blême.

– Que se passe-t-il? demande Rosie.

– Quelqu'un a enlevé les enfants.

– Oh, mon Dieu!

– Elle m'a dit de ne pas prévenir la police.

– Une femme?

– Oui, une femme.

– Appelez quand même la police.

– Je ne peux pas.

– Mais qu'est-ce que vous allez...?

– Je ne sais pas.

Soudain, la maison devient extrêmement silencieuse. Alice entend le tic-tac de la pendule du séjour, une grosse horloge de grand-mère qui a appartenu à la maman d'Eddie.

– Une voiture bleue, murmure Alice. Une femme au volant d'une voiture bleue.

– Prévenez la police, lui dit Rosie.

– Non. Vous connaissez quelqu'un qui a une voiture bleue?

– Non, personne. Appelez la police.

– Impossible ! Elle les tuerait !

– C'est ce qu'elle a dit ?

– Oui.

– Et quoi d'autre ?

– Rien du tout. Elle a raccroché aussitôt. Oh, Rosie ! Elle a enlevé les enfants !

– Comment était sa voix ?

– Je… Je ne sais pas. Une voix de femme, c'est tout.

– Blanche ? Noire ?

– Je ne sais pas. Comment savoir ?

– N'importe qui sait faire la différence. Une voix blanche ou noire ?

– Noire, peut-être. Mais je ne suis pas sûre.

– Quel âge ?

– La trentaine, peut-être.

– Appelez les flics. Dites-leur qu'une femme noire de trente ans a kidnappé vos gosses. Faites-le tout de suite, madame. Une situation comme ça, ça ne peut qu'empirer avec le temps. Faites-moi confiance.

– Je ne peux pas prendre ce risque, Rosie.

– Vous ne pouvez pas ne pas le faire.

Les deux femmes se regardent dans les yeux.

– Appelez les flics, répète Rosie.

– Non.

– Si c'est comme ça, que Dieu ait pitié de votre âme.

Seule chez elle, une fois Rosie partie dans un tourbillon de prédictions pessimistes, Alice se morfond en commençant par se faire des reproches. *J'aurais dû acheter à Ashley ce téléphone portable*, se dit-elle en se souvenant des arguments de sa fille, dignes d'une plaidoirie d'avocat.

– Mais, maman, toutes les filles ont un téléphone au CM2 !

Bien sûr, bien sûr. De même que toutes les filles du CM2 ont le droit de mettre du rouge à lèvres, de sortir avec un garçon, etc.

– Désolée, Ashley, mais je n'ai pas les moyens de te payer un portable pour le moment.

— Mais, m'man !

— Plus tard, peut-être, ma chérie. Désolée.

Quand elle y repense, elle aurait pu lui acheter ce téléphone. Qu'est-ce que ça lui aurait coûté, après tout ? *Si elle avait eu son téléphone,* se dit Alice, *elle aurait pu m'appeler au bureau avant de monter dans la voiture d'une inconnue. Mais qu'est-ce qui lui a pris de faire ça ?* Combien de fois ne lui a-t-elle pas recommandé de ne rien accepter d'un étranger ? Ni un bonbon ni rien d'autre. De ne jamais adresser la parole à un inconnu, et surtout, surtout, de ne jamais monter dans la voiture de quelqu'un qu'elle ne connaît pas. Mais qu'est-ce qui leur a pris à tous les deux ?

Non, se dit-elle. *Ce n'est pas leur faute, ni la mienne. C'est la faute de cette femme avec sa voiture bleue. Est-ce que je connais quelqu'un qui a une voiture bleue ?* Elle essaie de se souvenir. Elle connaît nécessairement quelqu'un qui a une voiture bleue, mais qui va se souvenir de la couleur des voitures, à moins qu'elles ne soient roses ou jaunes ? Une voiture bleue… Voyons, qui a-t-elle déjà vu au volant d'une voiture bleue ? Impossible de trouver le moindre nom. Sa frustration explose de nouveau en fureur aveugle. Fureur contre elle-même pour ne pas avoir acheté ce foutu téléphone à sa fille, fureur contre ses enfants pour s'être laissé embarquer par une inconnue, mais surtout fureur contre cette cinglée, qui n'a probablement pas d'enfants et qui lui a volé ce qu'elle a de plus précieux au monde. *Je la tuerai,* se dit-elle. *Si jamais je mets la main sur elle…*

Le téléphone sonne.

Elle décroche aussitôt.

— Allô ?

— Madame Glendenning ?

Encore cette femme.

— Oui, murmure Alice. Écoutez, madame…

— Non, c'est vous qui allez m'écouter. Ne m'interrompez pas. Nous voulons deux cent cinquante mille dollars en espèces. Des billets de cent. Trouvez l'argent pour demain. Nous vous rappellerons. Trouvez cet argent ou vos enfants mourront.

Et elle raccroche.

Alice remet le combiné sur son support mural et demeure silencieuse face à la tablette de la cuisine pendant trente secondes, peut-être. Puis elle décroche de nouveau et appelle Charlie Hobbs.

2

Elle ne pense pas que la maison soit surveillée.

Elle sort quand même à pas rapides par la porte de la cuisine et va jusqu'à la voiture. Elle ouvre la portière et s'assoit au volant. Elle démarre, recule dans l'allée et se retrouve vite dans la rue. La circulation est dense, bien qu'on soit hors saison, et il lui faut dix bonnes minutes pour arriver au pont de Lewiston Point. De là, elle met un quart d'heure pour se rendre chez Charlie, à l'extrémité nord du key Tall Grass.

Il est assis devant la véranda de sa cabane déglinguée, et il l'attend. Il porte un pantalon blanc et une chemise bleue taille large. Il fume la pipe, et il ressemble à un pêcheur de calendrier en train de vendre des pilules à base de foie de morue, mais ce n'est pas du tout un pêcheur. C'est un peintre, et il fait dans l'expressionnisme abstrait, où il réussit d'ailleurs très bien. Son pantalon et sa chemise sont couverts de taches, et il y en a jusque sous ses ongles. Il a même de la peinture dans sa barbe blanche, sur le menton et la lèvre, comme s'il s'était mal essuyé après s'être rasé en hâte. Il est 19 h 10, et il fait encore jour. Le soleil reste en suspens au-dessus de l'horizon, comme s'il hésitait à faire le plongeon.

Dès qu'il la voit arriver dans l'allée, il se lève pour aller à sa rencontre. Il la serre dans ses bras. Elle est toute tremblante. Elle vient seulement de mesurer à quel point elle a peur. Charlie sent la peinture, la térébenthine et le tabac. C'est son seul ami à présent à Cape October, et elle l'adore.

– Ça va aller, lui dit-il. Tu verras, tout va aller très bien.

– J'ai si peur !

– Ne t'inquiète pas. Qu'est-ce que tu as au pied ?

– Je me suis fait renverser par une voiture.

– Hein ?

– C'est comme ça. Une fracture à la cheville.

– Le bouquet.

Elle a fait la connaissance de Charlie trois mois plus tôt. Un promoteur représenté par son agence voulait acheter les deux hectares de terrain au bord de l'eau où Charlie vit depuis 1970. Il est venu s'établir dans le cap à la fin de la guerre du Vietnam, après avoir échappé de justesse à la mort sous les tirs d'artillerie massifs au siège de Khe Sanh. Il avait dix-neuf ans à l'époque, en mars 1968. Il en avait cinquante-six quand Alice et lui se sont connus. Frank Lane l'avait envoyée, malgré son âge et son manque d'expérience, négocier le rachat du terrain convoité. Elle s'était heurtée à un refus catégorique, naturellement, mais ils avaient sympathisé tout de suite. Charlie lui a avoué ensuite qu'il aurait fichu dehors n'importe qui d'autre sans réfléchir.

Elle lui raconte pour les enfants.

Dans le crépuscule naissant, elle lui dit tout ce qu'elle sait.

Elle lui parle de Luke Farraday, l'agent de service à l'école, qui a vu les enfants monter dans une voiture conduite par une femme. Elle lui parle du coup de téléphone qu'elle a reçu vers 16 heures, 16 h 15 plus précisément, d'une femme qui lui demandait de ne pas avertir la police si elle ne voulait pas que ses enfants meurent. Et du nouvel appel de la même femme, à 18 heures, lui demandant 250 000 dollars en coupures de cent pour demain midi au plus tard…

– Elle n'est pas seule sur le coup, explique-t-elle. Elle a dit «*nous* voulons l'argent», «*nous* vous rappellerons». Qu'est-ce que je dois faire, Charlie ? Tu me conseilles d'appeler la police ? Je ne sais pas quoi faire. Rosie dit qu'il faut les appeler, mais si je fais ça ils vont…

Le téléphone sonne à l'intérieur.

Charlie se lève pour répondre. Alice le suit.

L'intérieur de la cabane offre une belle vue sur le golfe. Le soleil est en train de sombrer à l'horizon. Les grandes toiles adossées aux murs ressemblent à des couchers de soleil, orange, rouge et jaune, zébrés dans un désordre harmonieux sur fond bleu, mauve, parme et noir. Ils passent par la pièce centrale pour aller dans la cuisine où Charlie prend son téléphone sans fil posé sur un support.

— Hobbs, dit-il.

— Monsieur Hobbs, je suis l'inspecteur Sloate, de la police de Cape October. Est-ce que Mme Glendenning est avec vous ?

— Pourquoi ? demande Charlie.

— Nous croyons savoir qu'elle a des ennuis. Si elle est chez vous, pourriez-vous me la passer, je vous prie ?

Charlie met la main sur le micro du téléphone.

— C'est un inspecteur de police, dit-il à Alice.

— Hein ?

— Il veut te parler. Il sait que tu as un problème.

— Mais comment…

— Tu ferais mieux de le prendre, Alice.

Elle prend la communication.

— Allô ?

— Madame Glendenning ?

— Oui.

— Ici l'inspecteur Wilbur Sloate. Police de Cape October. Je crois que vous avez des ennuis, madame. Voulez-vous m'en parler ?

— Mais où avez-vous… Qu'est-ce qui vous fait croire que… ?

— Nous avons reçu un coup de téléphone d'une nommée Rose Garrity, qui dit que vous êtes son employeuse. Est-ce exact ?

— Oui.

— D'après elle, quelqu'un aurait enlevé vos enfants et vous aurait demandé de ne pas avertir la police. Vous confirmez ?

Alice ne répond pas.

— Madame Glendenning ?

Le moment de la décision est venu.

Expliquer à cet inspecteur de police que ses enfants ont bien été enlevés à la sortie de l'école par une femme blonde au volant d'une voiture bleue de modèle et de marque encore inconnus, qu'on lui demande de réunir 250 000 dollars en coupures de cent pour demain, jeudi 13 mai, midi, et qu'elle sera recontactée à ce moment-là... Lui raconter tout cela et mettre en branle tout l'appareil de maintien de la loi de Cape October, la police, le shérif et à coup sûr le FBI aussi...

Ou bien...

— J'ignore de quoi vous parlez, inspecteur. Mes enfants sont ici avec moi. Je ne sais pas comment vous...

— Est-ce que je peux leur parler ?

— Comment avez-vous su que j'étais ici ?

— Mme Garrity nous a dit que vous aviez un ami nommé Charles Hobbs Junior qui habitait à Willard. Pourriez-vous me passer l'un de vos enfants, madame ?

— Ils sont dehors en train de jouer.

— Pouvez-vous en appeler un ?

— Pas question que vous fassiez peur à mes enfants, refuse Alice.

— J'essaie seulement de vous aider. Si quelqu'un a enlevé vos enfants...

— Personne ne les a enlevés. Je viens de vous le dire.

— Mme Garrity était présente quand vous avez reçu ce coup de téléphone. Elle nous a dit qu'une femme noire...

— Elle se trompe.

— Restez où vous êtes, chez M. Hobbs. Quelqu'un va passer vous parler.

— Je ne veux pas parler à qui que ce soit. Je vous répète que mes enfants vont bien et qu'ils sont avec moi.

— Dans ce cas, laissez-moi leur parler au téléphone, madame.

— Non.

— Mais madame...

— Et cessez de m'appeler madame. Je n'ai pas l'âge de votre grand-mère !

— J'ai déjà téléphoné à l'école Pratt. J'ai parlé à une certaine Phoebe Mears, qui m'a déclaré que vous lui aviez demandé au téléphone si vos enfants ne s'étaient pas trompés de car à la sortie de l'école.

— C'est vrai, mais ils sont rentrés peu après.

– Vous dites qu'ils sont rentrés à la maison?

– Oui.

– Et qu'ils ne sont pas montés dans une voiture bleue conduite par une femme, comme un employé de l'école qui se trouvait là l'a déclaré à Mlle Mears?

Alice ne répond pas.

– Madame Glendenning? Vous m'entendez?

– Oui.

– Est-ce que quelqu'un a raccompagné vos enfants dans une voiture bleue?

– Non. Ils se sont trompés de car, et ils ont demandé au chauffeur de les laisser descendre à proximité d'une cabine. Ma fille m'a appelée pour que je vienne les chercher.

– Le chauffeur les a laissés descendre?

– Apparemment.

– Et c'est votre fille qui a appelé? C'est bien ça?

– Oui.

– Elle a quel âge, votre fille?

– Dix ans.

– Elle connaît le numéro par cœur, c'est ça?

– Évidemment. Elle connaît aussi celui de l'agence où je travaille.

– Et vous êtes allée la chercher?

– Elle et son frère, oui.

– Où étaient-ils, madame?

– Devant le drugstore Eckerd, à la jonction de Kalin Road et de la 41.

– Et votre fille est avec vous en ce moment?

– Oui, dans le jardin.

– Avec son frère?

– Oui, avec son frère.

– Vous voudrez bien les montrer à l'agent qui ne va pas tarder à arriver. C'est l'affaire de quelques secondes.

– L'agent? Qu'est-ce que…?

Elle entend une voiture qui approche sur le gravier.

L'agent en uniforme est devant le pare-chocs de la voiture de police de la commune de Tall Grass. Il ôte son chapeau en voyant arriver Alice. Charlie la suit de près.

– Madame Glendenning ?

– Oui.

– Agent Cudahy. Désolé de vous déranger.

– Il n'y a pas de mal. Qu'y a-t-il ?

– Nous avons reçu un appel de l'inspecteur Sloate. Il dit que vous avez peut-être besoin d'aide.

– Non, tout va bien, je vous assure. Merci de vous être déplacé.

– Madame Glendenning, je voudrais parler un instant à vos enfants, si vous n'y voyez pas d'inconvénient.

– Mes enfants ne sont pas ici, réplique aussitôt Alice.

Charlie lui lance un regard perçant.

– L'inspecteur Sloate nous a dit qu'ils étaient en train de jouer dans le jardin.

– Il a dû mal comprendre ce que je lui ai dit.

– Il a été catégorique, madame.

– C'est qu'il a mal interprété mes paroles.

Cudahy la regarde longuement. Puis il se tourne vers Charlie.

– Vous êtes le père de cette dame, monsieur ?

– Non, simplement un ami.

– Connaîtriez-vous ses enfants ?

– Je les connais.

– Sont-ils ici ?

– Non.

– Sauriez-vous où ils sont ?

– Je l'ignore.

– Madame Glendenning, savez-vous où ils sont ?

– Oui. Je les ai conduits au cinéma. J'irai les chercher à la fin de la séance, à neuf heures et quart.

Cudahy lui lance un nouveau regard.

– Ce n'est pas ce que vous avez déclaré à l'inspecteur Sloate.

– On dirait qu'il y a pas mal de choses qu'il n'a pas comprises.

– Je suis obligé de lui dire que les enfants ne sont pas ici.

Cudahy retourne à la voiture et sort un micro relié au tableau de bord. De l'endroit où elle se trouve, à côté de Charlie, Alice entend d'abord des parasites, puis des paroles indistinctes. Elle ne sait pas ce qu'elle va leur dire ensuite. La seule chose qu'elle sait, c'est qu'elle n'a pas l'intention de parler. Elle ne peut pas leur dire qu'on a kidnappé ses enfants. Ashley et Jamie risqueraient de mourir.

Cudahy ressort de la voiture de police.

– Madame Glendenning, l'inspecteur Sloate voudrait vous dire un mot.

– Très bien. À la radio ou au téléphone ? C'est moi qui l'appelle ?

– En personne, madame. Il m'a demandé de vous conduire à son bureau.

– C'est absurde ! proteste Charlie.

– Question de point de vue, fait Cudahy en ouvrant la portière à Alice.

Le centre de Cape October consiste exactement en neuf pâtés de maisons en longueur sur trois en largeur.

Les plus hauts bâtiments, tous des banques, font douze étages. Main Street va vers l'est depuis l'ancienne piste des troupeaux, Cattle Trail, un carrefour aujourd'hui doté de feux rouges. Ce n'était qu'un passage de vaches à l'époque où la ville s'est constituée. À l'autre bout de la rue principale se dresse le tribunal qui, avec ses quatre étages, est le plus haut immeuble de la rue. Les autres édifices sont des constructions en parpaing à un étage. Les banques se trouvent dans les deux rues parallèles au nord et au sud. Alice a appris que lorsqu'un habitant de Cape October parle du « centre-ville », il ne fait pas allusion à un endroit spécial, mais à la totalité de Cape October, car il n'y a pas de faubourgs dans cette ville. Il n'y a que le reste du cap.

Le poste de police, ici, s'appelle officiellement la « Sécurité publique », et c'est ce qu'affiche le mur de façade en grosses lettres blanches. Plus discrets, sur la droite du portail en métal brun, et partiellement occultés par des massifs de pittosporum, apparaissent les mots : SERVICES DE POLICE. Le bâtiment est de couleur brique, avec différentes nuances allant du plus clair au plus foncé. Sa façade d'un style architectural austère n'est ornée que d'étroites fenêtres qui ressemblent à des meurtrières. Ce qui s'explique par le climat du cap, où les mois d'été sont torrides et où les ouvertures trop larges laissent pénétrer beaucoup trop de chaleur et de lumière.

Cudahy entre dans le parking à l'arrière du bâtiment et se gare à côté d'un panier à salade sur lequel est écrit CAPE OCTOBER PD. Il fait entrer Alice par une petite porte que lui ouvre un autre policier en uniforme. Puis il la conduit, par des couloirs à dalles de simili-marbre, jusqu'au hall d'entrée de l'immeuble. De là, ils grimpent au deuxième étage où se trouve la réception. Face à l'ascenseur, un tapis roulant orange pour le courrier, qui ressemble à un périscope démesuré, part en diagonale vers le haut. Devant Alice, contre une cloison à panneaux de bois, il y a un petit bureau derrière lequel un agent en uniforme, une femme, cette fois-ci, est en train de taper furieusement sur un clavier. L'horloge murale au-dessus de sa tête indique 20 h 46. La femme cesse de taper quand Alice s'approche.

– Madame Glendenning ? demande-t-elle.

– Oui.

– Veuillez me suivre.

Alice a l'impression qu'on l'a arrêtée pour vol à l'étalage.

L'inspecteur Wilbur Sloate est un homme à l'allure dégingandée, la trentaine bien tassée, peut-être un peu plus de quarante, juge Alice. Il porte un costume en lin froissé avec une cravate bleue à pois et une chemise bleu pâle. Ses cheveux ont une couleur que la maman d'Alice, Dieu ait son âme, aurait qualifiée de blond sale. Un rien plus foncé qu'Eddie. Il a une raie du côté gauche. Il se lève en voyant Alice.

– Madame Glendenning. Asseyez-vous, je vous prie.

– Je veux d'abord savoir pourquoi je suis ici.

– Pour votre propre bien, lui dit Sloate.

– C'est ce que me disait mon père avant de me filer une raclée.

– Écoutez, nous avons de bonnes raisons de penser qu'un délit a été commis, et je pourrais vous dire que nous vous soupçonnons de dissimuler des informations relatives à ce délit. Je pourrais vous dire que vous faites obstacle à une enquête, et vous pourriez me répondre d'aller me faire voir, et vous en aller sur-le-champ. Mais cela ne vous rendra pas vos enfants, s'il est vrai qu'ils ont été kidnappés.

Kidnappés.

C'est la première fois que quelqu'un prononce ce mot à haute voix.

Kidnappés.

Alice ne dit rien.

— Je veux vous aider. Je sais très bien qu'ils vous ont demandé de ne pas prévenir la police. Et qu'ils ont proféré des menaces de mort. Mais Mme Garrity a bien fait de nous appeler. Nous ne cherchons qu'à vous aider. Laissez-nous vous venir en aide.

— De quelle manière ? demande Alice.

— Nous pouvons mettre votre téléphone sur écoute. Poster chez vous des hommes à nous. Ils ne sauront jamais que nous sommes là et que nous écoutons ce qu'ils disent. Je vous le promets. Ils n'auront aucun moyen de savoir que nous sommes au courant.

— Ils le savent sans doute déjà ! Vous m'avez fait venir ici dans une foutue voiture de police !

— Nous avons été très prudents, madame…

— Prudents ? Une voiture de police est venue me chercher chez Charlie ! Vous appelez ça être prudent ? Pourquoi ne pas mettre une annonce dans le journal, tant que vous y êtes ?

— Je leur ai demandé de se montrer discrets. La maison de M. Hobbs est isolée, au milieu des bois. Il n'y avait aucune voiture visible dans les environs. Il est peu probable que quelqu'un ait surveillé l'endroit. L'agent Cudahy a inspecté les alentours avant de se rendre là-bas. Et à votre arrivée ici, nous vous avons fait entrer par-derrière. Je suis absolument certain que les ravisseurs de vos enfants ignorent votre présence ici.

Les ravisseurs.

Cela rend la chose encore plus réelle.

Enlevés. Ses enfants ont été enlevés. Jamie et Ashley sont aux mains de leurs ravisseurs…

Elle fond soudain en larmes.

— Tenez, lui dit Sloate en extirpant un mouchoir en papier d'une boîte posée sur son bureau.

— Merci, dit-elle.

— Et maintenant, racontez-moi tout.

Elle lui dit ce qui s'est passé.

— Et vous possédez deux cent cinquante mille dollars? lui demande l'inspecteur.

— Non.

— Vous disposez de combien?

— Environ trois mille.

— Qu'est-ce qui leur fait croire que vous êtes riche?

— Ils pensent probablement que je viens d'encaisser une fortune.

— Que voulez-vous dire par là?

— Mon mari s'est noyé il y a huit mois. Il avait un contrat chez Garland avec une clause de doublement.

— Garland? Ce sont des assureurs?

— Oui. Garland et Rice.

— Combien doivent-ils vous verser?

— Deux cent cinquante mille. Si jamais ils me paient un jour.

— Juste ce qu'ils vous demandent? Quelle coïncidence! Qui est au courant de ce pactole?

— Mon avocat... Les gens avec qui il travaille. Et les employés de la compagnie d'assurances. Mais ils savent tous que je n'ai encore rien touché.

— Personne d'autre? Vous n'avez dit à personne que vous alliez percevoir une indemnité de deux cent cinquante mille dollars?

— Euh... ma sœur. Et je suppose qu'elle l'a dit à son mari.

— Où habitent-ils?

— Atlanta.

— Que fait votre beau-frère dans la vie?

— Il est camionneur. Quand il n'est pas en prison.

— C'est une plaisanterie?

— Non, c'est la vérité.

— Il a fait de la prison?

— Oui, mais pas pour quelque chose de grave.

— Quoi, alors?

— Deux fois pour des histoires de drogue.

— Il dealait?

– Non.

– Parce que c'est grave d'être dealer.

– Juste en tant que consommateur.

– Et ses copains sont au courant, pour l'assurance ?

– Quels copains ?

– Ses anciens compagnons de détention. Ses copains de cellule, dans la prison où il était.

– Je n'en sais rien.

– Ce serait à approfondir.

Il hoche la tête d'un air songeur. Il a l'air de vouloir réellement démêler cette affaire. Mais il fait tellement… provincial… Si on était à New York ou dans une grande ville…

Mais on est à Cape October, en Floride, et mes enfants se sont fait enlever, et demain à midi une femme à la voix coupante comme une lame de rasoir va me demander si j'ai réuni l'argent…

Tout ce qui lui vient à l'esprit, en ce moment, c'est : *Je n'ai pas l'argent, je n'ai pas cette somme-là, et ils vont tuer mes enfants…*

– Et votre sœur, demande Sloate, que fait-elle dans la vie ?

– Vous faites fausse route. Elle adore mes enfants.

– Et son gibier de potence de mari, il les adore aussi ?

– Je vous dis que vous f…

– Quel métier exerce-t-elle, votre sœur ?

– Employée de banque. Il n'y a pas plus honnête. Écoutez, je n'aime pas du tout le tour que prend cet interro…

– Ce n'était pas sa voix, au téléphone ?

– Non. Bien sûr que non.

– D'après Mme Garrity, vous lui avez dit que c'était la voix d'une personne de couleur.

– C'est possible que ce soit une Noire, oui.

– Votre sœur a l'accent du Sud ?

– Non.

– Vous m'avez dit qu'elle habite Atlanta.

– Oui, mais elle ne s'est installée là-bas qu'après avoir épousé Rafe. Elle est originaire de l'État de New York, comme moi.

– Rafe. C'est comme ça qu'il s'appelle ?

– Rafe Matthews, oui. Ma sœur s'appelle Carol Matthews.

— À quand remonte le dernier séjour de Rafe en prison ?

— Il est sorti il y a deux ans.

— Et il conduit un camion depuis ?

— Oui.

— Quand il n'est pas en prison. C'est ce que vous avez dit.

— Oui.

— Mais vous ne le croyez pas capable d'avoir enlevé vos enfants, c'est bien ça ?

— Bien sûr que non !

— Personnellement, je ne fais jamais confiance à quelqu'un qui est allé en prison. Même si mon propre frère avait fait de la prison, je ne lui ferais pas confiance. Appelons votre sœur.

— Pourquoi ?

— Pour lui demander où est Rafe.

— Pourquoi ?

— Il est peut-être en Floride, qui sait ? La Géorgie, ce n'est pas très loin de la Floride.

— Il ne possède pas de voiture bleue.

— Mais la femme qui vous a appelée en possède peut-être une. Ce Rafe, est-ce que c'est un coureur ?

— Je n'en sais rien. Je ne crois pas. Ma sœur l'adore.

— Ça ne veut rien dire. Appelez-la, histoire de lui dire bonjour. Vous voulez boire quelque chose ? J'ai du bourbon.

— Non, merci.

— Ça vous calmerait un peu.

— Je suis calme.

— Vous n'en avez pas l'air.

— J'ai peur pour mes enfants, c'est tout. S'il leur arrivait quoi que ce soit…

— Il ne leur arrivera rien. Dites simplement à votre sœur que vous pensiez à elle et que vous avez décidé de l'appeler. Ne lui dites pas que les enfants ont été enlevés.

Il passe le téléphone à Alice.

Elle compose le numéro de sa sœur et attend. C'est l'un de ses neveux qui décroche. Michael ou Randy, elle est incapable de les distinguer.

– Bonjour, mon chéri, dit-elle. C'est tante Alice. **Tu n'es pas** encore au lit à cette heure-ci?

– Je regardais la télé.

– Ta maman le sait?

– Bien sûr.

– À qui je parle? Michael?

– Non, Randall.

– Comment vas-tu, Randall?

– L'école, ça me gonfle.

Et ça n'a que huit ans.

– Elle est là?

– Ouais.

– Tu peux me la passer?

– Voilà. Une minute.

Elle attend.

– Allô?

– Carol? Bonsoir, c'est moi.

– Alice! Comment vas-tu, ma chérie?

– Bien, bien. Je voulais juste te dire un petit bonjour.

– Tu as bien fait d'appeler. Je commence à me sentir **un peu** seule, ici.

– Et pourquoi ça?

– Rafe est en tournée pour un bon moment. Il me manque. Comment vont les enfants?

– Très bien. Ils vont très bien.

– Jamie a bien reçu le livret *Myst* que je lui ai envoyé?

– Le quoi?

– Le livret *Myst*.

– Et c'est quoi un livret mixte?

– *Myst*. C'est un jeu vidéo. M-y-s-t. Il s'agit d'une brochure **que** Randall a trouvée utile. Elle fournit des solutions qui l'ont bien aidé.

– Nous n'avons rien reçu.

– J'ai envoyé ça par United Parcel. Jamie va recevoir le **paquet** sous peu.

– Il ne l'a pas encore eu.

45

— Comment va-t-il, Alice ?

— Oh, il va bien. Très bien.

— Est-ce que… Est-ce qu'il s'est remis à parler ?

— Non, pas encore.

— Pauvre petit chéri.

— Oui.

— Pourquoi ne l'amènerais-tu pas ici pendant quelques jours ? Le contact avec les garçons ferait peut-être merveille.

— Pourquoi pas ? Pendant les vacances, on verra.

— Ça nous ferait plaisir, tu sais.

— Merci, ma chérie. C'est gentil.

Silence sur la ligne.

— Ça fait longtemps que Rafe est parti ? demande Alice.

— Avant-hier. Quel jour sommes-nous ?

— Mercredi.

— Il est parti lundi, alors.

— Pour aller où, cette fois-ci ?

— Du côté de chez toi, en fait. C'est sa première étape. Ensuite, la Louisiane, le Texas, l'Oklahoma, l'Arkansas, et retour ici.

— Tu dis qu'il est en Floride en ce moment ?

— Il est probablement déjà reparti.

— Il est passé par Cape October ?

— Non, je ne pense pas. Il devait s'arrêter à Jacksonville, puis à Tallahassee, et à Mobile. Je crois bien que c'est ce qu'il m'a dit.

— Tu lui as parlé ?

— Que veux-tu dire ?

— Euh… Il ne t'a pas appelée ?

— Il n'appelle jamais quand il est sur la route. Il conduit pratiquement jour et nuit. Il n'a que le temps de dormir et de manger un morceau. N'importe comment, il devrait être de retour en fin de semaine.

— C'est bien.

Nouveau silence, qui dure un peu plus longtemps cette fois-ci.

— Alice chérie ? demande Carol. Il y a quelque chose qui ne va pas ?

— Mais non, mais non. Qu'est-ce que tu vas imaginer ?

– Tu as… je ne sais pas… une drôle de voix.

– Je suis juste un peu fatiguée. La journée a été épuisante.

– Tu vends beaucoup de maisons, là-bas ?

– Oh, des tas !

– Je viendrai peut-être un jour t'en acheter une.

– Bonne idée.

– Excuse-moi, ma chérie, mais il faut que j'y aille, lui dit Carol. Michael est en train de brailler, je ne sais pas pourquoi. On se rappelle.

– D'accord, fait Alice.

La communication est coupée à l'autre bout du fil. Elle rend le combiné à Sloate.

– Où est-il ? demande ce dernier.

– En déplacement.

– Il est passé par le cap ?

– Non. Par Jacksonville. Inspecteur, je ne crois pas une seule seconde qu'il ait pu venir me voler mes enfants. Ma sœur le tuerait si jamais il faisait une chose pareille.

– Et ses copains de taule ? Vous ne croyez pas qu'il aurait pu parler à l'un d'eux d'une jolie veuve en Floride qui a deux gosses et qui doit toucher deux cent cinquante mille dollars ?

– Vous me faites peur, inspecteur.

– Ce n'est nullement mon intention. J'essaie seulement de comprendre qui a pu imaginer qu'en enlevant vos enfants il pourrait mettre la main sur cette grosse somme que vous êtes censée avoir encaissée. Et que vous n'avez pas encore touchée en réalité. Mais ces gens-là ne doivent pas le savoir, n'est-ce pas ?

– Non, bien sûr.

– Je vais vous raccompagner chez vous. On va tout mettre en place. On trouvera bien qui c'est, murmure l'inspecteur Sloate en se levant.

Si quelqu'un est en train de surveiller la maison d'Oleander Street, il ne verra qu'une femme brune au volant d'un 4x4 Mercedes ML 320 noir qui débouche en haut de la rue, s'engage dans l'allée et s'arrête en attendant que la porte automatique du garage bascule pour le laisser passer. Aux yeux d'un observateur, Alice est seule dans le véhicule. La porte du garage se referme et, au bout d'un moment, la lumière s'allume dans le séjour. L'observateur pourra voir la femme brune, toujours Alice, s'approcher de la fenêtre pour regarder dans la rue, puis fermer les tentures.

Dans le garage, Wilbur Sloate, couché sur le plancher à l'arrière du 4x4, se redresse lentement, descend et fait le tour pour ouvrir le hayon. Il tend la main à Marcia Di Luca, l'une des seize personnes qui font partie de la brigade criminelle. Marcia est spécialiste en communications, mais elle ressemble physiquement à une serveuse. Grosses fesses, forte poitrine, cheveux roux en désordre qui lui tombent sur les épaules. Elle est vêtue d'une jupe beige et d'un corsage vert citron, et elle porte sur elle un Glock 9 mm. À la voir, Alice se dit qu'elle n'aimerait pas avoir à se bagarrer avec elle. Elle a comme l'impression qu'elle n'hésiterait pas une seule seconde à loger une balle de son Glock entre les deux yeux de quelqu'un si l'occasion s'en présentait.

— Voilà ce que nous allons faire, explique Sloate. Ce que Marcia va faire, plus précisément. Elle va installer un système d'écoute sur votre ligne afin d'intercepter l'appel qui doit vous parvenir demain à midi. Nous pourrons enregistrer tous les appels que vous recevrez.

— On appelle ça *tap and tape* [1], intervient Marcia.

— Elle va également mettre en place un appareillage qui permettra de connaître le numéro de téléphone et de localiser la personne qui...

— Ça, c'est le *tap and trace* [2], explique Marcia.

— Elle installera aussi une seconde ligne qui nous fournira une liaison directe avec le capitaine, en ville.

— Le capitaine Roger Steele, précise Marcia.

— Il est à la tête de la brigade criminelle.

Alice hoche la tête.

— Je vais vous dire ce que vous pouvez faire, madame. Vous pouvez aller vous coucher pendant que Marcia et moi nous réglons

---

1. En anglais, « capter » et « enregistrer ».
2. En anglais, « capter » et « repérer ».

ces détails. Inutile de vous morfondre toute la nuit. Ils ne donneront pas signe de vie avant demain midi. D'accord ?

– D'accord, fait Alice.

– Bonne nuit, madame.

– Bonne nuit, lui dit Marcia.

Et elle retourne dans le garage chercher son matériel.

Le téléphone sonne un peu avant minuit.

Alice ne dort pas encore. Elle ne sait pas s'il faut qu'elle décroche dans la chambre ou non. Elle passe une robe de chambre et va dans le séjour où Marcia et Sloate sont encore au travail.

– Vous êtes prête à localiser l'appel ? demande Sloate à Marcia.

– Non.

– Qu'est-ce que je fais ? demande Alice.

– Laissez sonner encore un peu, comme si vous dormiez, lui dit Sloate. Nous pouvons déjà écouter et enregistrer. Ça nous apprendra peut-être quelque chose, et nous ferons plus tard un profil vocal. Dites-lui que vous vendez des actions et que vous aurez l'argent demain après-midi. Demandez-lui de prendre une photo instantanée de vos enfants tenant à la main la *Tribune* de Cape October de demain matin. Qu'elle vous l'envoie par Fed Ex.

– Elle refusera.

– Débrouillez-vous pour la faire parler. Écoutez ce qu'elle a à dire.

Il s'assoit devant la console improvisée et met ses écouteurs.

– Allez-y, décrochez, dit-il.

– Allô ? fait Alice.

– Al ? C'est moi, Charlie.

– Charlie ?

– Je t'ai réveillée ?

– Non.

– Il y a du nouveau ?

Sloate secoue la tête et agite l'index dans la direction d'Alice.

– Rien, répond celle-ci.

Sloate passe le pouce de sa main gauche en travers de sa gorge.

Tout d'abord, Alice ne saisit pas la signification de ce geste.

Puis elle comprend qu'il veut qu'elle coupe la communication.

— Charlie, j'étais au lit, dit-elle. Tu peux m'excuser une minute ? Je te rappelle.

— Bien sûr, ma belle. Je ne bouge pas d'ici.

Elle raccroche.

— Pourquoi ? demande-t-elle à Sloate.

— Je voulais vous prévenir d'abord. Ne lui donnez aucun détail. Il ne doit rien savoir. Je ne veux pas que vous lui disiez que nous sommes là. Dites-lui simplement qu'on vous a posé quelques questions et qu'on vous a laissée repartir. Vous ne lui avez pas parlé de l'enlèvement de vos enfants, j'espère.

— Mais Charlie est mon meilleur ami. Pourquoi est-ce que je ne pourrais pas… ?

— Ils le savent peut-être aussi. Vous ne devez rien lui dire. Absolument rien.

— Et s'il veut venir ici ?

— Vous lui répondez non.

Alice lui lance un regard mauvais.

— Vous voulez revoir vos enfants vivants ? reprend Sloate.

— Vous vous mettez à parler comme elle.

— Vous feriez mieux de le rappeler, intervient Marcia.

— Abrégez au maximum, recommande Sloate. Dites-lui que vous voulez que la ligne soit libre, pour le cas où on vous appellerait.

— Il va se douter de quelque chose.

— Il va surtout se douter de quelque chose si vous tardez trop à le rappeler.

Alice reprend le combiné et fait le numéro.

— Allô ?

— Charlie ?

— Oui. Salut, qu'est-ce qui s'est passé chez les flics ?

— Ils m'ont posé plein de questions, et puis ils m'ont laissée partir.

— Quelles sortes de questions ?

— Tu sais bien. Rosie leur a dit que les enfants avaient disparu.

— Oui, et alors ?

– Je leur ai dit qu'il s'agissait d'une erreur. Ils m'ont répondu d'accord, si vous en prenez la responsabilité, et puis ils m'ont laissée partir.

– Ils t'ont vraiment dit ça ?

– À peu près, oui. Écoute, Charlie, il faut que je raccroche. Je veux que la ligne soit libre pour le cas où ils rappelleraient.

– Tu n'as pas eu d'autres nouvelles d'eux, hein ?

– Non, pas encore.

– C'est étrange, tu ne trouves pas ?

– Ils ont dit qu'ils rappelleraient demain à midi.

– C'est quand même étrange.

– Charlie, excuse-moi, mais…

– Je sais, je sais.

– Charlie…

– Je te laisse. À plus tard.

Alice raccroche.

– Ça va comme ça ? demande Alice à Sloate.

Il y a de l'animosité dans sa voix.

– Très bien, madame. Vous vous en sortez très bien.

– Je l'espère. Parce que s'il arrivait quelque chose à mes enfants…

– Il ne leur arrivera rien.

Elle lui lance un regard glacial.

Un regard qui veut dire : *J'espère pour vous qu'il ne leur arrivera rien, inspecteur Sloate.*

– Bonne nuit, fait-elle.

Et elle va se coucher.

JEUDI
13 MAI

3

À 8 h 45, Rosie Garrity est encore devant la télé. Elle espère avoir des nouvelles du kidnapping.

Ils n'ont rien dit la veille jusqu'à 23 heures, quand elle est allée se coucher, et ils ne disent rien non plus ce matin. Pas sur WSWF, en tout cas. C'est le canal 36 de Cape October. SWF signifie Southwest Florida. Rosie zappe sur le câble, une chaîne après l'autre, sachant que les affaires d'enlèvement sont toujours à la une de ces chaînes-là, mais elle ne trouve rien non plus.

Elle commence à se demander si la personne à qui elle a téléphoné la veille à la police a bien fait son travail. Ce Sloane, ou Slope, ou elle ne sait plus quoi, lui a dit qu'il était inspecteur. Mais s'il a décidé de ne rien faire, elle compte bien s'adresser à ses supérieurs pour qu'il soit puni. *Ces pauvres petits enfants innocents...*

Elle est sur le point de faire le numéro de la police quand le téléphone sonne. Elle sursaute. Elle décroche aussitôt. C'est peut-être ce Sloane qui veut lui demander plus de détails.

C'est Mme Glendenning.

– Bonjour, madame. Vous n'avez pas eu de nouvel appel de cette femme noire?

– Non, pas encore, lui dit Alice. Rosie, je vous appelle parce que...

Elle se dit qu'elle va se faire engueuler parce qu'elle a prévenu la police, mais Alice se contente de lui dire:

– Il est inutile de venir travailler aujourd'hui.

Rosie se dit qu'elle va la renvoyer.

– Pourquoi ? demande-t-elle, sur la défensive.

– Parce que les enfants ne sont pas là et que je veux être seule quand cette femme rappellera, si toutefois elle rappelle.

Seule.

Elle vient de lui dire qu'elle est toute seule.

Ce qui signifie que la police ne l'a pas contactée, comme l'inspecteur Sloane avait promis de le faire. Ces flics sont tous pareils. Ils se roulent les pouces, le cul sur leur chaise.

Ça ne va pas se passer comme ça, se promet-elle.

– Je comprends très bien, madame, murmure-t-elle. Appelez-moi si vous avez besoin de quelque chose, d'accord ?

– Je n'y manquerai pas, Rosie. Merci.

Mais il y a quelque chose de bizarre dans sa voix. Quelque chose de froid et de distant. Elle se demande ce qui se passe.

– Au revoir, dit-elle.

Elle raccroche. Elle prend aussitôt l'annuaire et se met à chercher dans les pages jaunes de Cape October-Fort Myers-Sanibel sous la rubrique AGENCES ADMINISTRATIVES.

Quand le téléphone sonne à 9 h 10, Marcia Di Luca annonce aussitôt :

– Je ne suis pas encore prête, Will.

Ils ont bossé toute la nuit et ils ne sont pas encore prêts ! se dit Alice. Le sort de ses enfants est entre les mains de flics d'opérette.

Sloate a mis ses écouteurs.

– Je ne pense pas que ce soit elle, de si bonne heure, dit-il, mais le cas échéant, laissez-la parler. Voyez ce qu'elle a à dire.

– Je décroche maintenant ? demande Alice.

Sloate met son enregistreur en marche. Il fait signe à Alice de décrocher.

– Allô ?

– Alice ?

Une voix de femme. Elle la reconnaît aussitôt. C'est Aggie Barrows, sa secrétaire.

– Oui, Aggie.

– Vous avez oublié, pour neuf heures ?

– Pour...

– Votre rendez-vous avec M. Webster.

– Oh ! Je...

– Il est ici. Qu'est-ce que je lui dis ? Vous allez venir ?

– Passez-le-moi, Agg.

Elle attend quelques secondes.

– Allô ?

– Monsieur Webster, bonjour. Je suis vraiment désolée.

– Ce n'est pas grave. Que s'est-il passé ?

– Je me suis fracturé la cheville.

– Ça c'est nouveau.

– Je vous assure, c'est vrai. Je me suis fait renverser par une voiture hier après-midi.

– Désolé de l'apprendre.

– J'ai le pied dans le plâtre. J'aurais dû vous appeler, je sais, mais il y a eu l'hôpital et...

– Ce n'est pas grave. On peut faire ça un autre jour.

– Bien sûr.

Un silence sur la ligne.

– À part ça, tout va bien ? demande Webster.

Sloate lui jette un coup d'œil d'avertissement.

– Oui, ça va, merci, répond Alice. Je suis sincèrement navrée de vous avoir fait déranger pour rien.

– Du moment que ce n'est pas quelque chose que j'ai dit hier...

– Non, non, je vous assure, j'ai réellement le pied dans le plâtre

– Je me suis dit que j'avais peut-être poussé le bouchon un peu loin.

– Mais non, pas du tout.

– Ce n'étaient pas mes oignons, après tout.

– Ne vous inquiétez pas. Vous ne m'avez pas du tout offensée.

– Je l'espère bien. Bon, comment on procède ? Vous me rappelez ? Ou je cherche une autre agence ?

– Surtout pas, monsieur Webster...

– Appelez-moi Webb.

– J'aimerais vraiment vous trouver une maison dans le cap. Je vous assure. Mais il me faudra peut-être quelques jours pour me...

– J'ai de quoi m'occuper dans le coin pendant un petit moment. Laissons ça en suspens jusqu'à ce que vous soyez de nouveau sur pied, hein? Rappelez-moi à ce moment-là.

– Vous savez, je peux marcher quand même. C'est juste que...

C'est juste que mes enfants ont été kidnappés. C'est juste que j'ai deux policiers à la maison et qu'ils écoutent tout ce que je vous dis. C'est juste que dans moins de trois heures une bonne femme va m'appeler pour me dire ce que je dois faire si je veux revoir mes gamins vivants. C'est juste ça, monsieur Webster. Pardon, Webb. C'est juste que je suis en train de péter les plombs de terreur et d'angoisse. Juste ça, Webb.

– J'ai votre numéro, murmure-t-elle. Je vous rappelle.

– Je compte sur vous.

Il raccroche.

Elle contemple le combiné un bon moment avant de le remettre sur son berceau.

– Il a l'air sympa, commente Sloate.

– Oui.

– Ça avance? demande l'inspecteur à Marcia.

– J'y suis presque.

Sloate consulte sa montre.

– Il vous reste deux heures vingt-cinq, dit-il.

– Largement suffisant, fait-elle sèchement.

– Je voulais juste vous le rappeler.

On voit bien qu'ils ont l'habitude de travailler ensemble. Presque comme s'ils étaient mariés. Sloate ne va pas se mettre à hurler si elle n'est pas prête dans deux heures et vingt-cinq minutes, et Marcia ne va pas piquer une crise d'hystérie si elle n'arrive pas à tenir les délais. Sloate semble lui faire confiance pour terminer le boulot dans les temps, et elle semble sûre de ne pas lui faire faux bond. Il ôte ses écouteurs et fait un signe de tête rassurant à Marcia. Elle le regarde à peine tandis que ses mains fines aux doigts agiles – Alice les remarque pour la première fois – continuent de tourner des boutons et de régler des cadrans. Elle fait un clin d'œil à Sloate pour lui faire savoir qu'ils ont la situation bien en main.

Alice se demande si c'est vraiment le cas.

Il fut un temps...

Alice avait vingt-deux ans, et elle venait de terminer un projet cinématographique à l'université de New York. Son ambition était de devenir réalisatrice. C'était avant sa première rencontre avec Edward Fulton Glendenning. Eddie avait vingt-quatre ans et poursuivait des études supérieures à l'institut de commerce. Ils s'étaient connus à University Park par un bel après-midi du mois de juin.

Elle était assise sur un banc, en train de pleurer.

Il avait surgi devant elle.

Grand et mince, les cheveux blonds coupés courts, illuminés par le soleil de printemps. Les cerisiers étaient en fleur dans les rues autour de l'institut. Elle l'avait soudain vu devant elle à travers le brouillard de ses larmes.

– Qu'y a-t-il donc ? avait-il demandé en s'asseyant à côté d'elle et en lui prenant la main.

Il avait les doigts longs, doux et délicats. Elle s'était tournée vers lui pour le regarder. Son visage étroit faisait penser à un renard avec son nez fin et ses pommettes hautes. Visage d'une élégance presque féminine, semblable à une statue grecque. Les yeux d'un bleu très pâle, presque gris. Elle avait laissé sa main dans les siennes. Il avait des mains de pianiste, aux longs doigts effilés. Tout en lui était si merveilleusement précis.

Il lui avait tendu un mouchoir.

Il lui avait demandé pourquoi elle pleurait.

Elle lui avait répondu qu'elle avait passé sa journée à mettre en ordre des dizaines de mètres de film, en marquant les bouts de pellicule avec des chiffres romains pour les distinguer de la série précédente, qui portait des chiffres arabes. Et une fille de son équipe avait...

– C'est que nous sommes par équipes de cinq, sur un projet de quinze minutes de film..

La fille en question était arrivée ce matin et s'était mise à reprendre tout son travail en montant tout n'importe comment, désynchronisé, et en remplaçant les chiffres romains par des chiffres arabes parce qu'elle ne savait pas ce que c'était que le système de numération romain !

– Vous vous rendez compte ? Elle a vingt et un ans, elle vient de Chicago, c'est quand même pas un trou paumé, et elle n'a jamais entendu parler des chiffres romains ! Elle pensait qu'il s'agissait d'une espèce de code secret ! Incroyable !

– Incroyable, avait répété Eddie.

– Parfaitement. Comment peut-on être si...

– Vous. C'est vous qui êtes incroyable.

Elle avait remarqué qu'il lui tenait toujours la main.

– Vous êtes si belle, avait-il murmuré.

– Oh ! Bien sûr.

– Oh, bien sûr, avait-il répété.

Six mois plus tard, ils étaient mariés.

Les deux inspecteurs de police qui se garent dans le parking de l'école élémentaire Pratt ce jeudi matin à 9 h 30 viennent voir quelqu'un qui s'appelle Luke Farraday. Tout comme Sloate et Di Luca, ils travaillent à la brigade criminelle de Cape October, et c'est le capitaine Roger Steele qui les envoie à la recherche de toutes les informations disponibles sur une voiture bleue qui aurait servi à enlever les enfants Glendenning hier après-midi.

Les deux inspecteurs s'appellent Peter Wilson Andrews et Julius Aaron Saltzman. Ce dernier est très grand, plus d'un mètre quatre-vingt-dix pieds nus, et il pèse dans les cent kilos, bon poids, en surveillant son régime. Il porte une petite kippa bleu et gris faite au crochet et fixée en arrière de la tête par des épingles à cheveux. C'est parce qu'il est très fier de son héritage judaïque. Il ne rate pas une occasion de prédire un holocauste américain si on continue à ne rien faire pour arrêter la vague d'antisémitisme qui balaie le pays. Pour Andrews, Saltzman représente ce que l'on pourrait plus ou moins appeler un Juif professionnel, dans la mesure où sa judéité semble déterminer la moindre de ses actions et de ses paroles.

Andrews doit mesurer environ un mètre soixante-cinq, ce qui n'est pas beaucoup pour un policier, surtout un inspecteur dont l'avancement repose souvent davantage sur les muscles que sur la matière grise. C'est ce qu'on pourrait appeler généreusement un *redneck* [1]. En fait, il a atterri ici en Floride après avoir cultivé le tabac dans une ferme du Tennessee, où son cou et ses bras sont devenus littéralement très rouges, puis tannés à force de travailler des heures durant au soleil, jusqu'au jour où il a décidé qu'il devait sûrement y avoir quelque part une vie meilleure pour un jeune Américain comme lui au sang rouge (et au cou rouge).

Andrews a trouvé cette vie meilleure ici dans le cap, en travaillant d'abord comme videur dans une boîte de strip-tease au bord du Trail, au sud de l'aéroport, puis en s'engageant dans la police comme débutant à 2 409 dollars par mois. Il est maintenant inspecteur à part entière à la brigade criminelle et fait équipe avec Saltzman. Il remercie sa bonne étoile de lui avoir donné un partenaire aussi baraqué chaque fois qu'ils ont affaire à un *redneck* comme il l'était lui-même, armé d'une carabine à canon scié ou bien d'un coutelas, ou même d'une simple queue de billard.

Ils trouvent Farraday à la cafétéria de l'école. Il leur dit qu'il est arrivé ici il y a une demi-heure après avoir surveillé les écoliers à leur descente des cars, et qu'il prend une tasse de café en attendant de rentrer chez lui jusqu'à la fin des classes cet après-midi. À la maison, il n'a pas grand-chose à faire. Sa femme est décédée il y a trois ans, et il est seul au monde. C'est ce qu'il leur dit.

Farraday porte des lunettes à double foyer et un appareil auditif. Il a soixante-cinq ans et appartient à cette race d'hommes qui viennent s'établir ici en Floride à l'âge de la retraite pour s'apercevoir qu'ils n'ont rien d'autre à faire que jouer au golf et pousser un Caddie dans les allées d'un supermarché. Ils finissent par se faire engager comme caissier dans une boutique de souvenirs, comme vigile ou – c'est le cas de Farraday – comme agent préposé à la surveillance des enfants devant l'école. N'importe quoi pour se

---

1. Littéralement : « cou rouge ». Rustre, bouseux, mais aussi « beauf » ou « réac ».

sentir de nouveau utile à quelque chose. Rien ne vaut une retraite précoce pour donner à quelqu'un l'impression d'être mort avant l'âge.

Nos deux inspecteurs ont intérêt à procéder avec prudence.

Steele les a avertis qu'ils ne doivent en aucun cas laisser soupçonner qu'un enlèvement d'enfants a eu lieu. Cette Mme Glendenning a été menacée de ne plus revoir ses enfants si elle prévenait la police. Apparemment, elle n'est pas contente qu'il y ait une enquête en cours, mais c'est comme ça, ma petite dame. Si on veut revoir ses enfants, ce n'est pas à un avocat ou à un privé qu'il faut s'adresser, mais à des pros qui connaissent bien les ficelles du métier. Même si, à vrai dire, c'est la première affaire de kidnapping à laquelle Saltzman et Andrews sont appelés à participer.

Il reste que des menaces de mort ont été proférées.

Il faut donc y aller sur la pointe des pieds avec le vieux Farraday (aussi bien pour Saltzman que pour Andrews, soixante-cinq ans, c'est un très grand âge). Il faut qu'ils récoltent tous les renseignements qu'ils pourront sur cette voiture bleue qui a emmené les enfants hier, sans laisser voir en aucune manière qu'un délit a été commis. Leur avantage, c'est que Farraday leur semble particulièrement borné. Il est vrai qu'à leurs yeux, toutes les personnes de cet âge-là sont bornées.

— Il s'agit de Jamie et Ashley Glendenning, lui dit Andrews. Une petite fille et un petit garçon.

— Vous voulez du café ?

— Non merci, répond Saltzman.

Andrews se contente de faire non de la tête.

— Ils le font bien, ici, insiste Farraday.

Ces vieux cons, ils sont toujours en train de parler de bouffe, remarque Andrews.

— Pas aussi bon qu'au *Starbucks,* peut-être, continue Farraday, mais excellent quand même pour une cafétéria scolaire, vous ne croyez pas ?

— Ça s'est passé hier vers quatorze heures trente, lance Saltzman pour remettre la conversation sur les rails.

— Vous savez où il est très bon aussi ? demande Farraday.

– Où ça ? fait Andrews.

– Un endroit qui s'appelle *The Navigator*. Dans Davidson Street. Vous voyez où c'est ? Je m'arrête là tous les matins en venant travailler. Ils vous servent un petit déjeuner complet pour un dollar vingt-cinq. Avec des œufs et tout. Royal.

– Vous vous souvenez bien de ces enfants ? demande Saltzman. Les petits Glendenning.

– Celui qui est muet ?

C'est la première fois que les deux inspecteurs entendent dire que le gamin est muet. Ils échangent un regard perplexe.

– Son père s'est noyé une nuit dans les eaux du golfe. Sans doute qu'il a voulu pisser par-dessus bord et qu'il a perdu l'équilibre. La plupart des noyades de plaisanciers, c'est parce qu'ils ont voulu pisser. Vous saviez ça ? C'est prouvé. (Il hoche la tête.) Le petit Glendenning ne parle plus depuis. C'est le choc. Le traumatisme. En fait, c'est pas qu'il peut pas, mais plutôt qu'il veut pas, à mon avis.

– Quel malheur ! murmure Saltzman. Et vous avez vu ces enfants hier après-midi ?

– Bien sûr que je les ai vus. Mais pourquoi voulez-vous le savoir, au fait ?

– Il semble qu'ils aient raté leur car et qu'une femme ait eu la gentillesse de les...

– Ils n'ont pas raté leur car, dit Farraday.

– N'importe comment, fait Andrews, cette femme a eu la gentillesse de les prendre dans sa voiture et de les raccompagner chez eux. Mais elle les a laissés avec la femme de ménage, et elle est repartie sans donner son nom.

– C'est drôle, hein ?

– Elle devait être pressée. Le fait est que Mme Glendenning aimerait bien la remercier, aussi nous voudrions...

– Mais ils n'ont pas raté leur car. Ils allaient le prendre quand cette femme les a appelés.

– Elle était au volant d'une voiture bleue, c'est ça ?

– Une Chevrolet Impala bleue, oui.

– Et c'était elle qui conduisait.

– Oui. Une femme blonde.

– Vous ne savez pas qui c'est, par hasard ?

– Non. Jamais vue avant.

– Mais c'était bien une femme ?

– Une jeune femme blonde, oui. Avec des cheveux jusque-là.

Du tranchant de la main, il indique un endroit à cinq centimètres au-dessus de son épaule droite.

Au temps pour la femme noire, se dit Andrews. Mais il demande quand même :

– Noire ou blanche ?

– Je ne vous ai pas dit qu'elle était blonde ?

– Je sais, mais il y a des tas de Noires, aujourd'hui, qui se font décolorer les…

– Ça, c'est bien vrai, fait Farraday en hochant la tête. Mais c'était une Blanche.

– Quel âge, à votre avis ?

– Je ne l'ai pas regardée d'assez près. Tout ce que j'ai vu, c'est une blonde qui s'est penchée pour ouvrir la portière aux enfants.

– Et ils sont montés sans se faire prier ?

– Ils sont montés dans la voiture, oui.

– Ça veut dire qu'ils la connaissaient, alors.

– J'en sais rien, moi. Je les ai juste vus monter, et la voiture est partie.

– Une Impala, vous en êtes sûr ?

– Mes yeux sont encore bons, vous savez.

– Je n'ai pas dit le contraire.

Andrews le regarde en souriant.

S'ils sont bons, pourquoi tu portes des doubles foyers, connard ?

– Une Impala bleue, c'est bien ça ? demande Saltzman.

– Aussi bleue que mes yeux.

Qui sont effectivement bleus, remarque pour la première fois Andrews. *Derrière des doubles foyers aussi épais qu'un cul de bouteille de Coca-Cola.*

– Quelle année ? demande Saltzman.

– Je ne sais pas. Mais récente.

– Vous n'auriez pas retenu l'immatriculation ?

– Je n'ai pas regardé.

– Une plaque de Floride, sans doute ?

– Je vous dis que je n'ai pas regardé. J'avais autre chose à faire. Mon boulot, quoi. Je dois veiller à ce que tous ces enfants prennent le car qui convient, pour arriver à bon port.

Tu parles, se dit Andrews. *Tu les as laissés monter dans la voiture d'une blonde que tu n'avais jamais vue avant, c'est toi qui l'as dit.*

Vieux con à lunettes.

L'agent spécial Forbes se présente le matin à 11 heures au domicile de Rose Garrity parce qu'elle a signalé, apparemment, un enlèvement d'enfants à un inspecteur de la police de Cape October, brigade criminelle, et qu'aucune suite n'a été donnée à son appel. L'agent spécial Forbes est accompagné d'un autre agent fédéral, une femme nommée Sally Ballew, que tous les flics de Cape October surnomment « Sally Ballons » à cause de l'ampleur inhabituelle de sa poitrine, que même Forbes a remarquée à l'occasion. Il ne pense pas qu'elle sache qu'on l'appelle comme ça chez les flics, mais il se trompe. Elle sait. Il n'y a pas grand-chose qui échappe à Sally Ballew.

La femme qui vient leur ouvrir la porte est plutôt courte sur pattes et rondouillette, la cinquantaine, se dit Forbes en la voyant, avec une tignasse brun-roux, des taches de rousseur sur les joues et le nez, et une pellicule de transpiration luisante sur le front. Ce qui laisse prévoir un intérieur non climatisé et un accueil mitigé par une journée où la température a déjà atteint 30 °C et où l'humidité est si dense qu'on pourrait y nager.

– Madame Garrity ?

– Oui ?

– Agent spécial Forbes, du FBI. (Il lui montre sa plaque.) Mon équipière, l'agent spécial Ballew.

– Pouvons-nous entrer, madame ? demande Sally.

– Je vous en prie.

La petite maison de lotissement est aussi chaude à l'intérieur que Forbes l'avait prévu. Mme Garrity les fait entrer dans un minuscule séjour meublé d'un canapé et de deux fauteuils recouverts de tissu genre cachemire. Elle leur propose du thé glacé, va chercher ce qu'il faut dans la cuisine puis s'assoit face à eux sur le canapé. Les deux agents occupent les fauteuils.

— Alors, demande Forbes, qu'est-ce que c'est que cette histoire d'enlèvement?

Il a franchement du mal à croire que la police de Cape October n'ait pas réagi au quart de tour dans une affaire de kidnapping. De nos jours, alors que les terroristes de tous bords arrivent à se glisser entre les doigts du FBI, de la CIA et de l'INS[1], il serait stupide de ne pas suivre une piste comme celle-là, même si, dans le cas présent, cette Mme Garrity donne l'impression de vouloir vivre son quart d'heure de gloire grâce à une histoire d'enlèvement sortie tout droit de son imagination fertile. Et Sally, apparemment, est du même avis que lui. Mais ils sont venus ici pour écouter ce que Mme Garrity a à dire, et ils l'écoutent.

Elle commence par leur raconter le retour d'Alice hier après-midi, alors qu'elle était toute seule à la maison. Les enfants n'étaient pas dans le car habituel, et il y a eu ce coup de téléphone d'une femme à la voix noire, d'après Mme Glendenning, qui lui a dit de ne pas appeler la police si elle voulait revoir ses enfants vivants.

— Vous avez écouté la communication? demande Sally.

— Non.

— Comment savez-vous ce que la femme a dit, dans ce cas?

— Mme Glendenning m'a tout raconté.

— Et cette femme lui a dit qu'elle détenait les enfants?

— Oui. Et qu'ils mourraient si elle appelait la police.

— Mais vous n'avez pas entendu sa voix, c'est bien ça?

— Je ne l'ai pas entendue. C'est exact.

— Alors comment savez-vous qu'elle est noire?

— Mme Glendenning m'a dit qu'elle en avait l'impression.

— Elle vous l'a dit spontanément?

1. Immigration and Naturalization Service.

– Non. Je lui ai demandé si c'était une voix de femme noire ou blanche, et elle m'a répondu qu'elle avait l'impression que c'était une femme noire.

Il se trouve que Sally elle-même est noire. Forbes espère qu'elle ne va pas faire une histoire de ces considérations raciales qui n'ont rien à voir avec les raisons de leur présence ici. Si cette femme avait un accent noir au téléphone, c'est qu'elle avait un accent noir. Rien à ajouter à cela. Sally elle-même, à l'occasion, a des intonations noires. En ce moment, par exemple.

– Que s'est-il passé après le coup de téléphone? demande Forbes.

– Je lui ai conseillé d'appeler la police, mais elle n'a pas voulu m'écouter.

– Et ensuite? demande Sally.

Il y a un reste d'agressivité dans sa voix. Elle se hérisse parce qu'elle pense que Mme Garrity s'est rendue coupable de discrimination raciale hier, quand elle a demandé à Mme Glendenning si la femme avait une voix de Blanche ou de Noire. Mais Forbes estime que c'est une question parfaitement légitime à poser dans une enquête où la couleur de peau peut constituer un indice. Sinon, pourquoi ne pas accuser de sexisme un enquêteur qui chercherait à savoir si le coupable est un homme ou une femme? On pourrait aller très loin avec ça, pense-t-il.

– Continuez, madame Garrity, dit-il.

– En rentrant chez moi hier soir, j'ai appelé la police. J'ai eu au bout du fil un certain inspecteur Sloane.

– Elle veut parler de Wilbur Sloate, je pense, murmure Sally. De la brigade criminelle.

– C'est bien ce nom? demande Forbes. Sloate, avec un *t*?

– J'ai cru entendre Sloane.

– Il y a peut-être un Sloane, aussi, déclare Forbes.

– C'est le nom que j'ai retenu.

– Et que s'est-il passé ensuite?

– Il m'a dit qu'il allait s'occuper de l'affaire.

– Dans ce cas, pourquoi nous avez-vous appelés?

– Parce que j'ai parlé au téléphone avec Mme Glendenning ce matin, et elle m'a dit qu'elle était seule. Si cet inspecteur Sloane, je suis sûre que c'est comme ça qu'il s'appelle, s'était occupé immédiatement de l'affaire, comme il me l'a affirmé, vous pensez bien qu'elle n'aurait pas été seule chez elle alors que ses enfants sont aux mains d'une femme noire qui lui a dit qu'elle n'hésiterait pas une seule seconde à les tuer. Voilà pourquoi je vous ai appelés.

— Vous êtes sûre qu'elle était seule chez elle ?

— C'est ce qu'elle m'a dit. Et elle m'a dit aussi de ne pas venir travailler aujourd'hui, parce qu'elle voulait être seule si cette bonne femme rappelait. Je pense que si elle a dit qu'elle était seule, c'est qu'elle était seule.

— Et c'est où, madame Garrity ? demande Sally.

— C'est où quoi, agent Ballew ?

— Agent *spécial* Ballew, rectifie Sally. Où se trouve cette maison où Mme Glendenning tient à rester seule pour recevoir le coup de téléphone d'une ravisseuse noire ?

Quand le téléphone sonne, ils se tournent tous vers l'horloge.
Elle indique 11 h 40.
Sloate met ses écouteurs.

— Je pense que je suis prête, déclare Marcia.

— Allez-y, dit Sloate à Alice en pointant l'index sur le combiné.
Elle décroche.

— Allô ?

— Alice ?

— Qui est à l'appareil ?

— Rafe.

— Rafe ?

— Ton beau-frère. Serais-tu disposée à mettre un couvert de plus à ta table pour accueillir une pauvre petite âme en peine ?

— Mais… Où es-tu, Rafe ?

— Mon camion est devant un Seven-Eleven à… Comment ça s'appelle, cet endroit ? hurle-t-il. *Comment ?* Je suis à Bradenton, dit-il au téléphone. C'est loin de chez toi ?

— Rafe, je ne crois pas que ce soit une bonne idée…

— Je vais me renseigner, lui dit Rafe. À tout de suite.
Et il raccroche.

– Je croyais qu'il était du côté de Mobile, murmure Sloate.

– Apparemment, ce n'est pas le cas.

– Qui était-ce ? demande Marcia.

– Rafe, lui répond Sloate. Son beau-frère, l'ex-taulard. Il va venir ici.

– On pourrait se passer de sa présence, fait Marcia.

– Je pourrais me passer de *toutes* les présences, rétorque Alice.

L'horloge de grand-mère indique 11 h 45.

– Allô ?

Ce seul mot fait comprendre intuitivement à Christine qu'il y a quelqu'un dans la maison à côté d'Alice Glendenning. Elle le sent. Elle est certaine qu'elle n'est pas toute seule.

– Il y a quelqu'un avec vous ? demande-t-elle brusquement.

– Non, personne, répond Alice.

– Vous n'avez pas prévenu la police, j'espère ?

– Non.

– Parce que vous savez ce qui arriverait à vos enfants dans ce cas, n'est-ce pas ?

– Oui.

– Restez près du téléphone, commande Christine.

Et elle raccroche.

Elle retourne prendre l'Impala bleue garée contre le trottoir devant la cabine téléphonique. Elle démarre aussitôt, à la recherche d'une autre cabine à pièces sur le Trail. Elle ne sait pas très bien comment fonctionnent les tables d'écoute, mais elle suppose qu'ils arrivent à localiser les appels même sans avoir le numéro de téléphone exact. Elle a appelé sur un portable hier soir de l'endroit où ils se trouvaient tous les deux avec les enfants, mais ils ont décidé d'un commun accord qu'il était plus prudent d'utiliser des cabines ce matin.

Elle ralentit dès qu'elle aperçoit un téléphone sur le parking d'un centre commercial. Elle se gare, descend de voiture et se dirige vers la bulle murale en plastique. Elle fait le numéro d'Alice.

Elle regarde sa montre.

12 h 10.

Elle entend la sonnerie à l'autre bout du fil. Une fois, deux fois...

– Allô ?

– Vous avez l'argent ? demande-t-elle.

– Pas encore, répond Alice.

– Pourquoi mettez-vous si longtemps ?

– C'est une grosse somme. On ne peut pas trouver tout cet argent du jour au lendemain. J'ai des titres à vendre.

– Quand aurez-vous l'argent ?

Silence sur la ligne.

Quelqu'un lui dicte ses réponses, Christine en est sûre. Par gestes ou par écrit, qu'importe. Elle n'est pas seule à côté du téléphone.

– Je fais ce que je peux.

– Faites-le plus vite, lui dit Christine.

Elle raccroche. De nouveau, elle consulte sa montre. L'appel a duré quinze secondes, presque seize. Elle ne pense pas qu'ils puissent faire une localisation en si peu de temps. Elle retourne à la voiture et continue de suivre le Trail jusqu'à ce qu'elle trouve une autre cabine. Quand elle rappelle Alice, il est 12 h 17.

– Allô ?

– Il faut que vous ayez l'argent pour cet après-midi, quinze heures, fait Christine. Nous vous rappellerons pour vous donner de nouvelles instructions.

– Attendez !

– Quoi ? Faites vite !

– Comment je peux être sûre qu'ils sont toujours en vie ? Envoyez-moi une photo Polaroïd où ils tiennent tous les deux la *Tribune* de ce matin.

– Hein ?

– Expédiez-la par Fed Ex.

– Vous rêvez, lui dit Christine.

La trotteuse de sa montre en est à vingt secondes.

– Je vous rappelle à quinze heures, dit-elle.

– Mes enfants vont bien ? Je veux parler à Ashley. S'il vous pl...

Christine raccroche.

70

– Vingt-cinq secondes, cette fois-ci, dit Marcia.

Sloate est déjà en relation, sur la ligne spéciale, avec l'immeuble de la Sécurité publique en ville. Alice l'entend rapporter à son supérieur hiérarchique qu'ils n'ont pas réussi, jusqu'à présent, à localiser les appels. Il lui explique que la femme a exigé d'avoir l'argent à 15 heures aujourd'hui. La pendule de grand-mère indique 12 h 40.

– Qu'est-ce qu'on fait ? demande Sloate. Il faut se décider avant trois heures.

– Je vais examiner la question, répond Steele.

Et il raccroche.

Alice fait les cent pas dans le séjour. Elle se tourne brusquement vers Marcia, assise derrière ses appareils.

– Pourquoi n'avez-vous pas encore réussi à localiser les appels ? demande-t-elle.

– Elle ne parle pas assez longtemps chaque fois.

– On envoie des hommes dans la Lune et vous êtes incapable de localiser un foutu appel téléphonique depuis le coin de la rue ?

– J'aimerais bien que ce soit le coin de la rue. En réalité, nous ne savons pas du tout où elle est.

– Fichez-moi le camp d'ici, tous les deux ! Je ne veux plus vous voir chez moi. Je me débrouillerai toute seule. Partez ! À cause de vous, mes enfants vont mourir !

– Madame Glendenning…

– Non ! Laissez-moi tranquille. Remballez vos stupides machines et partez ! S'il vous plaît. Partez. Je suis désolée, mais partez.

– Nous restons, lui dit Sloate.

Elle est sur le point de lui filer un coup de poing dans la figure.

– Je regrette, madame Glendenning, mais nous restons, répète Sloate.

Puis il ajoute, ce qui la met encore plus en fureur, car cela lui rappelle son père quand il la battait avec sa ceinture :

– Croyez-moi, c'est pour votre bien.

4

Lorsque Rafe arrive à 13 h 15, Alice ne peut pas faire autrement que de lui expliquer la situation. Il la regarde d'un air incrédule. Il ne croit pas que la maison soit envahie par des inspecteurs de police. Il ne croit pas que les enfants aient été enlevés. Il pense qu'il s'agit d'un canular inventé à son intention. Il reste planté là comme un grand dadais qui a besoin d'un bon verre autant que d'un bon rasage. Surtout d'un verre, dit-il à Alice, si tout ce qu'elle vient de lui raconter est réel.

Elle lui sert un scotch douze ans d'âge d'une bouteille que l'agence lui a offerte aux fêtes de fin d'année. Les autres négociateurs ont eu des primes, mais elle n'a rien touché parce qu'elle n'avait rien vendu. Ce qui n'a pas changé à l'heure qu'il est, soit dit en passant.

— Qu'est-ce qui t'est arrivé au pied ? lui demande Rafe, qui vient de s'en apercevoir.

— J'ai été renversée par une voiture.

— Tu as fait faire un constat par la police ?

— Pas encore.

On a enlevé mes enfants, se dit Alice, *et tout le monde veut savoir si j'ai signalé ce foutu accident à la police.*

Elle le conduit dans la cuisine et ouvre le frigo à la recherche de quelque chose à lui donner à manger.

— Tu as parlé de ça à Carol ? demande Rafe.

— Non.

– Pourquoi ?

– Mes enfants sont en danger.

– C'est ta sœur.

– Ça ira comme ça ? demande-t-elle.

Elle pose devant lui du pain de seigle tranché, du fromage et un énorme morceau de salami génois.

– Tu as de la moutarde ? demande-t-il.

– Bien sûr.

– Tu devrais l'appeler.

– J'attends de voir comment ça va se passer ici, d'accord ?

– C'est ta sœur, répète-t-il.

– Quand tout sera fini, dit-elle.

– Tu as du vin ?

Elle sort du frigo une bouteille de chardonnay déjà ouverte et lui donne un verre. Dans le séjour, Sloate discute encore au téléphone avec son chef. Elle s'approche pour voir si elle peut apprendre quelque chose, mais il n'y a rien de nouveau. 15 heures, ça semble encore loin. Quand elle retourne à la cuisine, Rafe est en train de finir son sandwich.

– Il n'y a plus de vin, dit-il en secouant la bouteille vide. Tu as une chambre pour moi ? J'ai conduit toute la nuit.

Elle le précède dans la chambre des enfants. Il y a deux lits, un contre chaque mur. Rafe prend un air vexé en voyant leur taille, mais il finit par s'étendre tout habillé sur l'un d'eux.

Alice va dans sa chambre et s'allonge sur son lit. Elle veut faire une sieste avant 15 heures. On verra bien ce qui se passera ensuite.

En un instant, elle s'endort d'un profond sommeil.

Le cauchemar survient à sa manière habituelle.

Toute la famille est à table.

Il est 19 h 30 et c'est le 21 septembre de l'année dernière. Tant qu'elle vivra, elle n'oubliera jamais cette date.

Eddie lui annonce qu'il a envie de sortir le *Jamash* pour faire un petit tour au clair de lune. Le *Jamash* est un sloop Pearson modèle 1972 qu'ils ont acheté d'occasion quand ils sont venus s'installer au cap. Il leur a coûté 12 000 dollars à une époque où Eddie gagnait bien sa vie comme courtier, avant l'élection de Bush Junior et la dégringolade de l'économie. Le nom *Jamash* fait allusion à leurs enfants, Jamie et Ashley. C'est un dix mètres bien profilé, rapide et qui tient bien la mer.

Mais Eddie n'était jamais sorti sans elle au clair de lune, et il fallait toujours prévoir de faire garder les enfants.

— J'ai envie d'aller faire un tour en mer, lui dit-il.

— Bien sûr, vas-y, répond-elle.

— Ça ne t'embête pas ? Tu es sûre ?

— Ne va pas jusqu'au golfe quand tu es tout seul.

— Promis, fait-il.

Sur le seuil, avant de s'en aller, il crie :

— Je t'aime, ma poupée.

— Je t'aime aussi ! répond Alice de la même manière.

— Je t'aime ! fait Jamie en écho.

Le lendemain, dans le golfe du Mexique, des membres de l'équipage d'un pétrolier aperçoivent le sloop, toutes voiles dehors, qui zigzague au gré du vent.

Intrigués, ils appellent, mais n'obtiennent pas de réponse.

Finalement, ils envoient des hommes à bord, mais il n'y a personne.

Alice reçoit le coup de téléphone le matin à 10 heures.

Elle hurle.

Elle n'arrête pas de hurler.

Le téléphone est en train de sonner.

Elle sort du lit et se précipite dans le séjour. L'horloge de grand-mère indique 13 h 50. Sloate a déjà mis ses écouteurs.

— Elle est en avance, dit-il.

Marcia est prête derrière ses appareils.

Sloate fait un signe à Alice. Elle décroche.

— Allô ?

— Écoutez, lui dit la femme. Ne parlez pas.

Puis elle chuchote :

— Dis-lui que vous allez bien, toi et ton frère, et rien d'autre. Tiens.

Elle a passé le combiné à Ashley, car celle-ci déclare de sa petite voix :

– On va bien, m'man ! J'arrive pas à y croire !

– Qu'est-ce que tu… ?

– Tu te souviens de Mari…

Brusquement, la communication est coupée.

– Qui est Marie ? demande aussitôt Sloate.

– Ils sont vivants ! s'exclame Alice. Mes enfants sont vivants !

– Vous connaissez quelqu'un qui s'appelle Marie ?

– Non. Vous avez entendu ce qu'elle a dit ? Ils vont bien tous les deux !

– Ou Maria, peut-être ?

– Je n'en sais rien. Ils sont vivants !

– Quinze secondes, cette fois-ci, fait Marcia.

– Marie ou Maria ?

– Je ne connais personne de ce…

– Une parente ?

– Non.

– Une amie ?

– Non. Mes enfants sont vivants. Qu'est-ce que vous allez faire pour…

– Une ancienne employée ?

– Pour les récupérer ?

– Marie… Réfléchissez bien… Ou Maria.

– Réfléchissez vous-même, bon Dieu ! Faites donc quelque chose !

Soudain, le visage d'Alice s'illumine.

– Quoi ? demande Sloate.

– Maria. Oui…

– Qui ?

– Une baby-sitter. Il y a longtemps. Je ne suis même pas sûre qu'elle soit encore…

– Son nom de famille ?

À 14 heures, Charlie Hobbs, au volant du camion Chevrolet dont il se sert pour transporter ses énormes toiles, arrive sur le parking de l'école élémentaire Pratt et demande à parler à Luke Farraday.

La journée est chaude et ensoleillée, la température au cap dépasse 33 °C et Charlie porte un tee-shirt blanc et un jean. Farraday a son uniforme bleu avec sa plaque rectangulaire et son nom écrit au-dessus de sa poche poitrine gauche : L. FARRADAY. Les cars scolaires commencent à arriver sur le parking.

Charlie a intérêt à faire gaffe.

L'avertissement donné par les ravisseurs des enfants est on ne peut plus explicite : *Ne prévenez pas la police, ou ils mourront.*

Charlie ne veut pas que Farraday s'imagine qu'il s'est passé quelque chose d'inhabituel. Mais en même temps, il espère récolter quelque indice sur cette voiture bleue.

– Je suis un ami d'Alice Glendenning, lui dit-il. Elle voudrait remercier la personne qui a pris ses enfants en voiture hier après-midi. Vous pouvez peut-être m'aider.

– Les flics sont déjà venus. Je leur ai dit tout ce que je savais.

La nouvelle surprend Charlie, mais il s'efforce de ne pas le laisser paraître. Pourquoi les flics seraient-ils venus ici ? Alice lui a bien dit qu'ils l'avaient laissée repartir sans donner suite…

– Désolé de vous ennuyer encore, dans ce cas, dit-il, mais Mme Glendenning tient tellement à remercier cette femme…

Farraday doit avoir dans les soixante-cinq, soixante-dix ans. Il fait partie des retraités qui sont venus mourir au soleil de Floride. Charlie, avec ses cinquante-quatre ans, le suit de près, suppose-t-il, mais il savait déjà ce qu'il voulait à l'âge de dix-sept ans. Il a été obligé de quitter l'école des beaux-arts quand l'armée lui a mis le grappin dessus mais il est retourné à ses études et à la profession qu'il avait choisie dès l'instant où il a été dégagé de ses obligations. Il n'a pas cessé de peindre depuis, et il n'a pas l'intention de prendre sa retraite tant que ses doigts seront capables de tenir un pinceau ou tant que le Seigneur ne l'aura pas rappelé à lui.

– Il s'agit de Jamie et Ashley, dit-il. Un petit garçon et une petite fille.

– Je sais. J'ai déjà répondu aux deux inspecteurs qui sont venus ce matin…

– Ce matin ?

– Vers dix heures, oui.

– Et vous leur avez dit quoi ?

– Qu'une jeune femme blonde a appelé les enfants, qui sont montés dans sa voiture, et qu'elle est partie avec eux.

– À quoi ressemblait-elle ?

– Une blonde avec des cheveux jusque-là. (Il indique l'endroit du tranchant de la main sur son cou.) Plutôt maigre, des traits fins. Elle portait des lunettes de soleil et une petite casquette blanche avec visière, comme pour jouer au tennis.

– Elle n'était pas noire, par hasard ?

– Les flics m'ont posé la même question.

– Elle l'était ou non ?

– Je ne connais pas beaucoup de blondes qui sont noires. (Il a un petit rire gloussant.) Je ne connais pas beaucoup de blondes tout court, en fait. Pas beaucoup de Noires non plus.

– Quel âge lui donneriez-vous ?

– Difficile à dire. Mais jeune. La trentaine, peut-être. Je ne sais pas.

– Vous dites qu'elle a appelé les enfants ?

– Oui. Elle leur a fait signe de venir, quoi. Vous voyez ce que je veux dire.

– Que leur a-t-elle dit ?

– Là, c'est une colle que vous me posez, monsieur, dit Farraday en mettant le doigt sur son appareil auditif à l'oreille droite.

– Vous n'avez pas entendu ce qu'elle disait, c'est ça ?

– Je sais qu'elle les a appelés et qu'elle leur a fait signe de monter.

– Et ils sont montés ?

– Oui, et elle a démarré aussitôt.

– Une voiture bleue, c'est ça ?

– Une Chevrolet Impala.

– Vous avez vu la plaque ?

– Non. C'est ce que j'ai dit aux flics. Je n'avais pas de raison de regarder la plaque.

– Immatriculée en Floride ?

– Il y a des chances, vous ne croyez pas ?

– Pourquoi ?

— Parce que c'était une voiture de location.

— Comment savez-vous ça?

— Il y avait un autocollant sur le pare-chocs. «*Avis Tries Harder*[1].»

Bingo! se dit Charlie.

L'appel du capitaine Steele leur parvient à 14 h 40.

— À quoi ressemble Oleander Street en ce moment? demande-t-il à Sloate.

— Aucune circulation. Rien. Aucune voiture en stationnement.

— Vous pensez que la maison est surveillée?

— Non.

— Si j'envoie quelqu'un avec ces coupures bidons de cent dollars qui datent de l'affaire Henley, il pourra entrer directement dans le garage?

— Oui. C'est un garage à deux places, et il n'y a que la voiture de la victime à l'intérieur.

La victime, note Alice.

Elle est en train de faire les cent pas devant la table où Sloate est assis avec ses écouteurs.

La victime.

— J'appellerai quand il sera à proximité, pour que vous ouvriez le portail.

— Entendu.

— J'envoie Andrews et Saltzman vérifier cette histoire de baby-sitter. Vous pensez que la piste est sérieuse?

— Je l'espère.

— En attendant, quand cette femme rappellera, faites-lui dire que l'argent est prêt.

— D'accord.

— Et fixez un rendez-vous.

— Oui.

— Vous croyez qu'ils sont au courant de notre intervention?

— Je ne pense pas.

— Tenez-moi informé.

---

1. « Décidés à faire mille fois plus ». Slogan de Avis.

Sloate raccroche.

– Qu'est-ce qu'il y a ? demande Alice.

– Il envoie deux de nos hommes interroger Maria Gonzalez.

– Ils l'ont retrouvée ?

– Oui. Et il envoie aussi quelqu'un ici pour…

– Encore ? Non ! Pourquoi ?

– Pour nous apporter des billets factices.

– Factices ?

– Oui. De faux billets de cent dollars.

– Pas ça. Si quelqu'un surveille la maison…

– Il rentrera directement au garage.

– S'ils s'aperçoivent de quelque chose…

– Tout se passera bien, ne vous inquiétez pas.

– C'est la vie de mes enfants qui est en jeu !

L'horloge de grand-mère indique à présent 14 h 45.

Dans un quart d'heure, cette femme va rappeler pour lui donner de nouvelles instructions.

– Quand elle appellera, murmure Sloate, dites-lui que vous avez l'argent. C'est le plus important.

– Ils vont s'apercevoir que les billets sont faux.

– Non. Ce sont des superbillets, saisis par le Trésor. Ils nous les ont déjà prêtés pour une autre affaire d'enlèvement.

– C'est quoi au juste, un superbillet ?

– Tout ce que vous avez besoin de savoir, c'est que ces coupures sont si bien imitées que personne n'est capable de les distinguer des vraies. Ils ne s'apercevront de rien, croyez-moi.

– Comment est-ce que je récupère mes enfants ?

– C'est ce que vous devez régler avec elle quand elle vous appellera. Convenez d'un échange. Les enfants contre l'argent. Pas d'enfants, pas d'argent.

– Ils n'accepteront pas mes conditions.

– Insistez.

– Comment ?

– Le cas s'est déjà produit.

– Bon Dieu, combien d'affaires de kidnappings avez-vous à traiter ici en Floride ?

– Quelques-unes. Voici comment nous procédons. Vous descendez de voiture avec une serviette bourrée de billets de banque. Vous êtes seule et vous vous dirigez vers elle. Elle vérifie l'argent devant vous. Mais vous ne lui donnez pas vraiment la serviette tant qu'elle n'est pas allée chercher les enfants là où ils...

– Pourquoi ferait-elle ça ? Dès l'instant où elle a mis la main sur l'argent...

– Elle le fera. C'est comme ça que les choses se passent habituellement. Il faut bien qu'ils aient l'assurance que...

– Non ! C'est moi qui ai besoin d'être...

– Madame Glendenning !

– D'avoir l'assurance que je récupérerai mes enfants ! Si elle ne les a pas avec elle, je ne lui donne pas l'argent et c'est tout !

– Elle les aura, c'est ce qu'il faut espérer.

– Ce n'est pas ce que vous avez dit. Vous avez dit que je lui donnais l'argent d'abord.

– Je n'ai pas dit que vous le lui donniez, mais que vous le lui montriez. Essayez d'être un peu plus coopérative, madame Glendenning. Nous sommes là uniquement pour vous aider.

Alice ne répond pas.

– On récapitule, d'accord ? Premièrement, vous convenez d'un R-V.

Un R-V, se dit Alice.

– Deuxièmement, vous descendez de voiture et vous vous dirigez vers elle.

– Pourquoi prendrait-elle ce risque ? Pour que je la reconnaisse ?

– Dites-lui de se déguiser comme elle voudra, d'accord ? Nous ne cherchons pas à l'identifier à ce stade. Les billets sont marqués. Dès l'instant où elle essaiera de les dépenser, nous en retrouverons la trace. Pour le moment, la seule chose qui nous intéresse est de récupérer vos enfants.

– J'irai seule ?

– Non. Nous serons là, prêts à intervenir.

– C'est bien ce qui me fait peur. Mes enfants risquent leur vie, merde !

— Je sais. Mais ces gens-là…

— Qu'entendez-vous par intervenir ? Je n'aime pas ça. Je n'aime pas ça du tout.

— Vous connaissez un autre moyen ?

— Oui. Laissez-moi seule. Laissez-moi m'en occuper toute seule.

— De quelle manière ?

— Je n'en sais foutrement rien !

Sloate consulte sa montre.

— Vous avez dix minutes, annonce-t-il. Détendez-vous un peu en attendant.

— Je suis détendue.

Il la regarde sans rien dire.

— Je suis parfaitement détendue, merde !

— Nous désirons juste vous venir en aide, madame. Personne ne veut qu'il arrive quoi que ce soit à vos…

— Ne m'appelez plus madame, pour l'amour du Ciel. Mon nom est Alice.

— Moi, c'est Wilbur.

Elle hoche la tête. Elle ne se voit pas en train de l'appeler Wilbur. Ni lui ni personne d'autre, au demeurant. Il est toujours debout derrière la table où sont installés les appareils, légèrement penché en avant, avec son pistolet dans son étui sur sa hanche droite. Derrière lui, dans le couloir, l'horloge de grand-mère laisse entendre son bruyant tic-tac.

— Pourquoi pensez-vous que Rafe ait décidé de venir ici à l'improviste ? demande l'inspecteur.

— Je n'en sais rien. Ma sœur m'a dit qu'il se trouvait du côté de Jacksonville.

— Mais il est ici dans le cap.

— Je ne sais pas ce qu'il est venu y faire.

— Une coïncidence, sans doute.

— Sans doute.

Ils échangent un regard.

— À moins qu'ils n'aient voulu avoir un informateur dans la place. Quelqu'un qui puisse les renseigner sur nos mouvements.

— Je ne pense pas qu'il soit impliqué dans cette histoire.

– Il serait intéressant de savoir s'il a parlé à quelqu'un de la grosse somme que les assurances doivent vous verser. Combien de temps va-t-il encore ronfler dans cette chambre ?

– Aucune idée.

Il la regarde de nouveau, longuement. *Il essaie vraiment de comprendre ce qui se passe,* se dit Alice, *mais il a l'air tellement con !* Si on n'était pas au bout du monde, avec une police de Disney World…

Mais on est là et pas ailleurs.

Cape October, Floride, 143 000 habitants, et mes enfants se sont fait enlever. Dans dix minutes, la femme qui les détient va rappeler pour fixer les conditions de l'échange. Mes enfants contre une serviette pleine d'argent. Et si ça marche…

– Essayez de la faire parler un peu plus longtemps, cette fois-ci, lui demande Sloate. Dites-lui que vous ne savez plus où vous en êtes, que vous perdez le fil avec tous ces coups de téléphone successifs. Elle ne sera pas contente, mais l'heure de toucher le gros paquet approche, et elle ne doit plus tenir en place. Dans ces cas-là, ils sont moins prudents.

Et mes enfants dans tout ça ? se dit Alice.

Au même moment, on sonne à la porte d'entrée.

Sally Ballew reconnaît immédiatement Sloate.

– Salut, Wilbur, dit-elle en entrant d'un pas décidé.

D'un seul coup, ses yeux noisette ont balayé le séjour et elle a compris que cette Mme Garrity ne les a pas menés en bateau quand elle leur a parlé de kidnapping. Il y a dans la pièce un autre flic de la brigade criminelle, Marcia Di Luca, des services techniques, ce qui prouve qu'ils ont déjà installé une table d'écoute. Les choses n'ont pas traîné.

– Ça va, Marcia ? demande-t-elle. On vient se faire un peu la main ?

– Qui êtes-vous ? demande vivement Alice.

– Agent spécial Sally Ballew, répond-elle en lui montrant sa plaque. FBI. Et voici mon équipier Felix Forbes. Nous sommes là pour donner un coup de main, madame.

Il est 15 heures.

Alice est cernée par les forces de l'ordre.

Pour la première fois depuis hier après-midi 16 heures, elle se sent véritablement en danger.

Le téléphone se met à sonner.

D'une main tremblante, Alice soulève le combiné.

– Allô ?

– Vous avez l'argent ? lui demande la femme.

– Oui.

– Très bien. Écoutez mes instructions. Pas plus de trente secondes. Vous réfléchirez en attendant que je rappelle. Compris ?

Marcia Di Luca fait la grimace. Trente secondes ! À côté d'elle, Sally Ballew semble comprendre ce qui se passe et hoche la tête de manière compatissante.

– Compris, dit Alice.

– Il y a une station-service au carrefour de la 41 et de Lewiston Point Road. Une station Shell. Vous voyez où c'est ?

– Oui.

– Laissez l'argent dans les toilettes des femmes. Demain dix heures. Il y a toute la somme ?

– Oui. Mais…

– Écoutez bien. Il n'y a qu'un seul box dans les toilettes des femmes. Déposez l'argent à dix heures précises. Et venez seule, surtout.

– D'accord, mais comment est-ce que je…

– Je vous rappelle, dit la femme.

Et elle raccroche.

Sally Ballew met la poitrine en avant comme pour proclamer sa supériorité féminine. Et quelle poitrine ! Les deux hommes présents sont impressionnés. Alice aussi. Mais elle n'avait vraiment pas besoin du FBI chez elle alors que ses enfants sont aux mains d'une inconnue et de ses complices éventuels. Trop de cuisiniers finissent par gâter la sauce.

– Combien de temps reste-t-il en ligne, en moyenne ? demande Sally.

– *Elle*, rectifie Marcia. Entre vingt et trente secondes.

– Vous ne la coincerez jamais.

– C'est à voir, fait sèchement Marcia.

Les deux femmes ne s'aiment visiblement pas. Alice l'a compris tout de suite.

Mes enfants vont mourir, se dit-elle.

– Qu'espérez-vous obtenir de cette manière ? demande Sally à Sloate.

– Qui vous a demandé de venir ? réplique ce dernier. Rien n'indique qu'ils soient dans un autre État.

– Je vous ai juste demandé ce que vous espériez obtenir en laissant cette femme s'adresser directement à…

Le téléphone sonne de nouveau.

Sloate fait signe à Alice. Elle décroche. Elle commence à avoir l'habitude. Décrocher, raccrocher. La seule chose nouvelle, c'est qu'elle se trouve maintenant au milieu de cette rivalité entre flics fédéraux et flics locaux.

– Allô ?

– Vous avez bien compris mes instructions ?

– Oui.

– Répétez-les.

– Dix heures demain.

– Oui ?

– La station Shell, carrefour Lewiston et le Trail.

– Continuez.

– Les toilettes des femmes.

– Oui. Vous laisserez l'argent là.

– Non.

Il y a un bref moment de silence.

– Non ? Écoutez, ma cocotte. Si vous voulez revoir vos enfants vivants…

– On fait un échange, dit vivement Alice. L'argent contre les enfants, tout de suite.

Sloate est déjà en train de secouer énergiquement la tête. Sally ne comprend pas ce qui se passe, et Forbes non plus.

– Je vous donne l'argent et vous me rendez mes enfants, insiste Alice. Ce sont mes conditions.

– Restez à côté du téléphone, lui dit la femme.

Et elle raccroche.

Charlie se présente au comptoir Avis de l'aéroport à 15 h 10. Une femme aux cheveux blonds volumineux l'accueille avec un sourire engageant, mais qui se fige au moment où il lui demande qui a loué récemment une Chevrolet Impala de couleur bleue. Elle lui répond qu'elle n'est pas autorisée à donner ce genre de renseignement.

Charlie lui explique son problème.

Avec le même sourire innocemment enjôleur que pendant la guerre du Vietnam, quand il essayait de persuader d'innombrables jeunes Japonaises effarouchées de venir dans son lit lors de ses permissions à Tokyo, il lui explique qu'il est artiste peintre et lui montre plusieurs reproductions de la taille d'une carte postale des œuvres qu'il expose en ce moment dans une galerie de Naples. Il lui apprend que sa galerie new-yorkaise l'a informé qu'elle allait faire prendre plusieurs de ses tableaux par un intermédiaire indépendant, mais que personne ne s'est présenté chez lui. Il a téléphoné ce matin à New York, et on lui a dit que la personne chargée d'enlever les tableaux avait loué récemment chez Avis une Chevrolet bleue modèle Impala.

– Comment s'appelle ce monsieur ? demande l'employée.

– C'est une femme. Une blonde, avec des cheveux jusque-là. (Il montre l'endroit du tranchant de la main au milieu du cou.) Elle devait prendre quatre de mes tableaux. Si vous pouviez m'aider, mademoiselle, je vous en serais très reconnaissant.

De nouveau, il lui décoche un sourire enjôleur.

– Comment s'appelle cette femme ?

– Je n'en sais rien. C'est juste une intermédiaire envoyée par la galerie.

– Et ils ne savent pas son nom ?

– La chose a été organisée ici.

– Où, ici ?

– Je ne sais pas.

– Mais d'où venait-elle ? Si elle a loué une voiture à l'aéroport, c'est qu'elle est arrivée en avion, non ?

– Probablement. Vous avez sûrement raison.

– Il faut que je sache d'où elle venait. Comment retrouver trace de cette location si je ne sais même pas comment elle s'appelle? De toute manière, je ne suis pas censée donner des informations de ce genre.

– Je sais, et je vous suis reconnaissant de bien vouloir me consacrer un peu de votre temps. Mais si vous pouviez rechercher les locations récentes d'Impala bleues…

– Savez-vous combien nous en louons chaque jour?

– Combien?

– Beaucoup. Et vos tableaux, sur ces reproductions, me semblent bien grands pour…

– Vous pouvez les garder, si vous voulez.

– Merci. Ils sont très beaux. Mais je doute qu'on puisse les faire entrer dans une Impala. Surtout s'il y en a quatre, comme vous dites. Vous êtes sûr qu'il s'agit d'une Impala?

– C'est ce qu'on m'a dit. Écoutez, mademoiselle, je vais rater cette vente importante si vous ne m'aidez pas à retrouver cette femme.

– Je ne vois pas ce que je peux faire pour vous aider.

Tu pourrais te donner un peu plus de mal, ma poupée, se dit Charlie.

Mais déjà l'employée de chez Avis se tourne vers un autre client.

Rafe sort de la chambre à 15 h 30.

– Je ne crois pas qu'on se connaisse, dit-il à Sally en lorgnant du côté de sa poitrine opulente.

– Qui est-ce? demande-t-elle à Sloate.

– Le beau-frère, explique ce dernier.

– Rafe Matthews, enchanté.

Sally se contente de hocher distraitement la tête.

– Qu'est-ce que vous comptez faire? demande-t-elle à Sloate.

Il lui explique ce qu'ils ont prévu. Alice montre l'argent à la femme et attend qu'elle revienne avec les enfants. Donnant, donnant. Les billets contre les gamins.

— Elle n'acceptera pas, lui dit Sally. Elle partira avec l'argent en disant qu'elle libérera les enfants plus tard, tel jour, à telle heure et à tel endroit. C'est comme ça qu'ils procèdent habituellement.

— Nous, nous avons déjà procédé de cette manière, lui dit Marcia.

— Quand ?

— L'affaire Henley. Il y a trois ans.

Rafe ne perd pas un mot de toute cette conversation.

— Ce devait être avant notre arrivée, dit Forbes à Sally.

— Donnant, donnant, murmure Sloate. L'argent contre les enfants.

— Et vous envoyez Mme Glendenning seule ? demande Sally.

— Nous ne serons pas loin.

— Vous allez réellement lui donner l'argent ?

— Deux cent cinquante mille, cash. En superbillets.

— Ils vont s'en apercevoir.

— Ça n'a pas été le cas il y a trois ans.

— De l'eau a coulé sous les ponts, dit Sally. Et s'ils s'en aperçoivent maintenant ?

Le téléphone sonne.

— Essayez de gagner du temps, demande Sloate.

— Allô ?

— Ça ne marche pas, lui dit la femme. Vos enfants vont mourir.

Et elle raccroche.

— Elle va rappeler, déclare Marcia.

Mais elle ne rappelle pas.

Elle ne rappelle pas avant 16 h 30.

— Vous voulez revoir vos enfants vivants ? demande-t-elle.

— Oui, mais…

— Alors n'essayez pas de marchander avec moi.

— Je ne marchande pas. J'essaie de fixer des conditions d'échange raisonnables.

— Qui vous a soufflé ces mots ?

— Personne.

— Qui vous a dit de dire ça ?

— Personne.

– Qui est avec vous ?

– Personne, je vous jure.

– J'entends des mouvements autour de vous.

– Ce n'est pas vrai, vous…

– Vous mentez !

Et la femme raccroche.

– Merde ! fait Marcia.

La femme rappelle à 17 h 05.

– Je ne sais plus où j'en suis, lui dit Alice. Si vous raccrochez sans arrêt, je ne peux pas suivre…

– C'est parce que vous essayez de localiser mes appels.

– C'est faux.

– J'entends des cliquetis.

Marcia fait non de la tête. Impossible qu'elle entende quoi que ce soit sur la ligne.

– Je suis toute seule, affirme Alice. Personne n'essaie de vous localiser. J'ai l'argent. Je veux retrouver mes enfants. Fixons des conditions d'échange raisonnables et…

– Vous parlez trop, fait la femme.

Et elle raccroche.

Alice est au bord des larmes.

– Vous ne devriez jamais laisser une victime négocier, déclare Sally.

– Ils ont menacé de tuer ses enfants, lui dit Sloate.

– C'est ce qu'ils font toujours, murmure Forbes.

– Mais ça n'arrive presque jamais, ajoute Sally.

« Presque » jamais, se dit Alice.

– Ce ne sont pas vos enfants qui risquent leur vie ! hurle-t-elle. Personne ne vous a demandé de venir ici ! Vous n'avez pas le droit…

La sonnerie du téléphone retentit de nouveau.

– Demandez-lui de fixer ses conditions, conseille Sally. Laissez-la dire comment elle voit cet échange.

Alice la regarde.

– Qu'elle propose quelque chose, continue Sally. Elle tient à avoir cet argent.

Elle soutient le regard d'Alice.

– Faites-moi confiance, dit-elle.

Alice décroche.

– Vous viendrez ou non demain à dix heures ? demande la femme sans préambule.

– Quelle certitude j'aurai de récupérer mes enfants ?

– Aucune. Il vous faudra courir le risque.

– Donnez-moi une garantie.

– Qu'est-ce que vous voulez, ma cocotte ? Une déclaration signée ?

– Proposez-moi quelque chose.

– Je vous propose de déposer ces foutus billets dans les toilettes !

– Soyez compréhensive ! Je ne peux pas vous donner tout cet argent sans avoir l'assurance que...

– Vous voulez leur mort, c'est ça ?

– Je veux les revoir vivants ! s'écrie Alice.

Mais la femme a de nouveau raccroché.

La relève arrive vingt minutes plus tard. La voiture va directement dans le garage, et l'homme entre dans la maison avec à la main une mallette noire genre bagage à main pour compagnie d'aviation.

C'est un Noir au parler tranquille qui se présente sous le nom de George Cooper, inspecteur de police.

– Excusez-moi de faire ainsi irruption chez vous, madame, dit-il.

Il explique qu'il a avec lui 250 000 dollars en faux billets de cent et demande à Alice si elle a un sac pour y mettre l'argent factice.

– Comment ça, factice ? interroge Rafe.

– Qui est-ce ? demande Cooper à Sloate.

– Le beau-frère.

– Factice, faux, contrefait, explique Cooper. Des superbillets, confectionnés par des faux monnayeurs.

– Merde alors ! s'exclame Rafe.

Alice revient avec un sac Louis Vuitton qu'Eddie lui a offert un jour à Noël. Cooper commence à y transférer les billets lorsque quelqu'un frappe à la porte du jardin.

– Qu'est-ce que c'est que ça encore ? demande Sloate en regardant sa montre.

– Le capitaine nous envoie quelqu'un d'autre ? demande Marcia.

Cooper secoue négativement la tête. Il continue de transférer les liasses.

– Je ne veux plus de policiers chez moi, fait Alice. Dites-leur de s'en aller.

Sloate est déjà dans la cuisine. Il ouvre la porte du jardin. Il voit un homme en uniforme.

– Bureau du shérif, déclare le nouveau venu. Nous avons reçu un coup de téléphone d'un voisin qui a vu la porte du garage s'ouvrir et se refermer après le passage d'une voiture inconnue. Et il y a un camion garé à l'extérieur. Vous avez un problème ?

– Aucun, shérif, lui dit Sloate.

Il sort un étui en cuir de sa poche et l'ouvre pour montrer sa plaque.

– Qu'est-ce qui se passe ici ? demande le shérif, intrigué.

Il se hausse sur la pointe des pieds pour regarder à l'intérieur du séjour, où semble régner une activité inhabituelle, avec des tas d'appareils électroniques disposés sur la table.

– Rien de grave, shérif, lui dit Marcia.

Si quelqu'un est en train de surveiller la maison, se dit Alice, *il va voir la voiture du shérif garée dans l'allée et il va croire que j'ai fait venir ici tous les foutus flics de Floride.*

– Qu'est-ce que vous avez au pied, madame ? demande le shérif.

– Je me suis fait renverser par une voiture.

– Vous avez signalé l'accident ?

– Oui.

Elle ment, elle n'a encore rien fait.

– Très bien, fait le shérif. Puisque vous dites que tout va bien…

– Tout va très bien, shérif, lui dit Sloate. Merci d'être passé.

– Je voulais juste vérifier. Comme je vous l'ai dit, c'est un voisin qui s'est inquiété de voir une voiture inconnue entrer dans le garage, avec ce gros camion garé dans la rue. Il a trouvé ça suspect.

Toute la Floride est en train d'appeler la police pour me venir en aide, se dit Alice. *D'abord Rosie, et maintenant les voisins…*

– Au revoir, madame, fait le shérif en portant deux doigts au bord de son chapeau.

– Au revoir, répond Alice.

Sloate referme la porte du jardin et tourne la clé dans la serrure. Alice va dans le séjour pour jeter un coup d'œil par la fenêtre derrière les tentures. Le gros gyrophare rouge est en train de tourner. Les gens sortent de chez eux dans toute la rue. Ce foutu shérif a ameuté le quartier entier. Si quelqu'un surveillait la maison…

Ils vont tuer mes enfants, se dit Alice.

Maria Gonzalez avait quinze ans la dernière fois qu'elle est venue garder les enfants d'Alice et Eddie Glendenning. C'était alors une ado joufflue, arrivée de Cuba en bateau des années plus tôt avec son père, sa mère et son frère aîné, Juan. Quinze ans et trois mois plus tôt, exactement, car Maria était encore dans le ventre de sa mère à l'époque. Agata Gonzalez était enceinte de six mois quand sa famille et elle ont entrepris à La Havane le périlleux voyage à bord d'un esquif en compagnie de trente et un autres courageux boat people.

Maria Gonzalez est à présent âgée de dix-sept ans, et elle est encore plus joufflue et potelée qu'il y a deux ans. Mais c'est parce qu'elle attend un enfant. Le père de Maria, un ébéniste qui gagne bien sa vie dans une région où les gens achètent continuellement des maisons pour les retaper en vue d'y passer leur retraite, n'est pas particulièrement heureux de voir deux inspecteurs de police sur le pas de sa porte à 18 h 30 un jeudi, à l'heure où toute la famille se prépare à dîner. Et il est encore moins heureux quand il apprend qu'ils sont là pour parler à sa fille. Maria a quitté son emploi au McDonald's quinze jours plus tôt, quand elle a commencé à avoir des douleurs dans le dos, et voilà qu'elle a déjà des ennuis avec la police ?

Les deux inspecteurs qui demandent à la voir s'appellent Saltzman et Andrews. Le premier porte la kippa, ce qui indique son appartenance religieuse mais lui donne un air très étrange et très étranger aux yeux d'Anibal Gonzalez, qui lui-même a l'air très étrange et très étranger aux yeux de la plupart des habitants du cap, bien qu'il excelle dans sa profession d'ébéniste. Il n'a pas l'air étrange aux yeux de Saltzman ou de son équipier Andrews, qui sont appelés dans leur profession à côtoyer des tas d'individus au type cubain et qui ne seraient guère surpris si ce moustachu-là, prêt à se mettre à table en tricot de corps, était d'une manière ou d'une autre impliqué dans le kidnapping des deux enfants Glendenning. Ils ne seraient pas surpris du tout, non, et merde pour ceux qui voudraient les accuser de discrimination.

La fille se révèle être enceinte jusqu'au cou, mais la chose n'est guère surprenante non plus, avec ces gens-là. Les yeux agrandis d'effroi, elle accompagne les deux inspecteurs dans une petite pièce attenante à la salle à manger. Il y a là une machine à coudre, et la mère de Maria explique qu'elle fait des travaux de broderie perlée au crochet à la maison, car c'est revenu à la mode. Ni Andrews ni Saltzman n'ont la moindre idée de ce qu'est la broderie perlée au crochet, et ils s'en foutent comme de l'an quarante. Tout ce qu'ils veulent savoir, c'est pourquoi la petite Ashley Glendenning a demandé à sa mère si elle se souvenait de Maria Gonzalez. Tout ce qui les intéresse, c'est de savoir si Maria Gonzalez a quelque chose à voir avec l'enlèvement des enfants. Ils prient donc poliment Agata Gonzalez d'aller se faire voir ailleurs.

Ce que lui dit Saltzman, en réalité, c'est :

– Madame Gonzalez, si vous le permettez, nous aimerions dire un mot en privé à votre fille.

Ils expliquent alors à Maria qu'elle s'est attiré de sérieux ennuis, ce qui est faux, et qu'elle aurait intérêt à répondre à leurs questions de manière franche et honnête, ce qui veut dire la même chose, mais Maria, de toute manière, n'est pas en mesure de saisir ces subtilités.

– Savez-vous où se trouve Ashley Glendenning en ce moment ? lui demande Saltzman.

– Qui ?

– Ashley Glendenning, articule Andrews. Vous étiez sa baby-sitter.

– Je ne connais personne de ce nom-là.

— Ashley Glendenning, répète Saltzman. Dix ans. Elle devait en avoir huit quand vous la gardiez.

— Dans Oleander Street, précise Andrews.

— Ah! fait Maria.

— Vous vous en souvenez, maintenant?

— Euh… oui, je crois.

— Elle a un petit frère.

— Jimmy, oui.

— Jamie, rectifie Andrews.

— Jamie, c'est ça. Et alors?

— Alors, c'est à vous de nous le dire.

— Qu'est-ce que vous voulez savoir?

— Où ils se trouvent.

— Et comment est-ce que je pourrais savoir où ils se trouvent?

— Ashley a prononcé votre nom.

— Mon nom? Et pourquoi?

— Elle a demandé à sa mère si elle se souvenait de vous.

— Pourquoi se souviendrait-elle de moi? Ça fait longtemps que je ne les ai pas gardés.

— Deux ans, lui rappelle Saltzman.

— Je n'étais qu'une gamine, à l'époque.

— Nous pensons qu'elle essayait de dire quelque chose à sa mère.

— Qu'est-ce qu'elle essayait de lui dire?

— Votre nom.

— Écoutez, qu'est-ce que c'est que toutes ces conneries? demande Maria.

Puis elle se dit que son père doit les écouter dans la pièce à côté, et elle espère qu'il ne l'a pas entendue prononcer un gros mot. Soudain, elle se demande pourquoi il n'a pas foutu ces deux enfoirés à la porte.

— Ashley Glendenning a demandé à sa mère si elle se souvenait de Maria Gonzalez, explique Andrews.

— Et alors? Qu'est-ce que ça a d'assez extraordinaire pour que les flics débarquent chez moi?

— Elle a été kidnappée, Maria.

94

– Qui ?

– La petite Ashley. Vous vous souvenez de la petite Ashley ? Elle se souvient très bien de vous, elle.

– Je ne suis au courant d'aucune histoire d'enlèvement.

– Alors, pourquoi a-t-elle demandé à sa mère si...

– Qu'est-ce que j'en sais, moi, pourquoi elle a demandé à sa mère ? Vous ne comprenez pas ? J'attends un bébé. Je suis enceinte de sept mois. Pourquoi est-ce que j'irais kidnapper les enfants des autres ?

– Deux cent cinquante mille dollars, ça ne vous dit rien ?

– Hein ?

– C'est ce que valent Ashley et son petit frère pour les ravisseurs.

– Je n'ai kidnappé personne. C'est ridicule. Ashley a dit que je l'avais kidnappée ? Pourquoi dirait-elle une chose comme ça ?

– À vous de nous l'expliquer.

– Je ne fais que ça depuis tout à l'heure. Ça fait deux ans ou plus que je n'ai pas vu cette gamine. Si je l'ai kidnappée, où elle est, à votre avis ? Vous la voyez dans cette maison ? Nous allions nous mettre à table. Où est-ce que vous la voyez ?

– Où est-elle, Maria ?

– Qu'est-ce que j'en sais, moi, où elle est ?

– Votre mari l'a conduite en lieu sûr ?

– Je n'ai pas de mari.

– Votre copain, alors.

– Je n'en ai pas non plus.

– Celui qui vous a foutue en cloque. C'est votre complice dans cette affaire ?

– *¡ Santa María, me estás poniendo furiosa con todo esto !*

– Parlez anglais, Maria !

– Le père de mon bébé est à Tampa. Il a trouvé là-bas un meilleur boulot et une copine blonde.

– Une blonde, hein ? fait Saltzman en regardant Andrews d'un air entendu.

Les deux hommes sont soudain très intéressés.

– C'est ce qu'il m'a dit au téléphone.

— Je vois que la galanterie n'est pas encore tout à fait morte en Floride, déclare Andrews.

— Hein? fait Maria.

— Comment s'appelle-t-il, votre héros?

— Ernesto de Diego. Et ce n'est pas mon héros.

— Vous connaissez son adresse à Tampa?

— Non.

— Quand l'avez-vous vu pour la dernière fois?

— Le 12 février.

Mais qu'est-ce que ça peut faire? se dit Saltzman.

Le téléphone, une fois de plus, se met à sonner. Il est un peu plus de 20 heures. Sloate et Marcia sont prêts à accomplir leurs gestes inutiles, lui avec ses écouteurs et elle avec son appareillage ridicule.

— Allô? fait Alice.

— Alice? C'est Charlie.

— Si c'est Carol, dis-lui bonjour de ma part, fait Rafe.

Et il s'engouffre dans la cuisine.

— Qui était-ce? demande Charlie au téléphone.

— Mon beau-frère.

— Tu as du nouveau?

Elle hésite. C'est le meilleur ami qu'elle a dans tout l'univers. Mais déjà Sloate fait non de la tête. Elle ne doit rien lui dire.

Rafe ressort de la cuisine une tasse de café à la main. Il se met à faire les cent pas dans la pièce, observant ce qui se passe d'un air détaché. Sloate continue de faire non en agitant l'index.

— Oui, dit Alice. J'ai des nouvelles.

Sloate veut lui arracher le téléphone des mains. Elle recule.

— La police et le FBI sont ici avec moi, Charlie.

— Seigneur! s'écrie-t-il à l'autre bout du fil.

— Ils essaient de localiser les appels de cette femme.

— La blonde?

— Quelle blonde?

— Je suis allé à Pratt. J'ai interrogé le gardien qui a vu les enfants monter dans l'Impala.

— Dites-lui de ne pas se mêler de ça! avertit Sloate.

– Qui a parlé ? demande Charlie.

– L'inspecteur Sloate.

– Celui qui t'a appelée chez moi ?

– Oui.

Rafe est derrière les tentures du séjour, à présent. Il les écarte pour regarder dans la rue.

– Il t'a dit de me cacher la vérité ? demande Charlie.

– Oui. De quelle blonde parlais-tu ?

– De la blonde qui conduisait l'Impala, d'après le gardien. C'est à elle que tu parles au téléphone ?

– Je n'en sais rien.

– Tu lui trouves toujours un accent noir ?

– Possible. Un accent du Sud, peut-être. Je n'en sais trop rien.

– Que demande-t-elle ?

– Deux cent cinquante mille dollars.

– Bon Dieu !

– Demain à dix heures. Je dois laisser l'argent dans les…

Sloate a bondi de sa chaise. Il hurle :

– Vous compromettez toute la…

Mais à ce moment-là, Rafe se tourne vers eux pour dire :

– Une décapotable rouge arrive dans l'allée. Avec une blonde au volant.

– Mais qui… ? commence Alice.

Elle entend une portière qui claque à l'extérieur.

– Il faut que je raccroche, dit-elle à Charlie. Je te rappelle.

Elle court jusqu'à la porte d'entrée. Elle regarde par le judas. Elle voit Jennifer Redding qui arrive dans l'allée avec le même pantalon blanc pattes d'éléphant qu'hier. On voit toujours son nombril et dix bons centimètres de peau nue, mais elle porte aujourd'hui un sweat bleu en coton.

– Qui est-ce ? demande Sloate.

– La femme qui m'a renversée hier.

– Débarrassez-vous d'elle.

Alice ouvre la porte et sort. Des nuées d'insectes volent autour des lumières de l'allée. Jennifer s'arrête sur le perron, surprise.

– Bonjour, dit-elle. Comment va votre pied ?

– Il va bien, répond Alice.

– Je vous ai apporté un petit cadeau de convalescence. J'espère que vous aimez les chocolats.

– Oui, merci.

– Tout le monde aime les chocolats, en principe.

Jennifer lui tend une petite boîte en carton blanc avec le nom d'un confiseur de Gros Bec.

– En fait, murmure-t-elle en souriant, j'en prendrais bien un tout de suite. Si vous me l'offrez, bien entendu.

– Bien sûr, servez-vous, lui dit Alice en défaisant le ruban blanc.

L'odeur du chocolat monte jusqu'à ses narines. Jennifer prend délicatement un fondant entre le pouce et l'index et le porte à ses lèvres.

– Je prendrais bien aussi une tasse de café, si vous en avez sur le feu, dit-elle.

– Oh ! Désolée, lui répond Alice. Je vous proposerais bien d'entrer, mais j'ai du monde.

Jennifer regarde le camion garé au bord du trottoir et lance à Alice un regard entendu. Elle mâche silencieusement son fondant au chocolat pendant quelques instants, puis déglutit avant de dire :

– Dommage. J'espérais pouvoir bavarder un peu avec vous, histoire de mieux se connaître.

Elle regarde Alice dans les yeux. Alice se souvient de ce que Charlie vient de lui dire au téléphone. *La blonde qui conduisait l'Impala.*

– Une autre fois, peut-être, lui dit-elle.

– N'importe comment, je voulais vous remercier de ne pas avoir appelé la police, lui dit Jennifer.

Elle continue de scruter intensément Alice.

– Mais vous l'avez peut-être fait ? interroge-t-elle.

– Non. Je n'y ai même pas songé.

– Ce serait mieux si c'était moi qui signalais l'accident, non ?

– Probablement.

– Puisque c'était moi qui étais au volant, vous comprenez...

– Sans doute, sans doute. Mais il existe une couverture sans égard à la responsabilité dans cet État, n'est-ce pas ?

– Je n'en sais rien Je ne suis pas ici depuis longtemps, non plus.

– Jennifer, murmure Alice, il faut m'excuser, mais…

– J'appellerai mon courtier en rentrant, pour lui demander conseil.

– Bonne idée.

– Je vous tiens au courant. (Elle hésite.) Croyez bien que je regrette sincèrement ce qui est arrivé, Alice, ajoute-t-elle.

Elles se serrent la main.

– À bientôt, lui dit Jennifer.

Elle regagne sa Thunderbird décapotable de couleur rouge.

Alice la regarde partir.

Jennifer se retourne une dernière fois pour lui faire au revoir de la main.

– Joli châssis, commente Rafe. La voiture, s'empresse-t-il d'ajouter.

Alice ne dit rien.

– Qui est-ce ? demande-t-il.

– Une femme qui s'appelle Jennifer Redding. C'est elle qui m'a mis le pied dans cet état.

Il lui saisit le coude pour l'entraîner à l'écart de la porte. Dans le living, les policiers sont en train de se concerter à voix basse.

– Tu crois que ces gens-là savent ce qu'ils font ? demande-t-il.

– Je n'en ai pas l'impression, non.

– Si j'ai bien compris, ils veulent payer la rançon avec de faux billets ?

– C'est leur intention, oui.

– Et tu vas les laisser faire ?

– Je veux récupérer mes enfants.

– À mon avis, c'est le plus sûr moyen de ne pas les récupérer.

– Qu'est-ce que je peux faire d'autre, Rafe ?

– Donne-leur ce qu'ils demandent. Va à la banque et…

– Et quoi ? Où vais-je trouver deux cent cinquante mille dollars ?

Il la regarde, surpris.

– Tu as dit à Carol qu'il y avait l'assurance.

– Ils ne m'ont pas encore donné un sou.

– Ça fait déjà huit mois, Alice.

— Tu crois que j'ignore combien de temps ça fait? Je te dis que je n'ai pas touché un sou.

— Et… quand vont-ils te payer?

— Écoute, Rafe, tu veux me rendre un service? Reprends ton camion et pars. Ta présence ici est inutile.

— J'essaie seulement de t'aider, fait-il d'une voix presque plaintive.

Mais elle s'est déjà éloignée vers le comptoir de la cuisine, où elle décroche le téléphone mural.

— Qui appelez-vous? demande aussitôt Sloate.

— Charlie.

— Il a assez fait de bêtises comme ça, à poser des questions à tort et à…

— Il a découvert que c'était une blonde! coupe Alice, sèchement. Vous restez ici le cul sur votre chaise avec vos appareils coûteux, à tourner des boutons dans tous les sens, pendant qu'un peintre de cinquante-six ans…

— On le savait déjà, qu'elle est blonde.

— Hein?

— On le savait.

— Pourquoi ne m'avez-vous rien dit, alors?

Elle raccroche rageusement.

— Il s'agit de mes enfants, bon Dieu! Pourquoi est-ce qu'on ne me dit jamais rien?

Elle se rend compte qu'elle est en train de hurler. Elle serre les poings et détourne les yeux. Elle aurait envie de lui cogner dessus. De cogner sur n'importe qui.

— J'appelle Charlie, dit-elle, résolue.

Elle décroche de nouveau.

— C'est une erreur, murmure Sloate.

Mais elle est déjà en train de composer le numéro.

— Allô?

— Charlie? C'est moi.

— Qu'est-ce que la blonde te demande de faire?

— Elle veut que je lui apporte l'argent.

— Et tu l'as?

– En faux billets, oui.

– C'est dangereux.

– Je sais, mais…

– Ils ne sont pas d'ici. La blonde conduisait une voiture de location.

Sloate écarquille les yeux.

– Comment sais-tu ça ? demande Alice.

– Le gardien a remarqué la présence d'un autocollant sur le pare-chocs. Je suis allé vérifier à l'aéroport.

– Bon Dieu ! murmure Sloate entre ses dents.

– Ils n'ont rien voulu me dire. Mais maintenant que tu as les flics sur le dos, ils pourront peut-être retrouver la personne qui a loué cette Impala.

– Peut-être.

– Où est-ce que cette femme t'a demandé d'apporter l'argent ?

– Ne lui dites pas ! avertit Sloate.

– À la station-service à l'intersection de Lewiston et du Trail.

– Quand ?

– Ne lui…

– Dix heures demain matin.

– Bonne chance, Alice.

– Merci, Charlie.

Elle raccroche. Elle regarde Sloate dans les yeux.

– Vous pensez pouvoir retrouver cette voiture, maintenant ? demande-t-elle froidement.

Sloate se tourne vers Sally.

– Rends-toi utile, Sal. Nous recherchons une Impala bleue qui a peut-être été louée chez Avis par une blonde âgée d'une trentaine d'années.

– Du gâteau, fait sèchement Sally.

Accompagnée de son équipier, elle quitte la maison.

L'horloge de grand-mère dans le couloir indique 20 h 30.

Quand ils sont venus s'installer ici, les enfants ont cru qu'ils étaient morts et qu'ils étaient montés au paradis. Avant d'acheter le bateau, Eddie et Alice les emmenaient à la plage chaque week-end

101

quand il y avait du soleil. Après avoir acquis le *Jamash*, ils ont passé leurs journées de loisir le long du canal Intercostal ou dans le golfe, lorsque la mer n'était pas trop forte. Un jour, sur la plage…

Elle se souvient de la scène avec une précision poignante.

Elle la revoit avec une clarté qui lui fait mal.

Jamie a trois ans et joue à être le présentateur télé de l'une de ses émissions préférées. Une main dans celle de sa sœur et l'autre autour du manche en plastique de sa petite pelle, qui lui sert de micro, il va de serviette en serviette brandir son micro improvisé devant la figure des gens qui se bronzent au soleil en leur demandant de sa petite voix flûtée: «Qu'est-ce que tu veux faire plus tard quand tu seras grand?»

Mais un jour…

Oh, mon Dieu! Quelle horrible journée!

Ils savent qu'ils n'ont en aucun cas le droit de s'approcher tout seuls de l'eau. Les vagues qui viennent se briser sur le sable ne sont généralement pas très fortes, même à marée haute, mais ils n'ont tout de même pas le droit d'aller trop près de l'eau si Eddie ou Alice n'est pas avec eux. Ils le savent parfaitement bien. En général, ils se promènent sur la plage environ dix minutes. Ashley est particulièrement fière de la technique de son petit frère pour interviewer les gens, et Jamie a un grand sourire quand il demande à des sexagénaires: «Qu'est-ce que tu veux faire plus tard quand tu seras grand?»

Les plages du cap ne sont pas bondées, même en pleine saison, et Alice ou Eddie n'ont pas trop de mal à suivre les enfants des yeux pendant leurs «interviews». Mais ce jour-là…

Ils sont en train de discuter de quelque chose d'important. La plage est un lieu idéal pour discuter de choses importantes.

Elle a oublié le sujet de leur conversation. Peut-être le bateau qu'ils vont acheter. Peut-être l'argent dont ils disposent pour le payer, neuf ou d'occasion. Ils sont toujours en train de parler d'argent, ou plutôt du manque d'argent, lorsque soudain…

– Où sont les enfants? demande Eddie.

Alice relève la tête.

– Où sont les enfants? répète Eddie. Tu les vois?

Elle balaie la plage du regard. Elle ne les aperçoit nulle part. Elle bondit sur ses pieds. Eddie aussi.

– Tu ne les as pas vus revenir par ici ? demande-t-il.

– Non.

Le cœur d'Alice bat très fort à présent.

– Ils ne sont pas allés au bord de l'eau ? demande-t-elle.

– Va voir par là, dit-il en pointant l'index.

Immédiatement, elle part en courant tandis qu'Eddie se rue dans la direction opposée.

– Ashley ! crie-t-elle. Jamie !

Elle court à perdre haleine. Elle scrute les vagues. Elle ne les voit pas dans l'eau. Elle ne les voit pas sur le sable. Où sont-ils ?

– Excusez-moi, vous n'avez pas vu un petit garçon qui joue au journaliste de télévision ?

Elle arrive au bout de la plage. Il y a de moins en moins de monde, et aucun signe des enfants. Oh, mon Dieu ! Faites qu'ils ne soient pas allés dans l'eau ! Faites qu'ils n'aient pas été emportés par une vague !

Elle fait demi-tour, court dans l'autre sens, balayant du regard tantôt la mer, tantôt le sable, quand soudain…

Là…

Sortant au coin du bâtiment en brique au bord du parking…

– Ashley ! hurle-t-elle.

Elle court vers les enfants, les serre dans ses bras.

– Vous m'avez fait une de ces peurs !

– Jamie avait envie de faire pipi, lui dit Ashley.

– Qu'est-ce que tu veux faire plus tard quand tu seras grand ? demande Jamie avec un grand sourire en lui tendant sa petite pelle en plastique.

La femme rappelle quelques minutes avant 22 heures.

– Écoutez-moi attentivement, dit-elle. Et n'oubliez pas que nous détenons vos enfants. Si vous ne venez pas seule à la station-service, vos enfants mourront. Si vous n'avez pas l'argent avec vous, vos enfants mourront. Si quelqu'un essaie de m'arrêter, vos enfants mourront. Si je ne suis pas de retour là où je dois être une demi-heure après, ils mourront. C'est tout ce que vous avez besoin de savoir. À demain, dix heures.

Elle raccroche.

– Vingt-trois secondes, dit Sally.

L'horloge de grand-mère sonne vingt-deux coups.

Dans douze heures exactement, Alice donnera l'argent de la rançon aux ravisseurs.

Mais les paroles de la femme ne cessent de faire écho dans sa tête.

Vos enfants mourront, vos enfants mourront, vos enfants mourront.

VENDREDI
14 MAI

5

Le Tamiami Trail était peut-être autrefois un simple chemin de terre passant au milieu des palmiers, mais c'était bien avant qu'Alice vienne s'installer en Floride.

Aujourd'hui, la route US 41 est à quatre (et parfois à six) voies. Elle est bordée, sur des kilomètres et des kilomètres, par d'énormes restaurants, des boutiques de souvenirs, des stations-service, des stations de lavage, des pizzerias, des marchands de meubles, des pépiniéristes, des marchands de moquette, des concessionnaires automobiles, des centres commerciaux, des complexes multisalles de cinéma et par toute une variété d'entrepôts en parpaing où l'on trouve pêle-mêle des statues en plâtre, des fruits confits, de la friperie, du mobilier de piscine et de jardin en rotin, des cigarettes, de la bière (glace offerte si vous achetez un carton), du matériel hi-fi, des luminaires, des aspirateurs, des machines à écrire, des alarmes anti-effraction, des piscines et même (c'est le seul endroit à Cape October où on en trouve) des « aides conjugales », des gadgets sexuels et toute la littérature qui va avec.

Alice connaît bien la station-service Shell de Lewiston Point Road parce qu'elle se termine en cul-de-sac à l'embarcadère où on prend le ferry pour Crescent Island, à moins de mille mètres de l'extrémité sud de Tall Grass. Crescent est le moins urbanisé des keys de Cape October. Accessible uniquement par la mer, cette île possède un véritable petit paradis pour plaisanciers connu sous le nom de Marina Blue. Il se trouve à une trentaine de minutes et à une quinzaine de kilomètres de la route US 41. Quatre ou cinq ans plus tôt, toute la famille a passé là un merveilleux week-end, dont le souvenir est encore vivace dans la mémoire d'Alice.

Elle gare son 4x4 Mercedes noir sur un parking à six ou sept places, près de la station de gonflage, descend du véhicule... et hésite.

L'espace d'un bref instant, elle se prend à regretter de n'avoir pas pris avec elle le petit pistolet calibre 32 à canon court qu'Eddie lui a offert pour son anniversaire l'année où ils sont venus s'installer ici. Elle l'a laissé dans le tiroir du haut de la commode, sous une pile de linge.

Mais ils détiennent mes enfants, se dit-elle.

Mes enfants vont mourir.

Elle secoue la tête. Elle rejette les épaules en arrière et marche d'un pas rapide vers les bâtiments de la station-service. L'employé derrière le comptoir lui jette un coup d'œil quand elle passe en boitant en direction de l'arrière de la boutique, suivant la flèche qui indique TOILETTES. Il n'aime pas trop qu'on se serve des toilettes sans rien acheter, surtout quand on boite comme ça.

Alice a dans la main le sac Vuitton avec son monogramme LV, rempli de faux billets de cent dollars «si bien imités que personne n'est capable de voir la différence». Du moins, elle l'espère.

Il y a une femme noire très mince devant la machine à café. Elle est en train de remplir un gobelet en plastique. Elle doit mesurer un mètre soixante-dix, à vue de nez. Raide et fière comme une Massaï. Elle porte une minijupe verte avec un tee-shirt blanc. On voit ses cuisses fermes et ses mollets musclés sur des chevilles fines. Elle est chaussée de sandales à lanières. Des lunettes de soleil énormes et un chapeau à large bord lui dissimulent en partie le visage. Elle arbore un large bracelet en or à hauteur du biceps gauche. Alice se demande si c'est à elle qu'elle a parlé au téléphone.

– Bonjour, lui dit la femme en souriant.

Alice ne reconnaît pas sa voix.

– Bonjour, répond-elle.

Elle se dirige vers la porte marquée DAMES et tourne la poignée.

– Occupé, lui dit la femme.

Alice ne reconnaît toujours pas sa voix.

– Vous attendez ? demande-t-elle.

– Non, fait l'autre.

La porte des toilettes s'ouvre. Une grosse femme en robe imprimée à fleurs en sort et leur adresse à toutes les deux un sourire avant de se diriger vers la sortie. La Noire verse du sucre dans son café. Alice entre dans les toilettes.

Tout est gris à l'intérieur. Carrelage gris, tablette grise en Formica, lavabo gris, porte grise. Il n'y a qu'un seul box.

Elle met le verrou. Le bruit résonne dans la petite pièce aux murs nus.

Elle va vers le box. Elle entre. La grosse dame a oublié de tirer la chasse. Elle pose le sac au pied de la cuvette.

Elle demeure un instant dans le petit box silencieux, puis elle ressort et quitte les toilettes. La Noire est toujours devant la machine à café, avec son gobelet.

Alice se dirige droit vers elle.

– C'est vous ? demande-t-elle.

La femme prend un air inquiet.

– C'est vous qui avez mes enfants ?

La femme ne dit rien.

– Si c'est vous, reprend Alice, écoutez-moi bien. Si vous ne les laissez pas partir, je vous retrouverai où que vous soyez, et je vous tuerai.

– Fichtre ! dit la femme noire en marchant vers la porte des toilettes.

Elle saisit la poignée, se tourne vers Alice, la regarde dans les yeux et articule :

– Soyez hors de ma vue quand je ressortirai. À la moindre bêtise de votre part, ils mourront. Nous vous contacterons plus tard. (Elle secoue la tête.) Vous comprenez ce que je suis en train de vous dire ?

Elle regarde encore un peu Alice dans les yeux avant d'ouvrir la porte pour entrer dans les toilettes.

Alice entend le verrou qui se referme.

– J'espère que vous m'avez comprise, vous aussi ! hurle-t-elle face à la porte close.

Mais c'est une menace en l'air.

Ils ont les enfants.

Il n'y a rien qu'elle puisse faire.

Absolument rien.

Les trois inspecteurs se sont déployés devant la station Shell selon le triangle classique de surveillance. Ils sont prêts à cueillir la délinquante au moment où elle ressortira des toilettes, si toutefois elle y est. Ils sont bien obligés de supposer que c'est le cas. Ils n'ont pas repéré d'Impala bleue dans la station ni dans les rues voisines, et ils pensent qu'elle a dû arriver à pied de l'endroit où elle a garé sa voiture, qui n'est peut-être pas nécessairement une Impala bleue. Elle est donc obligatoirement à l'intérieur. Il faudrait qu'elle soit folle pour laisser un sac plein de coupures de cent dollars dans des toilettes pour femmes pendant plus de cinq minutes.

Les inspecteurs n'ont pas le sentiment d'être aussi branquignols que le suppose Alice Glendenning. Ils ont déjà demandé au capitaine Steele de leur envoyer des renforts, et quatre voitures banalisées de la brigade criminelle sont prêtes à prendre la délinquante en filature au moment où elle grimpera dans sa voiture, si toutefois elle en a une. L'un des véhicules banalisés est garé face au golfe, le nez pointé sur l'embarcadère du ferry de Crescent Island, pour le cas où elle déciderait de prendre cette direction. Un autre est stationné dans Lewiston Point Road, direction est, pour le cas où elle voudrait prendre l'Interstate 75. Les deux autres sont prêts à prendre la 41, nord ou sud, si jamais elle décidait d'aller au centre de Cape October, au nord, ou bien vers Fort Myers, au sud. Les quatre voitures sont équipées de radiotéléphones et peuvent éventuellement être contactées par Sloate, Di Luca ou Cooper, qui sont à pied, s'ils ont des informations importantes à transmettre.

Chacun d'eux, de l'endroit où il est posté, voit sortir Alice du local des toilettes et se diriger d'un pas rapide vers son 4x4 Mercedes noir. Elle n'a plus son sac Vuitton avec elle. Parfait. Cela signifie que la délinquante a l'argent marqué en sa possession, et qu'ils peuvent donc l'arrêter sans mandat. Mais ce n'est pas leur intention. Ce qu'ils veulent, c'est la suivre jusqu'à l'endroit où elle retient prisonniers les enfants avec sa complice blonde. C'est ce qu'ils espèrent accomplir.

Mme Glendenning est dans son 4x4.

Le moteur démarre.

Sloate se dit qu'elle va rentrer chez elle.

Bon débarras. On ne l'aura plus dans les pattes.

On contrôle parfaitement la situation.

De l'endroit où Christine est accroupie, à côté de la petite fenêtre des toilettes pour dames, elle voit s'éloigner le 4x4 Mercedes noir. Il contourne les pompes à essence et prend à gauche en direction de la 41 au nord et du centre de Cape October.

Elle regarde à l'intérieur du sac Louis Vuitton.

Tout ce fric... Quel beau spectacle!

Elle ressort des toilettes pour dames, passe devant les machines à café et le comptoir où sont étalés des sandwichs et autres saloperies à bouffer, puis s'arrête à la caisse pour payer son café. Un instant plus tard, elle est dehors, et elle traverse l'espace asphalté derrière les pompes à essence.

Presque gaillardement, elle s'avance dans cette matinée radieuse.

Les trois inspecteurs sont derrière elle.

C'est bien une Noire, la chose ne fait aucun doute, se dit Sloate. Un mètre soixante-dix ou soixante-douze, estime-t-il. Elle porte une minijupe verte et un tee-shirt blanc qui avantage sa poitrine. Jolie fille. Des jambes superbes, un cul adorable. Bracelet en or au bras droit, celui qui porte le sac Vuitton.

Elle traverse la 41 et se dirige vers l'ouest dans Citrus Boulevard, son téléphone mobile à l'oreille, à présent, suprêmement confiante avec son sac plein de faux billets qui rebondit sur sa hanche. Elle sait que tant qu'ils détiennent les enfants dans un endroit secret, personne ne la touchera.

Sloate forme la pointe du triangle.

Cooper marche sur le trottoir d'en face, à quelques mètres derrière lui, pour le cas où elle prendrait à droite.

Marcia Di Luca est de l'autre côté, pour le cas où elle déciderait de tourner à gauche.

Elle arrive bientôt à hauteur de Citrus Boulevard. Va-t-elle aller à droite ou à gauche ? C'est Cooper qui décroche le pompon. Elle oblique à droite, et c'est lui qui prend aussitôt la pointe, laissant Sloate et Di Luca assumer leurs nouvelles positions aux deux autres sommets du triangle. Ils ont déjà fait cela de nombreuses fois, mais jamais quand la vie de deux bambins était en jeu.

Ils gardent suffisamment de distance par rapport à la fille pour qu'elle ne se doute de rien. Di Luca porte un pantalon en rayonne sur mesure avec un corsage à fleurs, Cooper un jean et un tee-shirt à rayures. Sloate a mis un complet en lin froissé sur une chemise sport sans cravate. Ils n'ont absolument pas l'air d'appartenir à la même catégorie socioprofessionnelle. Ils ressemblent à trois citadins indépendants sortis faire une petite promenade matinale sans avoir rien d'autre en tête que l'intention de profiter de la brise qui balaie les rues et annonce certainement de la pluie.

La fille elle aussi semble apprécier ce bol d'air frais. Elle marche d'un pas vif. Sloate ne voit pas son visage, mais il jurerait qu'elle est en train de sourire. Lui aussi, probablement, sourirait s'il tenait à la main une sacoche pleine de coupures de cent dollars. Il éclaterait de rire, même, sur le chemin de la banque.

Ils sont maintenant à bonne distance de la station Shell. Ils remontent Citrus Boulevard vers le nord, et il n'y a toujours pas d'Impala bleue en vue, ni d'autre véhicule venu la chercher. Par radiotéléphone, Sloate a déjà informé les unités mobiles banalisées des autres inspecteurs de leur position actuelle, et il a suggéré que deux voitures viennent se placer à l'extrémité est de Citrus Boulevard, à l'endroit où il rejoint la 41. Il demande aux deux autres voitures de rester en arrière à quelque distance de l'équipe triangulaire, de manière à les prendre à son bord si jamais l'Impala bleue reparaissait. Il espère bien que ce sera le cas dans pas trop longtemps.

C'est Di Luca qui aperçoit la voiture la première.

Elle est garée dans une rue adjacente à quelques mètres de l'endroit où la fille vient d'accélérer le pas.

Elle est soulagée d'arriver bientôt à bon port, se dit Marcia Di Luca en pressant le pas à son tour.

– Véhicule suspect à l'angle de Citrus Boulevard et de Graham Street, dit-elle au radiotéléphone. Orienté à l'est.

– Adam et Boy, préparez-vous à prendre la relève, ordonne Sloate par radio.

La fille est presque arrivée à l'intersection.

Sloate jette un coup d'œil par-dessus son épaule et aperçoit l'une des voitures banalisées qui s'approche. Adam ou Boy, il ne sait plus très bien. Mais l'autre la suit de près. Dans moins d'une minute, la jeune Noire sera au volant de l'Impala, et les inspecteurs qui la suivaient à pied se seront répartis dans les deux voitures banalisées, l'une marron, l'autre verte, en espérant que la fille les mènera directement à l'endroit où les deux enfants sont détenus.

Elle tourne maintenant au coin de la rue.

Un éclair illumine le ciel côté ouest.

Un gros orage va arriver du golfe.

À cet instant, un camion de ramassage d'ordures vire à gauche dans Graham Street et freine quand son chauffeur aperçoit l'Impala. Sloate ne voit plus la fille qui est en train de monter dans la voiture. Une Buick marron se range contre le trottoir à côté de lui. À travers le pare-brise, il reconnaît Danny Ryan au volant. C'est donc la voiture Adam. Il ouvre la portière et grimpe à l'intérieur.

– Ne la perdez surtout pas, dit-il. Elle est juste devant le camion de voirie.

Derrière lui, Di Luca et Cooper montent dans la voiture Boy. Une Oldsmobile verte. La police de Cape October a un faible pour General Motors.

L'Impala bleue décolle du trottoir.

Tandis que Ryan quitte Citrus Boulevard pour s'engager sur sa droite dans Graham Street, Sloate a tout juste le temps d'apercevoir la femme mince au volant. Elle a des cheveux blonds qui lui descendent presque jusqu'aux épaules.

Le camion d'ordures s'est remis à avancer.

Il bloque toute la rue. Il y a des voitures en stationnement des deux côtés.

Ryan klaxonne à mort.

Quand ils dépassent enfin le camion, la rue devant eux est déserte.

La femme noire et la blonde qui l'a prise dans sa voiture ont disparu.

Reginald Webster est assis sur le perron quand Alice rentre à la maison à 11 h 30. Il porte un pantalon blanc et des mocassins blancs sans chaussettes. Son blazer bleu aux boutons dorés est ouvert sur sa chemise en toile de lin blanche. La maison derrière lui est obscure et silencieuse. Le camion de Rafe n'est plus en vue. La Mercury décapotable louée par Webb est garée dans la rue, capote ouverte. L'orage est reparti comme il était venu. C'est une fin de matinée tranquille. Alice gare son 4x4 Mercedes dans l'allée et descend. Webb se lève en la voyant.

— J'ai cru que vous étiez partie pour la journée, lui dit-il.

Elle se contente de hocher la tête.

Elle n'a vraiment pas besoin de la présence de Reginald Webster ici ce matin. Il y a une demi-heure à peine, elle a remis une sacoche pleine de billets de cent dollars à une femme qui retient ses enfants prisonniers. Les flics, apparemment, l'ont abandonnée après lui avoir promis de tout faire pour récupérer les gamins. À présent, elle n'a plus l'argent, mais elle n'a pas ses enfants pour autant. Et ces débiles du FBI ont fichu le camp. Même Rafe est parti. Elle est toute seule ici avec Reginald Webster, habillé comme pour participer à une régate au yacht-club local.

— Voulez-vous déjeuner avec moi ? demande-t-il.

— Comment m'avez-vous trouvée ?

— J'ai cherché dans l'annuaire. Vous n'êtes pas sur liste rouge.

— Je n'ai pas l'habitude de…

— Désolé.

— De mélanger mes occupations…

— J'avais juste pensé que…

— Professionnelles avec ma vie privée.

— D'accord. Pardonnez-moi. Je suis sincèrement désolé. Mais avec… votre pied dans le plâtre et tout ça… Vous devez être déprimée… Un petit moment de détente…

– Non.

– Dans un bon restaurant…

– Désolée, mais c'est non.

– Tant pis.

– J'ai autre chose à faire.

– Bien sûr. Je voulais seulement…

– Et de toute manière…

– Je suis juste passé voir si vous étiez libre ou non.

– Je ne sors pas avec des hommes.

Il la regarde d'un drôle d'air.

– Depuis la mort de mon mari, je ne suis sortie avec personne, et je ne crois pas que je le ferai jusqu'à ma mort.

– Désolé de vous l'entendre dire.

– C'est comme ça.

– Mais je n'appellerais pas ça sortir ensemble, vous savez.

– Et vous appelleriez ça comment ?

– Pas dans le sens où vous l'entendez.

– Dans quel sens, alors ?

– Dans le sens où il s'agirait seulement de deux personnes qui se sentent seules et qui, peut-être, apprécieraient un peu de compagnie. Voilà dans quel sens.

– Je ne me sens pas seule.

– Dans ce cas, j'ai commis une erreur, et je vous demande sincèrement de m'excuser. Au revoir, Alice. Désolé de vous avoir dérangée.

Il se tourne pour regagner sa Mercury garée au bord du trottoir.

– Attendez, lui dit-elle.

La rue est déserte et silencieuse.

Webb s'arrête et lui fait face.

– Je vous trouverai d'autres maisons à visiter, dit-elle.

– Si vous voulez.

– Quand… tout sera réglé.

Il la regarde dans les yeux.

– Qu'est-ce qui sera réglé, Alice ?

– Ce… cette épreuve que je suis en train de traverser.

– Quelle épreuve ?

Elle est sur le point de tout lui raconter.

Mais ses enfants sont toujours en danger, elle ne sait où.

– Rien d'important, dit-elle.

Il hoche la tête.

– Très bien. Contactez-moi quand vous aurez quelque chose à me montrer.

– Je n'y manquerai pas, promet-elle.

Alice ne connaît aucun courtier des années 1980 qui ne soit devenu aujourd'hui millionnaire. Pendant les années 1980, on pouvait faire un malheur à Wall Street. Eddie est arrivé un peu trop tard. Après avoir eu son diplôme, il a travaillé trop longtemps dans les bureaux d'une agence publicitaire de Madison Avenue. Toutes les grandes occasions lui sont passées sous le nez. Il n'est entré dans la célèbre maison de courtage Lowell, Hastings, Finch & Ulrich qu'après la naissance de Jamie. C'était donc il y a huit ans. Mais la période dorée était passée. Eddie gagnait bien sa vie, et sa famille n'a jamais manqué de rien, mais il ne fallait plus compter devenir riche du jour au lendemain en faisant un gros coup à Wall Street. Il lui a avoué, un jour, qu'il regrettait d'avoir fait l'école de commerce.

Elle lui a demandé :

– Qu'est-ce que tu aurais voulu faire à la place ?

– Pirate, a-t-il répliqué en riant.

Vous parlez d'un pirate ! Il avait trente ans quand ils sont venus s'installer dans le cap. Avec ses cheveux courts, il ressemblait à un pedzouille tout frais débarqué de son Kansas natal. Mais c'était une fausse impression, même à l'époque où elle a fait sa connaissance. Eddie était originaire de Greenwich, dans le Connecticut, et son père, décédé, était juge itinérant de seconde zone. Sa mère était morte dans le même accident de voiture, sept ans plus tôt. C'était la raison principale pour laquelle Eddie avait tenu, malgré le montant important des primes, à cette clause de double indemnité quand il avait souscrit une police d'assurance.

«On ne sait jamais ce qui peut arriver dans la vie», avait-il dit.

On ne peut jamais savoir, se dit-elle.

On ne peut jamais savoir si son mari ne va pas, sur un coup de tête, sortir son voilier pour s'en aller tout seul dans le golfe, comme un pirate. On ne peut jamais savoir si une tempête ne va pas éclater, avec des creux de trois mètres et un mauvais vent d'est. On ne peut jamais savoir si son mari, pourtant navigateur chevronné, ne va pas se noyer dans le golfe du Mexique. Vous n'imaginez pas une seule seconde qu'une chose comme ça puisse vous arriver à vous.

Jusqu'au jour où elle vous arrive.

Souvent, elle l'a imaginé seul à bord de son sloop, luttant contre les lames qui ont fini par le faire passer par-dessus bord. Souvent, elle s'est dit que, si elle avait été avec lui, ils auraient pu ramener le bateau à bon port.

On ne peut jamais savoir ce qui va se passer.

Quand il a quitté la maison, ce soir-là, il portait un jean avec une chemise bleu pâle, un blouson coupe-vent jaune et une casquette de capitaine. Il avait laissé pousser ses cheveux. Une mèche folle lui retombait sur le front.

Est-ce qu'ils s'étaient dit qu'ils s'aimaient avant son départ pour l'éternité ?

Oui.

Je t'aime, mon cœur.

Moi aussi, mon chéri.

Ils n'avaient pas oublié, ça non.

Le téléphone se met à sonner au moment où elle entre. Elle se précipite, essoufflée, pour répondre. Elle entend Webb qui démarre dans sa Mercury, dehors.

– Allô ?

– Alice, c'est Charlie. Ça fait un quart d'heure que j'essaie de t'avoir. Que s'est-il passé ? Tu as récupéré les enfants ?

Elle lui raconte. Elle lui dit que les flics sont partis en même temps qu'elle et qu'elle ne les a pas revus. Elle lui dit qu'elle a vu la femme qui...

– Tu l'as *vue* ?

– Oui. Elle est noire, Charlie.

– Elle t'a laissée la voir ?

– Ils ont les enfants, Charlie.

Ça veut tout dire.

– Elle m'a demandé de rentrer chez moi. Ils doivent me rappeler.

– Tu es seule en ce moment?

– Toute seule, oui.

– Où sont passés les flics?

– Je n'en sais rien.

– Je peux venir cet après-midi. Qu'est-ce que tu en dis?

– Tu as envie de venir?

– Oui. Je ne veux pas que tu restes toute seule, Alice.

– Comme tu voudras. Viens.

– À très bientôt, alors.

Il raccroche.

Elle remet le combiné sur son support et va dans la cuisine faire du café pour Charlie quand il arrivera. Il y a un mot sur la porte du frigo, tenu avec un aimant en forme d'épi de maïs.

Alice,
Désolé, mais je dois partir. La route n'attend pas.
Merci pour ton hospitalité. J'ai appelé Carol. Elle va te télé-phoner.
Rafe

Elle consulte sa montre. Le café met une éternité à monter. Au moment où les premières bulles se forment, elle entend une voiture dans l'allée. Elle va écarter la tenture. C'est une décapotable rouge. Avec une blonde au volant.

Encore cette Jennifer Redding.

Cette fois-ci, elle la laisse entrer.

Tout l'appareillage d'écoute et de localisation est encore en place dans le living. Alice se demande si la police va revenir le chercher. Jennifer regarde les boîtiers, les cadrans, les boutons, les câbles emmêlés, les écouteurs…

– Je fais installer une nouvelle ligne de téléphone, explique Alice.

118

— Je déteste ces nouveaux téléphones, lui dit Jennifer, qui regarde à présent le reste de la pièce. Joli, chez vous, dit-elle finalement.

— Merci.

— Comment va ce pied ?

— Ça commence à démanger. Et à me tirer un peu.

— Vous avez conduit ?

— Oui.

— Vous ne devriez pas, peut-être.

— Le docteur m'a dit que je pouvais.

— Les docteurs ne savent jamais rien. Un jour, j'ai été en contact avec du sumac vénéneux. J'en avais partout, et ils m'ont dit que je pouvais conduire quand même.

Alice se demande quel rapport il peut bien y avoir entre le sumac vénéneux et la conduite d'une automobile.

— J'ai appelé la police, déclare Jennifer. Je leur ai raconté ce qui s'est passé. Ils disent que j'aurais dû les alerter sur place.

— C'est ce que je vous ai dit.

— J'ai répondu que je vous avais transportée d'urgence à l'hôpital. Ils m'ont dit qu'il fallait que je sois plus prudente à l'avenir. Ils m'ont prise pour une idiote. Tout le monde me prend pour une idiote.

Alice ne fait pas de commentaire.

— C'est parce que je suis blonde. Il vous reste des chocolats de l'autre fois ?

— Je crois, fait Alice.

Elle va ouvrir la porte du frigo et sort la boîte blanche qu'elle a rangée là ce matin. Quand elle l'ouvre, la moitié des chocolats ont disparu. *Merci, Rafe*, se dit-elle.

— Et vous avez du café tout prêt, cette fois-ci, lui dit Jennifer en prenant une tasse sur l'égouttoir.

Elle boit tranquillement son café en grignotant un fondant au chocolat.

— Il se passe quelque chose chez vous, n'est-ce pas ? demande-t-elle.

— Mais non. Que voulez-vous dire ? Il ne se passe rien.

— Ce gros camion stationné juste en face l'autre jour, qu'est-ce que c'était?

— Mon beau-frère est chauffeur de poids lourd.

— Vous étiez avec lui, alors?

— Oui.

— C'est pour ça que vous ne m'avez pas fait entrer? Pour que je ne voie pas votre beau-frère?

— Nous avions des choses à nous dire.

— C'était votre amant, peut-être?

— Pardon?

— Vous receviez votre amant plutôt que votre beau-frère, n'est-ce pas? Votre amant qui est camionneur!

— Ne soyez pas ridicule.

— Ça me paraissait quand même étrange, que vous ne m'ayez pas laissée entrer alors qu'il n'y avait que votre beau-frère à la maison.

— Écoutez, lui dit Alice. Je ne vous connais pratiquement pas. Vous m'écrasez avec votre voiture et...

— Vous *écraser*? Allons donc!

— Appelez ça comme vous voudrez. Vous arrivez à fond de train sur moi...

— Dites-moi ce qu'il y a, Alice, murmure soudain Jennifer. Il se passe quelque chose dans cette maison, que vous voulez me cacher.

Elle fixe Alice de ses yeux bleus implacables.

Alice n'a pas oublié que la femme qui a enlevé ses enfants est blonde, avec des cheveux de la même longueur que ceux de Jennifer.

— Je ne cherche qu'à vous aider, lui dit cette dernière. Pour certaines choses, je suis très intelligente.

— Ça ne se voit pas en ce moment, lui dit Alice. Excusez-moi, mais je suis obligée de vous demander de partir...

— Vous cachez quelque chose, je le savais! fait Jennifer en plissant les paupières.

Alice comprend qu'elle a affaire à une de ces personnes qui passent trop de temps devant la télé et qui se prennent pour des super limiers genre Miss Marple ou Jessica Fletcher. À moins qu'elle ne soit la blonde qui conduisait la voiture bleue mercredi dernier.

Mais elle ne croit pas un seul instant à cette possibilité. Il y a une blonde dans le coup, la chose est certaine. La femme de la station-service est noire, et ce n'est pas elle qui était au volant de l'Impala. Mais de là à supposer que Jennifer Redding est cette blonde... Jennifer Redding est juste une emmerdeuse, et il faut à tout prix qu'elle s'en aille avant que le téléphone se mette à sonner pour lui donner de nouvelles instructions. Car elle espère bien qu'ils vont lui dire comment récupérer ses enfants.

– Je finirai par le découvrir, vous savez, lui dit Jennifer.

Elle hoche doctement la tête, comme quelqu'un qui est habitué à résoudre toutes sortes d'énigmes criminelles atroces quand elle n'est pas au volant de sa décapotable rouge en train de renverser des agents immobiliers. Elle avale d'un coup le reste de son café, va poser sa tasse dans l'évier, comme si elle était chez elle, et déclare :

– Je pourrais vous aider, si vous me faisiez confiance, Alice.

De manière tout à fait inattendue, elle lui fait la bise, puis sort de la maison d'une démarche chaloupée, comme un mannequin dans une présentation de mode.

Alice secoue la tête, sidérée.

Le téléphone sonne.

Elle regarde l'horloge.

Il est midi dix. Ça ne peut pas être la femme noire. C'est trop tôt. Mais qui sait ? Elle décroche en hâte.

– Allô ?

– Alice ? C'est Carol. Rafe vient de m'appeler. Tu as récupéré les enfants ?

– Non.

– Que vas-tu faire ?

– Attendre. En espérant qu'ils appelleront. Elle m'a dit de rentrer à la maison, qu'ils me contacteraient. J'espère que...

– Une seconde, Alice. Qui t'a dit ça ?

– La femme qui les garde prisonniers.

– C'est une espèce de folle, quelqu'un qui ne peut pas avoir d'enfants ?

– Je ne crois pas. Elle n'avait pas du tout l'air folle.

– Tu l'as *vue*?

– Oui.

– Elle t'a laissée la voir?

Même réaction que Charlie. Elle lui répond la même chose.

– Ils ont les enfants, Carol.

De nouveau, ça veut tout dire. *Ils ont les enfants. Si je dis ou fais quoi que ce soit pour les compromettre, ils tueront mes enfants.* C'est la seule vérité qui existe.

– Ils? demande Carol. Qui ça, ils?

– Ces deux femmes, entre autres.

– Il y a deux femmes?

– Apparemment.

– Tu leur as remis l'argent?

– Oui.

Elle n'a pas envie de discuter avec sa sœur de la stratégie utilisée par la police de Cape October. Si toutefois la police continue de s'intéresser à l'affaire. Elle espère seulement que les 250 000 dollars en faux billets sont suffisamment bien imités pour que les ravisseurs ne se rendent compte de rien. Sinon, elle aura signé l'arrêt de mort de ses propres enfants.

– La police est chez toi en ce moment? demande Carol.

– J'ignore où est la police.

– Qu'est-ce que tu comptes faire, alors?

– Rien du tout. J'attends.

– Vers qui t'es-tu tournée pour avoir de l'aide?

Elle ne sait pas vers qui elle s'est tournée. Elle ne s'est jamais sentie aussi seule de toute sa vie.

– Tu as appelé le FBI? insiste Carol.

– Ils sont repartis comme ils sont venus.

– J'arrive, fait Carol. Je prends la route immédiatement.

– Non, ce n'est pas…

– Juste le temps de me préparer et de sortir la voiture.

– Carol…

– Attends-moi, ma chérie. Je vais faire aussi vite que possible.

Et elle raccroche.

Ils ne veulent pas que la police de Tampa se mêle de cette affaire. Le capitaine Steele pense qu'il y a suffisamment de services de police dans le coup pour le moment. Il n'a pas apprécié que le FBI débarque sans se faire inviter ni annoncer, et il n'a certainement pas envie que d'autres représentants de la loi viennent s'ajouter à la liste.

L'ordinateur jette son dévolu sur un certain Ernesto de Diego, récemment sorti de prison, qui voit régulièrement un contrôleur judiciaire de Tampa. Mais il a quarante-trois ans, et Maria a dit aux inspecteurs que son ex-copain n'avait que dix-huit ans. Diego est donc hors de cause, à moins qu'il n'ait un fils qui porte le même nom. Ernesto de Diego Jr. Mais l'ordinateur ne lui connaît pas de descendance.

Dans l'annuaire de Tampa, ils trouvent Dalia de Diego, Godofredo de Diego, Rafael de Diego et Ramon de Diego, mais il n'y a, hélas! aucun Ernesto. Pour le cas où l'un de ces Diego serait parent de l'Ernesto qu'ils recherchent, ils décident d'essayer toute la liste et font mouche au deuxième appel. Une femme nommée Catalina de Diego déclare à l'inspecteur Saltzman qu'elle est l'épouse de Godofredo, dont le frère Ernesto vit actuellement avec eux en attendant de trouver un logement. Ce n'est qu'à la fin de leur conversation qu'elle pense à demander :

– Mais de quoi s'agit-il, monsieur l'inspecteur?

À 12 h 45 le même jour, les inspecteurs Saltzman et Andrews se présentent à la porte des Diego et parlent de nouveau à Catalina, en personne cette fois-ci. Elle leur dit que son mari et son beau-frère rentreront vers 13 heures et les invite à les attendre. Elle leur sert un café très fort avec des gâteaux secs saupoudrés de sucre. Elle leur explique que son mari et son beau-frère travaillent dans un atelier de mécanique automobile qui n'est pas très loin de là.

– C'est mon mari qui a fait entrer Ernesto dans la boîte, explique-t-elle.

Elle leur présente son fils Horacio, trois ans, qui leur dit aussitôt qu'il sait faire «caca pot-pot». L'inspecteur Andrews le félicite.

– C'est très bien, ça, mon petit.

Jusqu'à présent, la famille Diego ne ressemble pas à une bande de gangsters qui aurait kidnappé les enfants Glendenning. Mais il ne faut pas se fier aux apparences. Le type le plus discret du quartier est souvent celui qui a exterminé toute sa famille, y compris le poisson rouge. Sans compter qu'Ernesto ne peut pas être si bien que ça. Il a quand même largué sa fiancée en cloque au cap.

Les deux frères rentrent deux ou trois minutes avant 13 heures.

Les inspecteurs les entendent rire sur le perron de la petite maison. Ils ont tous les deux la peau claire, les yeux marron et les cheveux frisés. Ernesto est légèrement plus grand que Godofredo. Ils ont l'air de deux ouvriers sérieux sortant d'une dure matinée de travail qui rentrent manger à la maison, mais sait-on jamais ?

Les inspecteurs demandent à s'entretenir en privé avec Ernesto, si personne n'y voit d'inconvénient. Ils sortent dans la cour derrière la petite maison. Il y a un cocotier au milieu, avec plusieurs massifs d'oiseaux de paradis. Il y a aussi une allée de gravier et du mobilier de jardin de couleur rose. Une petite brise rafraîchissante souffle. À l'intérieur, on entend Godofredo et sa femme qui parlent en espagnol.

— Qu'y a-t-il ? demande Ernesto. Elle prétend que l'enfant est de moi ?

— Vous voulez parler de Maria ? fait Andrews.

— C'est pour ça que vous venez me voir ?

— Vous devriez vous en douter.

— Il n'y a rien à dire. Elle a couché avec tous les garçons du lycée. Maintenant, elle prétend que le bébé est de moi. Elle se fout de ma gueule.

— Elle dit que vous avez une nouvelle petite amie, c'est vrai ça ?

— En quoi ça la regarde ?

— C'est ce qu'elle nous a dit, en tout cas.

— Ce ne sont pas ses oignons, si je fréquente quelqu'un ou pas.

— Donc, vous avez une petite amie ?

Ernesto les regarde longuement en fronçant les sourcils.

Il a soudain un soupçon. Il commence à se douter que la présence ici de ces deux inspecteurs n'a rien à voir avec le bébé de Maria.

— Vous venez de Cape October uniquement pour me demander si j'ai une nouvelle copine ?

— Alors ? Vous en avez une ?

– Oui. Qu'est-ce que ça peut vous faire ?

– Elle ne serait pas blonde, par hasard ?

– Hein ?

– Votre copine. Elle est blonde ?

– C'est Maria qui vous a raconté ça ?

– C'est ce qu'elle nous a dit, oui.

– Elle devrait apprendre à fermer sa grande gueule.

– Vous la mettez enceinte, vous disparaissez et…

– Je ne l'ai pas mise enceinte ! Et je n'ai pas disparu ! Mon frère m'a trouvé du boulot ici et je suis venu. Je l'ai même appelée pour lui dire où j'étais !

– Sympa de votre part.

– Je ne lui dois rien, putain !

– Elle a une Impala bleue ? Votre copine blonde ?

– Hein ?

– Votre nouvelle copine. Est-ce qu'elle conduit une Impala ?

– Non, une Jaguar blanche.

– Comment s'appelle-t-elle ?

– Pourquoi voulez-vous le savoir ?

– Comment s'appelle-t-elle ?

– Je ne peux pas vous le dire.

– Pourquoi ?

– Parce qu'elle est mariée.

– Ah ! fait Saltzman.

– Tiens, tiens, fait Andrews.

– Non, mais qu'est-ce que ça signifie, tout ça ? Elle a fait quelque chose de mal ?

– Dites-nous comment elle s'appelle, Ernesto.

– Bon Dieu ! Qu'est-ce qu'elle a donc fait ?

– Dites-nous où elle habite.

– Elle est mariée, je ne peux pas…

– Vous voulez qu'on vous embarque, Ernesto, ou vous préférez nous donner gentiment son nom et son adresse ? À vous de voir.

– Judy Lang, murmure-t-il presque aussitôt.

Charlie Hobbs arrive dans l'allée à 13 h 20. Alice sort l'accueillir. Elle prend ses deux mains dans les siennes, et ils rentrent ensemble dans la maison.

— Ça va ? demande-t-il.

— Je suis contente que tu sois là.

— Elle a rappelé ?

— Pas encore, Charlie. J'ai très peur.

— Il ne faut pas. Elle va appeler.

— Tu crois ?

— J'en suis sûr.

Charlie regarde autour de lui dans le séjour. Son regard s'attarde sur le matériel d'écoute et d'enregistrement.

— Où sont nos fins limiers ? demande-t-il.

Elle secoue la tête.

— Raconte-moi tout ce qui s'est passé, dit-il.

— Voilà ce que nous savons, déclare Sally Ballew à son patron.

Le directeur du bureau régional du FBI s'appelle Tully Stone. Le crâne dégarni, dégingandé et mauvais comme une teigne. Le bruit court que peu après l'élection controversée de Bush contre Gore, il a réuni de sa propre initiative, ici, sous le soleil de Floride, un petit cercle d'opposants au gouvernement. Il a fallu quelques crânes fêlés et quelques côtes cassées, à ce que l'on dit, pour que tous ces libéraux au cœur brisé finissent par estimer d'un commun accord qu'il n'était pas opportun de s'opposer à la décision de la Cour suprême faisant de Bush le président des États-Unis.

Sally Ballew a le sentiment que les Noirs de l'État de Floride (dont elle fait partie) ont été floués dans cette élection, mais elle n'en a jamais parlé à son chef, grand admirateur de John Ashcroft. Elle vient de lui soumettre son rapport sur les Chevrolet Impala bleues louées par Avis à l'aéroport de Fort Myers ces deux dernières semaines.

— Je ne comprends pas, lui dit Stone. C'est nous qui nous occupons de cette affaire ?

— Ça dépend, répond Sally.

— Ça dépend de quoi ?

– De notre désir de nous en occuper.

– Et pourquoi le voudrions-nous ?

– Cette histoire peut être porteuse.

– Dans quel sens ?

– Il s'agit d'une veuve. Jolie. Deux enfants adorables. Ceux qui se sont fait enlever. Huit et dix ans. Un garçon et une fille.

Stone n'a pas l'air impressionné pour le moment.

Il fait les cent pas dans son bureau. Dans un coin, le drapeau américain est plié sur son support en fer forgé. Le mur, derrière Stone, est orné d'une réplique agrandie du sceau du FBI, avec ses treize étoiles, ses feuilles de laurier et son écu à rayures rouges et blanches. Sur le pourtour supérieur du sceau à fond bleu, les mots DEPARTMENT OF JUSTICE s'étalent en lettres blanches. Et sur le pourtour inférieur, on lit FEDERAL BUREAU OF INVESTIGATION en lettres de la même couleur. Sous l'écu à rayures avec sa balance bleue, il y a une banderole blanche où sont inscrits les mots : *Fidelity*, *Bravery* et *Integrity* [1].

Il fut un temps, est en train de se dire Stone, où ces mots avaient encore une signification.

Aujourd'hui, il est devant cette femme qui a du mal à endiguer ses nichons, et ils discutent pour savoir s'ils doivent intervenir dans une affaire uniquement parce qu'elle a de fortes chances de devenir hautement médiatisée, auquel cas le Bureau aura le privilège de profiter des retombées salvatrices dont il a bien besoin en ce moment pour redorer son blason, à condition, bien sûr, qu'ils arrêtent les fils de pute qui ont enlevé deux gamins innocents à leur maman.

– Comment justifierions-nous notre intervention ? demande-t-il.

– Présomption raisonnable que les délinquants ont passé la frontière d'un État.

– Ils ont déjà quitté la Floride ?

– Nous n'avons pas connaissance d'une telle chose, monsieur.

– Alors, comment auraient-ils franchi une frontière ?

---

1. « Fidélité, bravoure et intégrité », la devise du FBI.

– Nous avons des raisons de penser qu'ils viennent de New York.

– Dieu du ciel! Des criminels de haute volée, alors?

Il se frotte presque les mains de délectation anticipée. Rien ne le séduit autant que la perspective de casser les reins à un malfrat de la grande ville. Il y a eu ce gang d'agitateurs gauchistes venus de Chicago pour foutre le bordel ici. Il n'a jamais dit à Sally que leur petit chef était noir comme l'as de pique. Ces gens-là sont parfois d'une susceptibilité à fleur de peau, même quand ils font partie des forces de l'ordre.

– Vous en avez la preuve? demande-t-il.

– Non, monsieur. Pas vraiment.

– Pas vraiment la preuve, ça ne veut rien dire du tout. Ou on l'a ou on ne l'a pas. Vous ne pouvez pas être un tout petit peu enceinte.

– Nous pensons avoir identifié la personne qui a loué l'Impala décrite par le gardien de l'école. C'est une New-Yorkaise. Ce qui veut dire qu'une frontière d'État a peut-être été franchie dans l'intention de commettre un acte criminel. En tout cas, son permis de conduire porte une adresse à New York.

– L'intention de commettre un acte criminel? C'est quoi, ça? Un film avec Tom Cruise? Avez-vous au moins la certitude que cette femme a réellement commis le crime dont vous l'accusez?

– Non, monsieur. Mais j'étais sur le point de vous dire…

– C'est la seule personne à avoir loué une Impala comme celle que le gardien a décrite?

– Non, monsieur. Il y a eu trente-six locations d'Impala bleues à l'aéroport de Fort Myers au cours de ces quinze derniers jours. Vingt ont été rendues, et ceux qui les ont louées sont déjà repartis. Six sont en circulation. Nous avons les numéros des plaques et, dans certains cas, l'adresse locale de leurs conducteurs.

– Ce n'est donc pas obligatoire? De donner une adresse locale?

– Certaines personnes ne savent pas où elles vont résider. Elles vont d'hôtel en motel, au hasard des routes…

– Vous avez l'adresse locale de cette femme que vous accusez d'avoir franchi une frontière d'État dans l'intention de commettre un acte criminel?

– Non, monsieur. Elle fait partie de ceux qui ont déclaré ne pas avoir d'adresse fixe en Floride.

– Si je voulais kidnapper des enfants, je ne donnerais certainement pas mon adresse à Avis.

– Moi non plus, monsieur.

– Comment s'appelle cette femme ?

– Clara Washington.

Stone a envie de demander : « Elle est noire ? »

Mais il s'abstient.

Pourtant, un nom comme Washington...

Elle ne peut être que noire.

– L'employée de chez Avis qui s'est occupée de la location m'a dit qu'elle était noire, fait Sally, le battant au poteau. La trentaine, un mètre soixante-quinze, élégante, toujours d'après l'employée. Elle a un permis de conduire établi à New York. Et elle paye avec une carte American Express.

– Quel est le problème, alors ?

– Nous avons vérifié chez American Express. Ils n'ont aucun titulaire de carte de ce nom pour la ville de New York. Nous avons vérifié au service des cartes grises de l'État de New York. Ils n'ont pas trace d'un permis de conduire établi au nom de Clara Washington. Elle leur a présenté des faux papiers, monsieur.

– C'est courant, aujourd'hui.

– C'est courant, oui.

– Vous ne savez donc pas, en fait, si une frontière d'État a été franchie. Si son permis de conduire est bidon...

– C'est ce que j'entendais par « pas vraiment la preuve », monsieur.

– Si son permis de conduire est factice, cette femme peut venir de n'importe où. Elle a pu descendre du car de Jacksonville ou de Tallahassee. Elle a pu aller à pied de Fort Myers à l'aéroport, sans franchir de frontière, sans que le FBI ait à intervenir, point final.

– À moins que...

– À moins que quoi ?

– À moins que nous la retrouvions, et qu'elle soit de New York, et que nous l'inculpions d'enlèvement d'enfants. Auquel cas il serait prouvé que nous avions de bonnes raisons d'intervenir, et que cela entrait bien dans le cadre de notre juridiction. Nous deviendrions les héros du jour, quoi.

— Les héros, répète Stone.

— Oui, monsieur. Au lieu de laisser la police de Cape October s'attribuer tout le mérite.

— Les héros, murmure de nouveau Stone.

Il fut un temps où un héros était quelqu'un qui chargeait seul un nid de mitrailleuses viêt-cong, une grenade dans chaque main et une baïonnette entre les dents. Aujourd'hui, les choses ont changé. Pour être un héros, il faut traquer une petite bonne femme de couleur... enfin, pas si petite, un mètre soixante-quinze..., qui a franchi ou non la frontière d'un État dans l'*intention* de commettre un acte criminel. Ce faisant, on a des chances d'avoir sa photo dans les journaux et de passer à la télévision... à condition de l'attraper.

— Qu'est-ce que vous suggérez, Ballew ?

Il a failli dire « Ballons ».

— Nous avons son numéro d'immatriculation, monsieur. Je suggère d'aller voir dans tous les motels, hôtels, pensions de famille et je ne sais quoi de la région si nous ne retrouvons pas cette voiture et sa conductrice.

— En nous positionnant officiellement sur l'affaire ?

— Pas avant d'être sûrs de pouvoir l'arrêter, monsieur. Autrement, on laissera porter le blâme sur la police locale.

Stone est en train de se demander combien d'hommes il va lui falloir pour organiser une recherche dans le secteur. Mais s'il ne donne pas satisfaction à l'agent spécial Ballew, elle risque de faire parvenir ensuite un rapport en haut lieu disant que son supérieur hiérarchique a mis sous le tapis les informations qu'elle lui a communiquées sur le kidnapping de la même façon que certaines informations sur une certaine école de pilotage ont été mises sous le tapis avant le 11 septembre.

Il est très tenté de dire à Sally Ballons d'aller se faire voir, car l'affaire est en dehors de leur juridiction.

Mais la nation tout entière est aujourd'hui à l'affût des déclencheurs d'alarme de tout acabit, à l'opposé de ce qui s'est passé du temps de l'une des véritables héroïnes du pays, Linda Tripp[1].

– Mettez le dispositif de recherche en place, dit-il. Équipe complète, vingt-quatre heures sur vingt-quatre et sept jours sur sept. Le grand jeu. Mais retrouvez-la vite, ou renoncez.

Sally se voit déjà en train de passer à la télévision.

– Je la retrouverai, monsieur, promet-elle.

La petite montre au cadran numérique posée sur le bureau de Stone indique 13 h 47 mn 03 s.

Le téléphone sonne à 14 heures précises.

Charlie, entre-temps, a compris comment fonctionnait la table d'écoute et il est prêt. Il fait signe à Alice de décrocher.

– Allô?

– Nous avons un petit problème, déclare la femme sans autre préambule.

Le cœur d'Alice fait un bond dans sa poitrine. Charlie est tout ouïe, comme s'il guettait l'arrivée d'une roquette à Khe Sanh.

– J'ai été suivie, continue la femme.

– Je veux parler à Ashley.

– Non. Votre fille a la langue trop bien pendue. Vous n'avez plus besoin de lui parler. Ma copine les a repérés derrière nous. Deux hommes dans une Buick marron. Sans ce camion d'ordures ménagères, nous aurions pu avoir de sérieux ennuis.

Alice ne répond pas.

Ma copine, se dit-elle. Cela signifie-t-il son associée dans leur ambitieuse entreprise? Ou bien sa partenaire *sexuelle*? A-t-elle affaire à un couple de lesbiennes?

– C'étaient des flics? demande la femme.

– J'ignore qui ça pouvait être, répond Alice. Je ne suis au courant de rien.

---

1. La femme qui a déclenché le scandale Monica Lewinsky en remettant au procureur Starr les enregistrements de ses conversations téléphoniques avec cette dernière. Avant de faire partie de l'équipe de Clinton, Linda Tripp travaillait à la Maison-Blanche durant le mandat de George Bush père.

– Ils sont chez vous en ce moment ?

– Il n'y a personne avec moi.

– N'importe comment, je vous rappelle.

Et la femme raccroche.

– Elle fait toujours ça, explique Alice. Elle a peur qu'on localise l'appel.

– C'est vrai, pour la Buick ?

– Aucune idée.

– Y a-t-il une limite à la connerie de ces gens ?

– Je te l'ai déjà dit, Charlie. Ils ont tout laissé tomber ce matin.

– Même pas capables de prendre quelqu'un en filature sans se faire…

Le téléphone sonne.

– C'est elle, dit Charlie.

Alice décroche.

– Allô ?

– Pourquoi avez-vous prévenu la police ?

– Vous vous trompez.

– Qui étaient ces hommes dans la Buick, alors ?

– Je n'en sais rien. Je suis allée là-bas toute seule. J'ignore qui vous a suivie. Laissez-moi parler à ma fille.

– Pas question.

– Vous aviez promis…

– Ne vous occupez pas de ce que j'ai promis. Vous n'avez pas tenu parole.

– Je n'ai pas prévenu la police !

Elle a presque hurlé ces mots au téléphone.

Même Charlie est prêt à la croire.

La femme demeure un instant silencieuse.

Puis elle raccroche.

– Merde ! fait Alice. J'ai envie de l'étrangler !

– Quand elle rappellera, va droit au but. Dis-lui qu'elle a l'argent et qu'elle doit te rendre les enfants. Demande-lui quand.

Alice acquiesce.

– Ça va ?

– Oui.

– Ne te laisse pas embrouiller par cette femme. S'ils avaient déjà fait du mal aux enfants…

– Oh, Charlie ! Je ne veux même pas y penser !

– … ils ne te rappelleraient pas, Alice. Tu ne comprends pas ? Ça veut dire que les enfants vont bien !

Le téléphone sonne.

– N'oublie pas. Droit au but. Où ? Quand ? Garde ton calme.

– D'accord.

– Décroche.

Il appuie sur le bouton ÉCOUTER. Alice décroche.

– Allô ?

– Nous ne pouvons pas vous donner les enfants aujourd'hui.

– Vous aviez promis…

– Nous devons d'abord vérifier l'argent.

Ils vont s'apercevoir que les billets sont faux, se dit Alice. Elle panique.

– Laissez-nous un peu de temps, lui dit la femme, dont la voix se radoucit soudain. Vos enfants vont bien. Nous avons juste besoin d'un peu de temps…

Et elle raccroche.

6

Il est 14h15 lorsque Carol arrive à l'embranchement de l'Interstate 75 direction sud. D'énormes poids lourds comme celui que conduit Rafe la croisent en rugissant de l'autre côté de la double glissière de sécurité.

Elle estime qu'il va lui falloir dix à douze heures pour arriver à Cape October. D'après sa carte, elle compte une bonne heure jusqu'à Macon, à une centaine de kilomètres de là, où elle prendra la sortie Valdosta pour faire la jonction avec l'Interstate 475 direction sud. Pour le moment, elle n'a pas du tout sommeil, mais elle prévoit de passer la nuit dans un motel afin d'arriver en forme le lendemain matin au cap à l'heure du petit déjeuner. Le tronçon le plus long, entre Macon et St Pete, fait environ six cent cinquante kilomètres, mais elle l'a déjà parcouru, et encore avec des gamins qui n'arrêtaient pas de brailler sur la banquette arrière. Elle sait qu'elle y arrivera sans problème cette fois-ci encore.

Elle n'ose pas imaginer ce que doit ressentir Alice. Ses enfants kidnappés et une bande de crétins qui s'occupe de l'affaire. Elle se souvient de l'époque où elles étaient toutes les deux gamines à Peekskill. Elle veillait sur sa petite sœur Alice et la tirait continuellement des mauvais pas où elle se fourrait. Mais rien d'aussi grave ne leur est jamais…

Il y a eu la tragédie d'Eddie qui s'est noyé de cette horrible manière, bien sûr.

Carol avait alors pris le premier avion au départ d'Atlanta. Elle se disait que sa cadette ne s'en sortirait jamais toute seule. Elle adorait vraiment son mari. Carol l'avait serrée longtemps dans ses bras tandis qu'elle sanglotait. Alice tenait dans ses mains une photo d'Eddie avec ses grands yeux bleus brillants, son sourire canaille et ses cheveux blonds en désordre.

Carol se demande quel effet ça fait d'aimer quelqu'un à ce point. Seule au volant de sa Ford Explorer, avec tous ces camions qui déboulent en sens inverse comme des vaisseaux spatiaux martiens à l'attaque, elle se pose la question de savoir si, en réalité, elle aime Rafe, si elle l'a jamais aimé pour de bon.

Contrairement à sa sœur, Carol n'a jamais été attirée par les garçons grands et frêles. Non, c'étaient toujours les plus baraqués, genre champion de foot ou de lutte gréco-romaine. Mais Rafe n'a jamais été ni l'un ni l'autre. Il n'a même pas fini ses études au lycée. Pas étonnant qu'il ait eu ces ennuis avec la police. Deux fois, pour des histoires de drogue. Tout le monde se drogue, aujourd'hui. Elle espère seulement que ce ne sont pas des foutus drogués qui ont mis la main sur ces deux enfants adorables. Mais qu'est-ce qu'ils ont donc, ces flics, à être aussi cons ?

Elle appuie un peu trop sur le champignon.

Un coup d'œil au tableau de bord lui indique qu'elle frôle les cent vingt à l'heure. L'aiguille tremblote. Elle n'a pas envie de se faire arrêter par la police routière de Géorgie. Mais elle n'a pas non plus envie de se traîner sur la route, elle risquerait de s'endormir au volant. Rafe lui a dit un jour qu'il faisait du cent quarante en moyenne sur les longs parcours avec son camion. Il mentait probablement. C'est beaucoup trop.

Quand il a appelé ce matin, il avait une drôle de voix.

Il lui a parlé de l'enlèvement des enfants, en disant qu'Alice était déjà en route pour remettre aux ravisseurs une sacoche pleine de faux billets, et qu'il espérait que ça marcherait.

— Que veux-tu dire ? lui a demandé Carol.

— Sinon, ça risque de mal se passer.

— Tu veux dire, s'ils…

— S'ils s'aperçoivent que c'est des faux billets.

– Mais tu disais qu'ils étaient bien imités.

– C'est ce que les flics ont dit à Alice, oui.

– Alors, comment pourraient-ils s'en apercevoir?

– Ces gens-là ne sont pas des imbéciles. Il ne faut pas être débile pour monter une opération comme celle-là.

– Mais oui. Il faut sortir de Polytechnique pour enlever deux gamins et demander une rançon à leur mère.

– Ce que je veux dire, c'est qu'ils ne prennent pas de risques, Carol. J'étais là, tu sais. J'ai vu comment cette femme raccroche toutes les dix secondes. J'ai vu comment ils ont préparé leur coup minutieusement. Tout ce que j'espère, c'est qu'ils ne s'apercevront pas qu'Alice leur a refilé des faux biftons. Je me fais du souci pour les gamins, Carol.

Elle se demande s'il est capable de se faire du souci pour les gamins d'Alice, ou pour ceux de n'importe qui, du reste. Pour n'importe qui sauf sa précieuse petite personne.

Depuis longtemps, Carol soupçonne son mari de la tromper quand il part pour un de ses longs voyages. Il ne l'appelle jamais, habituellement, quand il est sur la route. Aujourd'hui, c'était l'exception. Il est vrai que ce n'est pas tous les jours que les enfants de sa belle-sœur se font kidnapper. Parfois, il reste absent trois ou quatre semaines quand il va sur la côte Ouest. On pourrait croire qu'il l'appellerait au moins une fois par semaine, pour lui dire qu'il pense à elle ou un truc comme ça. Mais non. Ou bien il maîtrise parfaitement ses réactions, ou bien il la trompe avec tout ce qui lui tombe sous la main au hasard de la route. Ce qui ne la surprendrait guère.

Il y a quelque chose qu'il a dit un jour et qui la tracasse un peu.

C'était juste avant Noël. Carol avait invité Alice et les enfants à Atlanta, mais sa sœur avait répondu qu'elle était obligée de rester au cap à proximité de l'orthophoniste de Jamie, qui avait cessé de parler quelque temps auparavant. Rafe avait dit à Carol qu'il avait lu dans le journal local *Atlanta Constitution* qu'une compagnie d'assurances payait les bénéficiaires d'une assurance vie en cas d'accident dans la semaine qui suivait le dépôt de la déclaration, même s'il n'y avait pas de certificat de décès.

— Alors, quand est-ce que la compagnie d'Alice va se décider à lui verser ses deux cent cinquante mille dollars ? avait-il demandé.

— Je suis sûre qu'Alice se pose la même question, avait répliqué Carol.

— Ce serait chouette si on pouvait mettre la main sur une partie de ce fric, hein ? avait murmuré Rafe.

— Qu'est-ce qui te permet de croire... ?

— Ce serait chouette quand même.

Carol avait repensé, à l'époque, à ce qu'il avait dit. Deux cent cinquante mille dollars, c'était une jolie somme, et Rafe et elle avaient encore pas mal de mensualités à payer pour amortir l'achat de la maison et de la Ford. Si Alice décidait de faire un geste, ce ne serait pas de refus, mais jamais Carol ne s'abaisserait à lui demander quoi que ce soit, et Rafe le savait. Elle se demandait même pourquoi il en avait parlé.

Cette idée la tracasse encore aujourd'hui.

Elle appuie de nouveau sur le champignon.

— Qui nous dit qu'ils n'ont pas loué un appartement ? demande Forbes.

— C'est une possibilité, répond Sally.

— Il y a des tas de gens qui vont et qui viennent, et qui louent un logement pour une ou deux semaines seulement.

— Je sais.

— Nous nous sommes peut-être embarqués dans une aventure sans issue.

Il n'aime pas du tout, en fait, le tour que prennent les choses.

Tout d'abord, ils sont en train de mettre en danger la vie de ces enfants. C'est la vérité toute crue. Stone le sait, et Sally aussi. Il ne suffit pas d'aller frapper à une porte pour demander à une employée si elle a loué une Impala bleue. Si ces gens-là l'apprennent, ils risquent de paniquer et de faire disparaître les enfants. Aucun représentant de l'ordre ne devrait oublier cette donnée fondamentale. Et c'est cela qui cloche dans leur procédure.

En second lieu, ils sont en train de faire la course, une fois de plus, avec la police locale. Chacun cherche à décrocher le pompon sans tenir compte des intérêts et du bien-être des victimes. C'est à qui remportera le morceau et aura toute la gloire. C'est sûr que le FBI aurait bien besoin en ce moment d'un grand coup médiatique, après le monumental cafouillage d'avant et après le 11 septembre. Personne n'a encore trouvé qui a posté ce foutu anthrax, pas vrai?

Prenez le manège en marche, donc, garçons et filles, et voyons qui décrochera le premier cette fameuse Impala bleue, un pedzouille local ou bien nous. Et prions Dieu pour que personne, derrière la porte close d'un motel, d'un hôtel ou d'un meublé, ne pète les plombs au moment où nous prononcerons le mot FBI et où nous brandirons notre plaque. Prions le ciel, les enfants. Prions le ciel.

Le FBI n'a pas communiqué à la brigade criminelle de la police locale de Cape October les informations obtenues au comptoir Avis de l'aéroport. Le capitaine Roger Steele ne sait donc pas que la personne qui a loué une Impala bleue il y a quatre jours a montré des papiers portant le nom de Clara Washington.

Tout ce qu'il sait, c'est qu'une Impala bleue conduite par une blonde mince a pris une jolie jeune femme noire d'un mètre soixante-dix environ. Description assez proche du mètre soixante-quinze estimé par l'employée de chez Avis, mais ça il ne le sait pas non plus. Il ignore que cette femme portait le sac Vuitton d'Alice, plein d'argent de Monopoly. Et il ignore aussi que l'Impala a été cachée un bon moment par un camion de ramassage d'ordures ménagères de Cape October, qui a compromis la filature. Tout ce qu'il sait, c'est que l'Impala doit forcément se trouver quelque part, parce que l'inspecteur Sloate lui a dit: «Il y a une place pour chaque chose en ce bas monde, chef.»

Steele a donc lancé un avis de recherche pour cette voiture. Entre-temps toute la brigade écume les motels et hôtels de la région dans l'espoir de retrouver la voiture, la blonde et la Noire.

Cape October est une agglomération de 143 000 résidents à l'année. Parmi eux, il y a 90 % de Blancs, 8 % de Cubains venus de Miami qui ont échoué sur la côte Ouest, 2 % de Noirs et une poignée d'Asiatiques. Le cap offre vingt-quatre lieux de culte de dénominations différentes: catholique, baptiste, juif (orthodoxe ou réformé), presbytérien, luthérien, adventiste du septième jour, et même deux temples mennonites dont les fidèles se distinguent par leurs habits noirs, leur barbe pour les hommes et leurs robes et coiffes blanches toutes simples pour les femmes.

Comme le cap est une destination prisée par les touristes, il y a aussi cinquante-deux hôtels, motels, pensions de famille et meublés dans la région, sans compter quelques douzaines de *bed and breakfasts*.

Roger Steele ne pense pas que les ravisseurs des deux enfants se risqueraient à les conduire dans un hôtel ni dans un lieu de villégiature célèbre dans les keys. Mais il y a pas mal de petits motels en bordure du Trail, et quelques-uns aussi à Gros Bec. C'est là que son équipe de seize inspecteurs de la brigade criminelle enquête principalement. Seize hommes, c'est tout ce qu'il a à sa disposition. Ce n'est pas beaucoup pour un si large territoire, à supposer que les ravisseurs soient encore dans l'État de Floride.

En plus, il s'est remis à pleuvoir.

Le gérant de la station Shell à la jonction de la 41 et de Lewiston Point Road n'est pas particulièrement heureux de voir trois inspecteurs de la police de Cape October s'avancer sous la pluie à 14 h 30, ce vendredi après-midi.

L'un d'eux, un Noir corpulent nommé Johnson, lui dit qu'ils sont en train d'enquêter sur un vol d'automobile.

— Le voleur a peut-être utilisé vos toilettes ce matin. Nous aimerions entrer pour jeter un coup d'œil, si ça ne vous dérange pas.

— Quelle marque de voiture ? demande le gérant.

— Une Cadillac modèle Saville, ment Johnson sans ciller.

— Des Saville, il y en a pas mal dans le coin.

— Je sais, lui dit Johnson. Si vous voulez bien nous ouvrir les toilettes des dames, nous pourrons faire notre enquête sans vous déranger.

— C'est ouvert.

— Très bien. Ne vous inquiétez pas, nous nous débrouillerons.

Les trois flics de la brigade ont été envoyés par le capitaine Steele pour essayer de trouver des indices dans les toilettes où

Mme Glendenning a déposé l'argent de la rançon et où une suspecte encore non identifiée a réussi à échapper au dispositif de surveillance mis en place sur les lieux. La stratégie de Steele consiste à essayer d'établir si la jeune Noire qui leur a faussé compagnie avec une sacoche pleine de faux billets bien imités a un casier judiciaire. D'après ce que lui ont dit ses inspecteurs, Steele a comme l'impression que Mme Glendenning n'apprécie pas trop la présence et les interventions de la police du cap dans cette affaire. Son intention est donc de lui renvoyer Sloate et Di Luca avec quelques informations consistantes, dès qu'il en aura, bien sûr, afin d'éviter qu'elle aille raconter aux journalistes de la télé que les flics locaux sont totalement incompétents.

Manque de chance, les deux suspectes, la blonde et la Noire, ont réussi à échapper à la filature, et jusqu'à présent aucun agent en uniforme n'a réussi à retrouver l'Impala. Par conséquent, il se dit que si la brigade mobile arrive à récolter quelques renseignements utiles, il pourra envisager de reprendre contact avec Mme Glendenning pour la rassurer sur la procédure suivie. Une procédure parfaitement efficace, au demeurant, puisqu'elle a permis d'arrêter et d'inculper les responsables du kidnapping de l'enfant Haley, il y a trois ans, bien que la police ait trouvé le petit garçon mort à son arrivée.

Les trois inspecteurs de la brigade n'ignorent pas à quel point cette affaire a de l'importance pour le capitaine Steele. Ils examinent les toilettes des dames avec plus de minutie que n'importe quelle scène de crime. Ils passent l'aspirateur partout pour essayer de prélever un cheveu, un poil ou une fibre textile. Ils prennent les empreintes sur les robinets et le bouton de la chasse d'eau, sur la lunette des W.-C., sur le distributeur de serviettes en papier et sur le sèche-mains. Sans oublier la poignée de porte, à l'intérieur comme à l'extérieur, ni la porte d'entrée du local. Ils examinent même le rebord de la petite fenêtre et sa poignée. Le grand jeu, quoi. Il est près de 16 h 30 quand ils repartent.

Le gérant leur dit qu'il a eu de nombreuses réclamations de la part de femmes qui avaient un besoin urgent.

Johnson, l'inspecteur responsable de l'équipe, lui dit qu'il aurait dû les envoyer aux toilettes des hommes.

– Je n'y ai pas pensé, lui répond le gérant.

Il pleut encore.

À Cape October, pendant la saison des pluies – mais le mois de mai n'en fait pas partie –, on peut s'attendre à un orage chaque jour vers 15 ou 16 heures, moment où la chaleur et l'humidité se combinent pour laisser les malheureux citadins virtuellement K.-O. La pluie, quand elle arrive, martèle impitoyablement chaussées et trottoirs, mais seulement pendant une heure environ. Et pendant ce court laps de temps, l'averse torrentielle apporte un semblant de soulagement. Mais quand elle s'arrête, on dirait qu'il n'a jamais plu. Bien sûr, les caniveaux sont remplis d'une eau jaune et boueuse qui coule bruyamment, et il y a d'énormes flaques jaunes partout, ainsi que deux ou trois rues complètement inondées, mais la chaleur et l'humidité suivent la courte tempête d'aussi près qu'un violeur colle aux pas de sa future victime. En quelques minutes, on recommence à transpirer à grosses gouttes.

Ce n'est pas la saison des pluies. On est en mai.

Mais à 15 heures, la pluie se met à tomber en trombes.

Les inspecteurs Wilbur Sloate et George Cooper conduisent sous une pluie battante depuis 14 heures. Ils vont de motel en motel en suivant le quadrillage de la carte de Cape October et de ses environs que leur a donnée le capitaine Steele. Ils ont déjà exploré une douzaine de motels quand ils aperçoivent une Impala bleue garée sur le parking devant le Motor Lodge en bordure du Tamiami Trail.

– Fonce! s'écrie Sloate.

Les deux inspecteurs descendent comme des fous de leur Buick marron. Sous la pluie, ils traversent le parking pour se réfugier dans le local de la réception où, avec son accent noir aux intonations chantantes, faussement serviles, Cooper raconte à l'employé derrière le comptoir qu'ils sont à la recherche d'une personne qui conduit une Impala bleue louée chez Avis, et qu'ils en ont remarqué une sur le parking du motel.

– Ouais, fait le réceptionniste.

142

– Vous voulez bien nous dire qui est le conducteur de cette voiture ? demande Cooper.

– Montrez-moi d'abord votre insigne.

En même temps, ils lui montrent leur plaque de la police de Cape October.

L'employé les étudie comme si elles venaient d'être fabriquées. Il ne sait pas très bien comment prendre la présence de ces flics dans des locaux privés. Tout ce qu'il sait, c'est que son patron ne sera pas content quand il va se pointer demain matin. Mais il n'y a rien qu'il puisse faire, pense-t-il, à moins que...

– Vous avez un mandat ?

– Écoutez, mon vieux, tout ce qu'on vous demande, c'est de nous montrer le registre, d'accord ?

Question purement académique, car Sloate est déjà en train de faire pivoter ledit registre pour qu'ils puissent le lire. Ils n'ont pas de mal à trouver le numéro d'immatriculation de la voiture. Les noms qui figurent à côté sont ceux de M. et Mme Arthur Holt, de Cleveland.

– Ils ont la chambre 3B, c'est bien ça ? demande Cooper.

– Le bungalow. Nous n'avons pas de chambres, nous n'avons que des bungalows.

– C'est ce bungalow, alors ?

– Oui.

– Ce sont des Noirs, ces gens-là ?

– L'homme est blanc. Je n'ai pas vu la femme. Elle est restée dans la voiture. Elles font souvent ça pendant que l'homme s'occupe des formalités. Surtout quand il pleut des cordes.

– Il pleuvait, il y a trois jours, quand ils sont arrivés, d'après le registre ?

– J'en sais rien, moi, le temps qu'il faisait quand ils sont arrivés.

– Vous pouvez nous dire où se trouve le 3B ? demande Sloate.

– Juste en face. De l'autre côté du parking. Mais qu'est-ce que ça signifie, tout ça ?

– Simple vérification concernant le véhicule, lui dit Cooper.

Le réceptionniste se dit qu'ils doivent être à la recherche d'un bandit ou bien d'un terroriste d'Al-Qaida. Mais il leur indique tout de même la direction, en espérant qu'il n'y aura pas de fusillade.

Le Blanc qui leur ouvre la porte est en pyjama et robe de chambre. Il est 15 h 45 et il s'apprête à se coucher. Il laisse les deux inspecteurs poireauter sous la pluie.

— Vous permettez qu'on entre ? demande Sloate.

— Euh… je ne sais pas, grogne Holt.

Il a une fine moustache à la Charlie Chaplin. Derrière lui, la télé est allumée. C'est un vieux polar en noir et blanc. Les inspecteurs ont montré leur plaque, mais Holt semble plus intéressé par les flics du film que par ceux de la réalité. On entend de l'eau couler derrière une porte fermée, et les deux inspecteurs en déduisent que c'est la salle de bains et que Mme Holt y prend sa douche, si toutefois c'est bien Mme Holt qui est derrière cette porte. À 15 h 45, en plein milieu de l'après-midi, et ils vont se coucher ?

Les inspecteurs sont toujours sous la pluie. Holt ne s'est pas décidé à les laisser entrer.

Sloate entre quand même. Au diable la procédure. Cooper le suit. Ils n'ont toujours pas dit à Holt ce qu'ils voulaient. Mais il leur répond quand même qu'il est de Cleveland, dans le Michigan – ce que le registre leur avait déjà appris –, et qu'il vient régulièrement au cap depuis 1973, année où il a eu une mauvaise bronchite et où son médecin lui a conseillé d'aller passer l'hiver dans un endroit plus clément. Il leur explique qu'il est ici avec son épouse, Sophie, qui est en train de prendre sa douche, et que demain ils iront à Orlando voir Disney World.

— Ça fait plus de trente ans qu'on vient ici, et on n'a encore jamais vu Disney World. Vous imaginez un peu ça ?

— Est-ce que votre femme est noire ? demande Cooper.

— Noire ? Sûrement pas. C'est quoi, cette question ? Noire ? Nous sommes de Cleveland. Pourquoi noire ? Ma femme ? Qu'est-ce que ça veut dire, tout ça ?

Il n'a pas du tout l'air d'une personne qui a kidnappé deux enfants. Mais il n'y a pas beaucoup de violeurs qui ressemblent à des violeurs, ni de cambrioleurs qui ressemblent à des cambrioleurs. Pas dans leur expérience de flics, tout au moins. N'importe comment, le bungalow n'a qu'une seule pièce, plus la salle de bains où l'on entend l'eau couler, et ils sont bien obligés de supposer, jusqu'à ce qu'ils aient pu vérifier dans la salle de bains, que puisqu'il n'y a pas d'enfants en vue, il ne s'agit pas des ravisseurs des petits Glendenning. À moins que Mme Holt – si c'est bien Mme Holt – ne soit la beauté noire qu'ils ont suivie dans Citrus Avenue, avec son Vuitton sur la hanche et son gros bracelet en or au bras.

– Nous aimerions jeter un coup d'œil à la salle de bains quand Mme Holt aura fini, déclare Sloate.

– Je suppose que vous n'avez pas de mandat, réplique M. Holt.

– Nous n'en avons pas, non, lui dit Sloate. Vous voulez que nous allions en chercher un en ville ?

Holt décide que ce n'est pas la peine.

Ils attendent cinq ou six minutes, embarrassés, que la salle de bains soit libre. Finalement, Mme Holt ferme le robinet. Holt va frapper à la porte et dit :

– Chérie, il y a des policiers ici. Tu ferais mieux d'être présentable quand tu sortiras.

– Il y a des quoi ici ? demande une voix de femme.

Elle n'a pas d'accent noir.

Elle sort quelques instants plus tard en robe de chambre rose, avec une expression hébétée qui veut dire à peu près : « Seigneur ! Il y a bien deux types qui ressemblent à des flics avec mon mari ! »

Elle est loin d'être noire.

Mais elle est blonde.

Cependant, ce n'est pas la blonde élancée avec des cheveux jusqu'aux épaules que Sloate a vue au volant de l'Impala. Elle a la quarantaine bien tassée, plutôt petite et bien en chair. Ses cheveux courts encore mouillés lui collent au front, et elle a le visage qui brille d'avoir pris sa douche.

– Désolé de vous importuner, madame, lui dit Sloate.

Cooper et lui entrent dans le cabinet de toilette pour jeter un coup d'œil, bien qu'ils soient tous les deux persuadés, à présent, qu'il n'y a aucun enfant dans ce bungalow.

– Désolé de vous avoir importunés, répète Sloate en ressortant. Simple vérification.

– Vous cherchez quoi exactement ? lui demande la femme.

– Juste une opération de routine, lui dit Cooper de sa voix douce et traînante.

Ils remercient le couple de leur patience et sortent. Ils reprennent leur voiture pour se rendre au prochain motel sur la liste.

– Tu y comprends quelque chose, toi ? demande Holt à sa femme en les regardant partir.

Judy Lang doit mesurer un mètre soixante-sept. Elle est mince et assez jolie avec sa figure de belette et ses cheveux blonds qui lui arrivent presque à hauteur d'épaule. Quand elle ouvre la porte de l'appartement du dixième étage, elle est pieds nus et porte une minijupe marron avec un sweat en coton rose qui laisse voir un cercle de peau autour du nombril. Ses yeux bleus s'écarquillent quand elle voit la kippa inclinée en arrière sur la tête de Saltzman. Sa première pensée est que quelqu'un a rapporté au rabbin qu'elle sortait avec un Cubain de dix-huit ans.

Sortir, ce n'est pas vraiment le mot. En réalité, Ernesto et elle ne sont allés nulle part, si ce n'est sur la banquette arrière de la grosse Oldsmobile de son frère. Judy sait que son mari la tuera s'il découvre ce qu'elle fait dans cette bagnole tous les jours de la semaine, excepté le samedi et le dimanche, avec un ado cubain. Et voilà que ce grand type avec sa kippa vient sonner à sa porte, sans doute pour lui lire des passages du Talmud, se dit-elle d'abord.

Mais ce n'est pas cela. Il sort une plaque qui porte le sigle COPD. Elle comprend aussitôt ce que cela signifie. *Cape October Police Department.*

– Inspecteur Julius Saltzman, dit-il. Mon équipier, l'inspecteur Peter Andrews.

Le petit homme qui l'accompagne murmure quelque chose d'indistinct. En tout cas, ce n'est pas la synagogue qui les envoie, et c'est toujours ça.

– Pouvons-nous entrer, s'il vous plaît ? demande Saltzman.

– C'est que... mon mari est absent.

– C'est à vous que nous voulons parler. Vous êtes bien Judy Lang ?

– Euh... oui, c'est moi. Mais pourquoi ?

146

Malgré la poitrine exubérante que l'on devine sous son sweat et la forme souple de ses hanches sous la minijupe serrée, il y a chez cette femme une certaine gaucherie d'adolescente. Les deux inspecteurs se demandent soudain si Ernesto de Diego ne s'est pas dégoté, avec elle, une autre adolescente, au lieu de la femme au foyer de plus de trente ans qu'elle est en réalité. Ils la suivent dans un living qui donne sur les espaces verts d'un terrain de golf et prennent place sur le canapé en face d'elle. Tout ce qu'ils veulent savoir, c'est si Judy Lang est la blonde qui a fait monter les enfants Glendenning dans sa voiture hier après-midi. En bons flics qu'ils sont, flics locaux d'une petite ville, par-dessus le marché, ils ne peuvent décemment pas lui demander de but en blanc si elle a kidnappé des enfants. Ils procèdent donc d'une manière plus subtile, du moins le croient-ils.

— Conduisez-vous une voiture ? demande Andrews.

— Mais oui.

— Quelle voiture ?

— Une Jaguar blanche. Mon mari me l'a offerte pour mes trente-cinq ans.

Elle a donc trente-cinq ans. Et elle va sur ses trente-six ans.

— Vous avez déjà conduit une Impala ?

— Je ne pense pas, non. Pourquoi ?

— Une Chevrolet Impala bleue ?

— Non.

— Vous n'étiez pas au volant d'une Impala bleue mercredi après-midi, à Cape October ?

— Ni mercredi dernier, ni aucun autre mercredi. Je ne suis d'ailleurs jamais allée à Cape October.

— Mais votre petit ami est de Cape October, n'est-ce pas ?

— Quel petit ami ? Je suis mariée. De quoi parlez-vous donc ?

— Vous connaissez une fille qui s'appelle Maria Gonzalez ?

— Non. Quelqu'un l'a écrasée au volant d'une Chevrolet Impala ?

— Avez-vous entendu parler d'une femme nommée Alice Glendenning ?

— Non. Qui est-ce ?

– Maria Gonzalez ne vous a jamais parlé des enfants Glendenning ?

– Je vous ai dit que je ne connaissais pas de Maria Gonzalez.

– Judy ?

C'est une voix qui vient de la porte d'entrée. Tout le monde se retourne pour regarder vers l'arcade qui conduit au vestibule.

– Il y a quelqu'un avec toi, chérie ? demande la voix.

L'homme porte des sandales, un pantalon kaki et une chemise vert clair. Il a la cinquantaine, à vue de nez. Il est chauve, bronzé, un cigare éteint au coin des lèvres. Il remet ses clés dans la poche de son pantalon et entre dans le séjour. Ses yeux se plissent d'étonnement quand il voit les deux hommes assis sur le canapé.

– Oui ? dit-il.

– Chéri, murmure Judy en se levant pour aller à sa rencontre et lui prendre les mains. Ces messieurs appartiennent à la police de Cape October.

– Ah ?

– Inspecteur Saltzman, dit Saltzman.

– Inspecteur Andrews, dit Andrews.

– Murray Lang. Que puis-je faire pour vous ?

Il a des manières brusques, hostiles. Il n'a pas l'habitude de trouver des policiers dans sa copropriété de luxe, surtout quand l'un d'eux est coiffé d'une kippa. Tout dans son attitude indique clairement qu'il se demande ce qu'ils viennent foutre chez lui. Le regard de Judy ne cesse d'aller d'un inspecteur à l'autre. Ils ont mentionné son petit ami. Cela signifie qu'ils sont au courant pour Ernesto. Elle sent que le désastre est imminent. Elle est prête à se jeter par la fenêtre si son mari apprend la chose. Il y a une supplication dans son regard. « Par pitié, messieurs les inspecteurs, ne lui parlez pas d'Ernesto, soyez gentils. »

Les deux inspecteurs ne veulent pas semer la zizanie dans la maison. Tout ce qu'ils veulent savoir, c'est si Judy Lang et une certaine femme noire...

Il vient tout à coup à l'esprit de Saltzman qu'ils tiennent peut-être là une piste. Même si la chose paraît improbable, ils sont peut-être en présence d'un ménage à trois formé par une femme juive qui a dépassé la trentaine, un adolescent cubain et une femme noire qui a aussi dépassé la trentaine. La possibilité existe que Judy Lang, Ernesto de Diego et la femme sans nom du téléphone fassent partie de la même équipe. Une coalition d'intérêts, pour ainsi dire.

– Nous essayons de retrouver une Impala bleue, explique-t-il.

– Pourquoi? demande Murray Lang. Et quel rapport avec nous?

– Une femme qui correspond au signalement de votre épouse...

– Il va falloir que je fasse appel à un avocat?

– Uniquement si vous le souhaitez, monsieur.

– Parce que des avocats, j'en ai à la pelle, si vous en voulez.

– Tout ce que nous voulons, monsieur, c'est savoir où était votre femme mercredi dernier à quatorze heures trente.

– Dis-leur où tu étais, Judy, qu'ils nous foutent la paix.

Judy ne peut pas leur dire où elle était. Elle était sur la banquette arrière d'une Oldsmobile garée derrière l'atelier de mécanique automobile où travaillent Ernesto et son frère et où tous les autres mécaniciens qui travaillent là savent qu'Ernesto baise la jolie petite Juive tous les après-midi à la même heure sur le siège arrière de la voiture de son frère. C'est dans cet atelier de mécanique que Judy a fait la connaissance d'Ernesto. Elle lui a amené sa Jag blanche pour un réglage il y a un mois, sans se douter qu'il allait par la suite lui régler sa mécanique à elle comme personne ne l'avait jamais fait auparavant dans sa vie. Mais elle ne peut pas expliquer ça aux inspecteurs. Pas devant son mari adoré qui roule des yeux furibards avec son cigare éteint au coin de la bouche. De nouveau, elle se dit que ce ne serait pas une si mauvaise idée de se jeter par la fenêtre.

– Madame? l'encourage Saltzman.

– Mercredi après-midi?

Elle fait mine de se concentrer.

– Oui, madame. À quatorze heures trente.

– Pourquoi voulez-vous savoir ça?

– Étiez-vous à Cape October mercredi après-midi à quatorze heures trente?

– Mais non. Je vous l'ai déjà dit. Je n'ai jamais mis les pieds de ma vie à Cape October.

– Devant l'école élémentaire Pratt? insiste Andrews.

149

— Il y a une école là-bas ? demande Murray.

— Il y a une école, oui. (Andrews se tourne vers la femme.) Y étiez-vous ou non ?

— Je vous ai dit que je n'ai jamais mis les pieds au cap…

— Au volant d'une Impala bleue ?

— Un écolier s'est fait renverser par une voiture, c'est ça ? demande Murray.

— Répondez-moi, madame.

— Non, non et non. Je n'étais pas là-bas.

— Où étiez-vous, alors ?

— Dis-leur où tu étais, Judy.

— Je faisais des courses.

Ça, Murray est tout prêt à le croire. Les courses, elle connaît ça. Elle ne connaît même que ça !

— À quel endroit ? demande Saltzman.

— À l'International Plaza.

— C'est un magasin ?

— Non, une galerie marchande.

— Où se trouve-t-elle ?

— Près de l'aéroport, déclare Murray. Tout le monde connaît l'International Plaza.

— Nous n'avons pas l'habitude de Tampa, explique Saltzman. Pouvez-vous nous dire où exactement ?

— À l'angle de Boy Scout et de West Shore.

— Ce sont des rues ?

— Des boulevards. Boy Scout Boulevard et West Shore Boulevard.

— Dans quelles boutiques êtes-vous entrée à l'intérieur de cette galerie marchande ? demande Andrews.

— Dans plusieurs.

— Lesquelles ?

Elle hésite un instant. Mais elle va souvent là-bas, et elle connaît toutes les boutiques.

— Neiman Marcus, dit-elle. Arden B. Lord & Taylor. St John Knits. Nordstrom. Et quelques autres.

— Vous avez dû acheter pas mal de trucs.

– Non. Je n'ai rien acheté du tout.

Les sourcils de Murray lui remontent jusqu'en haut du front. Les deux inspecteurs, eux aussi, paraissent surpris.

– Je n'ai rien trouvé qui me plaise, explique Judy.

– À quelle heure avez-vous quitté la galerie ?

– Aux alentours de quinze heures quinze.

C'est à peu près l'heure à laquelle elle remontait son slip et rajustait sa jupe sur le siège arrière de l'Oldsmobile de Godofredo.

– Vous avez donc passé trois quarts d'heure à l'intérieur, c'est ça ?

– Un peu plus, peut-être, déclare Judy.

– Et vous êtes rentrée directement chez vous ?

– Non. Je me suis arrêtée prendre une petite pizza à la California Pizza Kitchen.

– Qui se trouve où ?

– Dans la galerie marchande. Au rez-de-chaussée, à côté de Nordstrom.

– Vous avez mangé une pizza ?

– Une petite, oui.

– Vous avez rencontré quelqu'un que vous connaissez dans cette Pizza Kitchen ?

– *California* Pizza Kitchen. Non.

– Ou à un autre endroit dans la galerie ?

– Non.

– Nous sommes donc obligés de vous croire sur parole quand vous dites que vous étiez là-bas.

– Sa parole me suffit, à moi, leur dit Murray en s'approchant d'elle pour lui prendre la main.

– Nous irons vérifier dans toutes ces boutiques où vous dites que vous êtes entrée, murmure Andrews.

– Pour voir si quelqu'un se souvient d'avoir vu une personne correspondant à votre signalement, ajoute Saltzman.

– C'est un gosse qui s'est fait écraser ? demande Murray.

Dehors dans le couloir, Andrews murmure :
– Elle ment.

— Je sais, dit Saltzman.

— On va vraiment aller vérifier dans cette galerie marchande ?

— Je ne crois pas. Qu'est-ce que tu en penses ?

— Moi non plus.

— Si elle a kidnappé ces gamins, je suis prêt à bouffer ma kippa.

Andrews consulte sa montre.

— Il va y avoir du monde sur la route, dit-il en soupirant.

De retour au labo – très moderne pour une localité de la taille de Cape October –, les deux hommes isolent les empreintes latentes recueillies à la station Shell et les emportent d'abord au service d'identification criminelle de la brigade. Mais cela ne débouche sur rien pour aucune des nombreuses empreintes qu'ils visualisent. Ils essaient donc le service d'identification automatisée des empreintes digitales, qui utilise la méthode AFIS[1]. Ayant épuisé le SIC et l'AFIS, et n'ayant pas d'autres lettres de l'alphabet vers quoi se tourner, ils informent le capitaine Steele que la femme noire à qui Mme Glendenning a parlé dans le local des toilettes de la station n'a jamais fait partie de l'armée, n'a jamais occupé d'emploi dans un service public ou une agence gouvernementale, et n'a jamais été arrêtée pour un délit quelconque. Sans quoi ses empreintes figureraient quelque part dans un dossier.

Il est bientôt 17 h 30.

— C'est quoi, ça ? demande Steele. Une équipe d'amateurs ?

Johnson espère que c'est des ravisseurs qu'il parle.

— Nous avons tout de même quelques beaux échantillons de poils et de fibres, dit-il. Pour le cas où nous aurions quelque chose à quoi les comparer.

Rosie Garrity est chez elle ce soir-là à l'heure des nouvelles régionales de 18 heures. Son mari, George, est serveur au restaurant *La Licorne* à Sarasota, et il est déjà parti travailler. Elle est donc toute seule dans son fauteuil relax en cuir véritable, qu'il lui a acheté chez Peterby, en bordure du Trail.

---

1. Automatic Fingerprint Identification System.

Le présentateur du journal s'appelle Taylor Thompson. Beau comme le péché, il a une voix profonde comme le golfe du Mexique. Il est en train de donner les grands titres de son journal. Rosie adore Taylor Thompson, encore plus que Tom Brokaw.

– … pour le moment incontrôlé fait rage au centre de Fort Myers, est en train de dire Taylor. Deux clientes déjouent une tentative de hold-up dans un supermarché de Sanibel. Et à Cape October…

Rosie se penche en avant dans son relax.

– … un chat incapable de redescendre du haut d'un jacaranda, sauvé par des pompiers héroïques. Ici Taylor Thompson, qui vous retrouve dans un instant pour vous donner les nouvelles de la région de Fort Myers.

– Pas un mot sur ces pauvres petits chéris, murmure tout haut Rosie.

De plus en plus, Alice a envie de se dire que les deux femmes qui ont kidnappé ses enfants sont des folles. Elles ont leur fichue rançon. Qu'attendent-elles pour appeler?

– Et qu'est-ce que ma fille n'arrivait pas à croire? demande-t-elle à Charlie, comme s'il avait la capacité de lire dans ses pensées. Qu'elles l'aient autorisée à me parler, peut-être?

Elle fait les cent pas dans la pièce. Le tic-tac régulier de la pendule de grand-mère lui rappelle seconde après seconde que la femme n'a pas encore donné signe de vie.

– Peut-être qu'ils l'ont tellement fait souffrir qu'elle n'en revenait pas d'avoir le droit de parler à sa mère…

– Ne te mets pas des idées pareilles en tête, Alice.

– Elle avait l'air si étonnée, Charlie! *M'man, j'arrive pas à y croire!*

Elle repasse mentalement toute leur brève conversation.

– *Dis-lui que vous allez bien, toi et ton frère, et rien d'autre. Tiens.*

– *On va bien, m'man! J'arrive pas à y croire!*

– *Qu'est-ce que tu…*

– *Tu te souviens de Mari…*

Et la communication est coupée.

Bon… Naturellement, elle allait dire : Maria. Et la seule Maria qu'ils connaissent est Maria Gonzalez. Ils ne connaissent personne d'autre qui s'appelle Maria. Ou Marie. Donc, cette femme noire lui a arraché le combiné des mains parce qu'elle ne voulait pas qu'Ashley prononce le nom de Maria.

Mais qu'est-ce qu'elle n'arrivait pas à croire, bon sang ?

Maria refaisant surface au bout de deux ans. Plus de deux ans, en fait. Maria qui revient pour la kidnapper.

C'est vrai que c'est incroyable.

Pour Alice, il est *totalement* incroyable que cette fille à la voix douce, aux manières tranquilles, qui parle toujours anglais avec un accent espagnol, soit venue enlever les enfants qu'elle a gardés plus de deux ans auparavant. Complètement invraisemblable. Oui. Mais ce n'est pas, apparemment, ce que pense le capitaine Steele, qui a envoyé ses flics d'opérette à la recherche de la fille.

On va bien, m'man ! J'arrive pas à y croire !

Puis, juste après : *Tu te souviens de Mari…*

Avant même qu'Alice ait pu finir sa phrase, avant même qu'elle puisse savoir qu'elle allait lui demander : *Qu'est-ce que tu n'arrives pas à croire, ma chérie ?*

Tu te souviens de Mari…

Puis le silence.

Et la communication est coupée.

— Il manque un truc, dit-elle à Charlie.

À ce moment-là, le téléphone sonne.

Il est 19 h 10.

Charlie met immédiatement ses écouteurs.

— Allô ? fait Alice.

— Madame Glendenning ?

Une voix masculine, qu'elle ne connaît pas.

— Oui ?

Son cœur bat soudain plus vite. S'agit-il d'un nouveau complice ? D'abord la blonde, puis la Noire, et maintenant…

— Ici Rick Chaffee, rédacteur de nuit à la *Tribune* de Cape October.

– Oui ?

– J'espère que je ne vous…

– De quoi s'agit-il ? coupe Alice.

– Nous avons reçu un coup de téléphone. Une femme… Nous recevons pas mal d'appels de ce genre, madame Glendenning, surtout depuis l'opération Iraqi Freedom. Vous ne pouvez pas imaginer combien de personnes voient de l'anthrax bouillonner dans leur cuvette de toilettes, ou entendent des bombes qui font tic-tac à l'intérieur de leur placard…

Charlie est déjà en train de faire non de la tête.

– Mais cette femme…

– Quelle femme ? demande Alice.

– Elle s'appelle Rose Garrity. Ce nom vous dit quelque chose ?

– Oui.

– Elle dit qu'elle est votre femme de ménage. C'est vrai ?

– Qu'est-ce que c'est que cette histoire, monsieur… Jaffe, c'est ça ?

– Chaffee. Avec un C et un H. C'est bien votre femme de ménage, madame ?

Charlie secoue de nouveau la tête.

– Oui, répond Alice.

– Elle nous a appelés il y a quelques minutes, madame, pour nous dire qu'elle a informé la police, et ensuite le FBI, de l'enlève-ment de vos…

– Non, fait Alice.

– De vos enfants, il y a quelques jours.

– Ce n'est pas vrai.

– Pas vrai, hein ?

– Non.

– Elle dit qu'ils n'ont rien fait. Ni la police locale ni le…

– C'est sans doute parce qu'il ne s'est rien passé. Mme Garrity se trompe.

– Elle semblait pourtant certaine qu'une femme noire…

– Je vous dis qu'elle se trompe.

Alice raccroche rageusement. Puis elle reprend le combiné et compose un numéro qu'elle connaît par cœur. Ses yeux lancent des éclairs.

– Allô ?

– Vous essayez de faire tuer mes enfants ? hurle-t-elle.

– Madame Glen…

– Ne vous occupez plus de cette histoire, c'est compris ?

– Je me fais du souci pour vos…

– Taisez-vous ! crie Alice.

Le silence se fait à l'autre bout du fil.

– Vous m'entendez, Rosie ?

– J'essayais seulement de…

– Non ! N'essayez plus ! Ne faites rien ! Ne mettez plus votre nez dans mes affaires, bon sang !

De nouveau, elle raccroche rageusement.

– Ouah ! fait Charlie.

– Comme tu dis, murmure Alice.

Mais elle sait que le mal est déjà fait.

7

Les trois hommes se rencontrent dans un établissement du bord de la route qui s'appelle le *Redbird Café*. Situé à faible distance de l'aéroport de Fort Myers, le Redbird n'est rien d'autre qu'une baraque en bois contiguë à une station-service, ouverte uniquement le matin et à midi les jours de semaine, mais aussi le soir pendant les week-ends. C'est vendredi soir, et il est 19 h 30. Les trois hommes sont à table en train de dîner.

Rafe a commandé l'assiette de poisson-chat avec frites et haricots verts. Les deux autres ont pris la côte de porc hachis Parmentier et haricots verts. Tous les trois ont pris du café. Rafe a son jean et sa chemise bleue de tous les jours, quand il travaille. Les deux autres sont également en jean, avec une espèce de chemise de cow-boy légèrement pincée au-dessus des poches. Ils portent tous les deux des boots. Rafe a des mocassins aux pieds, c'est plus confortable pour conduire. Son bahut est garé sur le parking, à côté de la Plymouth dans laquelle les deux autres sont arrivés.

Les trois hommes ont fait un séjour à la maison d'arrêt de Reidsville pour infraction à l'article 16-13-30 du Code pénal de la Géorgie. C'est là qu'ils se sont connus. Ils étaient condamnés tous les trois en vertu de ce qu'ils appellent la « législation antidrogue de merde » de cet État. La prison était de petite taille. Elle n'accueillait que douze cents pensionnaires environ, certains aux mœurs particulières, comme ils disaient en rigolant. Il était facile de lier connaissance dans la cour, surtout dans la mesure où leurs prétendus crimes étaient de même nature.

Le Redbird est encore presque vide à cette heure-ci, mais les trois hommes s'entretiennent tout de même à voix basse. La discussion, il est vrai, porte sur un gros magot. Ils se sentent importants, rien que de discuter de 250 000 dollars en coupures de cent, même si ce sont de fausses coupures, et même s'ils ne peuvent pas élever la voix.

— Des superbillets, hein ? fait Danny Lowell.

— C'est comme ça que les flics les appellent.

— T'as déjà entendu parler de ça, Jimbo ?

— Jamais.

— Tellement bien imités qu'ils sont impossibles à distinguer des vrais, murmure Rafe en prenant quelques frites dans sa main pour les fourrer dans sa bouche.

— C'est ta belle-sœur qui t'a dit ça ?

— C'est les poulets qui l'ont dit.

— Deux cent cinquante mille, hein ?

— C'est ce qu'ils ont donné à cette greluche noire.

— Ce qui me fout les boules, déclare Jimmy Coombes, c'est qu'il y a kidnapping à l'origine. Je ne sais pas ce que dit la loi ici en Floride, mais chez moi celui qui enlève un gamin est bon pour les « sept péchés capitaux ». Ça signifie perpète sans remise de peine. Je suis pas très chaud pour me lancer là-dedans.

— Je ne pense pas que la loi soit la même en Floride, lui dit Rafe. Sans compter que nous n'avons rien à voir avec ce kidnapping.

— Je serais plutôt d'accord avec James, lui dit Danny. Nous participerions à l'écoulement de produits du crime, et ça pourrait suffire à nous faire accuser de complicité d'enlèvement ou je ne sais pas quoi. Si la Floride a des lois aussi dures que la Géorgie sur le kidnapping, ça peut aller très loin si on se fait prendre, Rafe.

Jimmy a horreur d'entendre parler Danny comme un putain d'avocat de cour de prison. Il déteste aussi qu'on l'appelle James ou Jimbo au lieu de Jimmy. Mais d'un autre côté, Danny est d'accord avec lui. Il faut qu'ils fassent gaffe avant de se lancer dans cette affaire. Une condamnation pour enlèvement d'enfant, c'est pas de la gnognotte.

— Comment voulez-vous qu'ils remontent jusqu'à nous ? objecte Rafe. On ne sait même pas qui sont ces gens. Comment pourrions-nous être inculpés de complicité ?

— Association de malfaiteurs en vue de commettre un enlèvement, articule tranquillement Danny en se tournant vers Jimmy pour quêter son approbation.

— C'est justement ce qui me tracasse, déclare Jimmy. De ne pas savoir qui ils sont.

— C'est bien pour ça qu'on est ici, dit Rafe.

— Elles sont bien, tes côtes de porc ? demande Jimmy.

— Ouais, fait Danny. Pourquoi ?

— Les miennes sont trop cuites.

— On les fait toujours cuire comme ça, explique Danny. À cause du ver solitaire.

— De là à les carboniser ! s'emporte Jimmy.

— Les miennes sont à point, déclare Danny en haussant les épaules.

— J'ai du cholestérol, murmure Jimmy. Je ne mange de la viande rouge...

— Le porc, c'est de la viande blanche.

— Ouais. D'accord. Du bœuf ou du porc, je n'en mange qu'une fois par mois, à peu près ; deux fois si je veux prendre des risques. Alors, quand je commande des côtes de porc, ce n'est pas de la semelle brûlée que j'ai envie qu'on m'apporte. Tu comprends ? C'est un plaisir pour moi, de manger du porc.

— Renvoie-les à la cuisine, si elles te plaisent pas, lui dit Danny.

— Je les ai presque finies.

— Alors, finis-les.

— Ce que je veux dire, c'est qu'au lieu de prendre plaisir à manger, j'ai un bout de bois carbonisé dans mon assiette.

Les trois hommes mangent en silence pendant quelques minutes.

— Sans compter, fait Danny, qu'ils sont au moins deux. C'est bien ce que tu as dit, hein, Rafe ?

— Ouais, mais il y a une gonzesse dans le coup, deux peut-être. Elles ont dû se mettre dans la tête qu'elles pouvaient tirer une grosse rançon de ma belle-sœur en enlevant ses enfants. Elles savaient qu'elle devait toucher un paquet de pognon.

— Tu es sûr de ça, Rafe?

— Absolument. Clause de doublement du capital. Elle va toucher deux cent cinquante mille dollars.

— Quand ils se décideront à les lui donner, fait Danny.

— S'ils se décident un jour, renchérit Jimmy.

— Ils paieront, affirme Rafe. De toute manière, ça ne nous concerne pas. Ce qui nous intéresse, ce sont les faux billets. Et les ravisseurs ont déjà l'argent. Tout ce que nous voulons, c'est le récupérer.

— On ne sait même pas qui c'est, objecte Danny.

— Mademoiselle? fait Jimmy en levant la main pour attirer l'attention de la serveuse.

Elle lui fait signe qu'elle a entendu. Elle finit de prendre la commande à une table à l'autre bout de la salle et vient voir ce qu'ils veulent.

— Encore un peu de café? demande-t-elle à Jimmy.

— Je veux bien, dit-il. Et mes côtes de porc sont trop cuites.

— Oh! Je suis désolée, dit-elle.

Elle a dans les dix-huit ans. C'est une petite blonde en tenue jaune, avec de gros nibards et des cheveux frisés. Son accent du Sud est épais comme de la mélasse.

— Vous m'auriez dit ça plus tôt, j'aurais demandé au chef de vous en faire d'autres, dit-elle. Vous voulez que je lui demande maintenant?

— Non, ça ira, fait Jimmy.

— Ça ne prendra pas plus d'une minute.

— Je n'ai plus faim, merci.

— Vous voulez aussi un peu plus de café? demande la serveuse aux deux autres.

Ils acquiescent tous les deux. Danny lève sa tasse et la pose sur le plateau de la fille en souriant. Il s'est toujours pris pour un tombeur, bien qu'il soit laid comme un pou. Il y a pas mal de choses que Jimmy n'aime pas chez Danny. Il est vaniteux, pour commencer. Et la vanité, ça ne convient pas aux hommes. La serveuse remplit leurs tasses et rend son sourire à Danny, bien qu'il soit laid. Puis elle va vers une autre table. Jimmy a de sérieux doutes. Se lancer dans une entreprise pareille avec un homme comme Danny, qui l'appelle Jimbo et James, et qui se trouve beau alors qu'il est moche comme tout ? Sans compter que l'enlèvement d'enfants, c'est grave, ça.

— Supposons, dit-il, réfléchissant à haute voix, que ces deux femmes ne soient pas seules dans le coup. Supposons qu'il y ait juste cette Noire à qui ta belle-sœur a parlé, plus deux ou trois mecs, mettons. Peut-être des vrais durs, des pros, et pas du menu fretin comme nous. Si on leur pique leur fric...

— Il a peut-être raison, Rafe. Ce serait mettre la main dans un nid de frelons, si on faisait ça.

— Pas forcément, objecte Rafe. On pourrait s'en tirer avec deux cent cinquante mille dollars en coupures de cent tellement bien imitées que personne ne fera la différence.

— Si c'est vrai.

— C'est pas moi qui le dis, c'est les flics.

— Les flics ! fait Jimmy.

— Tu fais confiance aux flics, maintenant ? demande Danny.

— C'est obligé que les billets soient bien imités, estime Rafe. Vous croyez qu'ils mettraient la vie des gosses en danger ? Allons, soyez raisonnables !

— Il a pas tort, là, James, fait Danny.

— Disons, histoire de discuter, que ces billets soient comme des vrais... commence Jimmy.

— Exactement, fait Rafe.

— Disons aussi, toujours histoire de discuter, que nous réussissions à mettre la main sur ces billets...

— On fait trois parts égales, n'oublie pas.

— Ça fait dans les combien ? demande Danny.

— Quatre-vingt-trois mille chacun.

— En gros, mille dollars par an, quoi.

— Je ne te suis pas.

— En supposant que les lois en Floride sur le kidnapping soient aussi...

— On n'en sait rien.

— Et en supposant que je vive jusqu'à quatre-vingt-trois ans, fait Jimmy.

— Derrière des barreaux, précise Danny en hochant la tête.

Un silence s'établit autour de la table.

— Bon, où on en est, alors ? demande Rafe.

— On en est qu'il ne faut pas compter sur moi, dit Jimmy.

— Ni sur moi, murmure Danny.

Rafe reste un bon moment à table après le départ de ses deux prétendus potes. *Bordel, on ne peut plus compter sur personne, de nos jours !* se dit-il. Cul et chemise au trou – enfin, pas littéralement –, et dès qu'ils sont au grand air ils se dégonflent quand on leur présente un coup facile comme tout sur un plateau d'argent. Vingt-cinq patates quelque part entre les mains de deux greluches un peu nazes, qui ne demandent qu'à se faire dépouiller. Le problème, c'est qu'il ne peut pas faire ça tout seul. On ne se lance pas dans un truc comme ça sans assurer ses arrières, vous comprenez.

Il boit sa deuxième tasse de café, compte l'argent que Danny et Jimmy ont déposé sur la table avant de partir, ajoute le complément, et appelle la petite serveuse blonde.

— Faut que je libère les lieux, j'imagine, avant que vous ne me fassiez payer un loyer ? demande-t-il avec un grand sourire.

— Vous inquiétez pas, lui répond la fille. On a pas mal de trucs à faire ici avant de fermer.

— Vers quelle heure vous fermez ?

— Vers dix heures.

L'horloge murale indique 20 h 55.

— Qu'est-ce que vous faites après ? demande Rafe. Quand vous quittez le travail ?

Elle comprend qu'il est en train de lui faire des avances. Elle prend une longue inspiration pour faire ressortir sa poitrine sous son uniforme de serveuse, roule ses grands yeux bleus et déclare :

— En général, mon copain vient me chercher ici.

— Et ce soir, il vient vous chercher ?

— Je pense, oui, dit-elle avec une trace de regret dans la voix. Je peux prendre ça ?

Elle soulève la soucoupe sur laquelle se trouvent les billets et l'addition.

— Bien sûr, dit-il. Merci.

Il est encore plus embêté d'avoir été rejeté par elle que par ses soi-disant copains. Elle vient de lui faire comprendre qu'elle préfère un adolescent boutonneux qui s'enfile probablement hamburger sur hamburger au McDo du coin de la rue à un homme mûr et expérimenté de trente-cinq ans qui a roulé sa bosse, poupée, et qui pourrait t'apprendre des trucs dont personne n'a jamais entendu parler ici au *Redbird Café*. Il commence à regretter de lui avoir laissé un pourboire de quinze pour cent. Dix pour cent, c'était bien suffisant. Elle ne doit pas en voir beaucoup, des pourboires comme ça, dans la semaine. Elle pourrait se payer quinze jours de vacances avec, la salope.

Il se lève de table avant qu'elle revienne.

Son camion est garé dehors.

Il s'installe dans la cabine et met le moteur en marche. Puis il allume son téléphone. Il n'a plus rien à faire dans le coin. Autant rentrer à la maison.

Il compose le numéro, laisse sonner trois fois et est surpris d'entendre une voix qu'il ne connaît pas à l'autre bout de la ligne.

— Allô ?

— Qui êtes-vous ?

— C'est vous qui appelez, mon vieux, lui répond une voix de femme. Qui demandez-vous ?

— Je suis Rafe Matthews. Vous êtes chez moi, ma vieille ! Vous allez me dire qui…

— Oh, pardon, monsieur Matthews, lui dit la femme. C'est Hattie Randolph. Je garde vos enfants pendant que votre dame est absente.

— Absente ? Où est-elle ?

— En Floride. Chez sa sœur.

— À Cape October ?

— Je pense, oui. Elle m'a laissé le numéro, si vous voulez…

— Le numéro, je l'ai déjà. Quand est-elle partie ?

— Aujourd'hui en début d'après-midi. Elle comptait arriver demain dans la matinée.

— Je vois, fait Rafe.

Il est déjà en train de cogiter.

– Vous avez un message à lui transmettre, si elle rappelle ?

– Non, je la contacterai moi-même. Merci, Hattie, comment vont les enfants ?

– Très bien. Je viens de les coucher.

– Embrassez-les de ma part demain matin, d'accord ?

– Oui, monsieur. Je n'y manquerai pas.

– Bonsoir, Hattie.

– Bonsoir, monsieur Matthews.

Il coupe la communication. Assis tout seul dans le noir dans la cabine du camion, il réfléchit. Il n'aime pas trop l'idée que Carol soit partie en Floride sans le consulter d'abord. Mais, d'un autre côté, le fait qu'elle soit sur la route et qu'elle ne compte pas arriver en Floride avant demain matin signifie qu'elle a l'intention de s'arrêter pour passer la nuit dans un motel, ce qui le rend libre comme un oiseau pour cette nuit.

Rafe ne s'en est jamais rendu compte, mais la frustration, chez lui, se traduit généralement par la recherche d'une compagnie féminine. Le fait d'avoir été rejeté par ses ex-compagnons de cellule puis par la serveuse blonde aux gros nibards aurait pu ne se traduire chez lui que par un sentiment de contrariété si Carol avait été à la maison comme d'habitude. Au lieu de quoi il entend la voix d'une femme noire qu'il ne reconnaît pas pendant que sa femme est toute seule le soir sur les routes et passe la nuit Dieu sait où. Ça l'embête vraiment, ça. Ça l'embête profondément.

Soudain…

Ou du moins il croit que ça lui vient soudainement…

Il pense à la blonde qui a écrasé le pied d'Alice.

Il reprend son téléphone. Il compose le numéro des renseignements. Il appuie sur le bouton vert.

– Cape October, Floride, dit-il.

– Oui ?

– Jennifer Reddy. R, E, deux D, Y. Je n'ai pas son adresse.

Il attend.

– Désolée, dit la préposée, je n'ai pas ce nom dans ma liste.

– Quels noms avez-vous ? demande-t-il, prêt à piquer une nouvelle colère.

– J'ai un Ready-Quick lavage express automobile, et un Ready-Serv, location de…

– Non, ce n'est pas une entreprise que je cherche, mais une personne. Et ce n'est pas Ready, mais Reddy, avec deux D !

– Peut-être Redding ? J'ai un J. Redding, dans Mangrove Lane. Ça pourrait être ça ?

– Ça pourrait l'être.

Redding, Jennifer Redding, se dit-il. Oui, c'est ça.

– Je l'appelle, lui dit la voix.

Il entend la tonalité. Puis cela sonne.

– Allô ?

Une voix de femme. Voix de Jennifer Redding. Jeune et claire et sensuelle.

– Mademoiselle Redding ? demande-t-il.

– Oui.

– Ici Rafe Matthews.

– Qui ça ?

– J'étais chez Alice Glendenning quand vous êtes passée hier.

– Alice… ? Ah ! Je vois.

Bref silence sur la ligne.

– Qu'est-ce que… euh… C'est à quel sujet ? demande Jennifer.

– Je vous ai remarquée. Par la fenêtre.

Nouveau silence.

– Je ne me permettrais pas de vous déranger ainsi… mais je sais que vous êtes une amie d'Alice…

– Je l'ai juste renversée.

– Oui, c'est ce que j'ai cru comprendre.

– C'est pour ça que vous appelez ?

– Non, non, pas du tout.

– Pour quelle raison, alors ?

– Le fait est que je suis toujours dans le coin, plus ou moins, et j'ai pensé qu'on pourrait prendre une tasse de café ensemble, ou bien autre chose…

– Qu'entendez-vous par « plus ou moins » ?

– Je suis à Fort Myers, près de l'aéroport. On pourrait boire un coup, si vous préférez.

— Pourquoi est-ce qu'on devrait se rencontrer? demande Jennifer. Pour ça ou pour quoi que ce soit d'autre?

— Eh bien, comme je vous l'ai expliqué, j'étais à la fenêtre quand vous êtes venue voir Alice...

— Et alors?

Alors, j'aimerais baiser ton joli petit cul, se dit-il. Mais à haute voix, il murmure :

— Si vous êtes occupée, ça ne fait rien. Désolé de vous avoir dérangée.

— Je ne suis pas occupée. Et vous ne me dérangez pas. C'est juste que... je ne vous connais pas.

— Justement, c'est ça le but.

Trop compliqué, se dit-il. *Merde. Je vais retourner voir s'il n'y a vraiment rien à faire avec cette serveuse.*

— Le but, c'est de faire connaissance, ajoute-t-il.

— Et pourquoi est-ce que j'aurais envie de faire ça?

Il lui vient soudain à l'idée qu'elle cherche à se faire prier.

— Parce que vous êtes une amie d'Alice et tout ça, dit-il.

— Je vous ai dit que je n'avais fait que lui écraser le pied avec ma voiture.

— Heureux que ça n'ait pas été mon pied.

Elle rit.

— J'imagine, dit-elle.

— Alors, qu'est-ce que vous en dites? demande-t-il. Café? Boire un coup, ou je peux aller au diable?

De nouveau, elle rit.

— Vous pouvez être au *Hyatt* à dix heures? demande-t-elle.

— Je ne suis pas assez habillé pour le *Hyatt*.

— Qu'est-ce que vous portez?

— Je conduis un poids lourd. J'ai un jean et une chemise en coton.

— Tenue décontractée, hein?

— Et des mocassins.

- D'accord. Allez jusqu'au bout de Willard Key. Il y a un endroit au bord de l'eau qui s'appelle *Ronnie's Lounge*. Ça fait homo comme nom, mais ça ne l'est pas. Vous ne l'êtes pas non plus, hein?

– Non. Je ne suis pas homo.

– Comment est-ce que je vous reconnaîtrai ?

– Un grand type plutôt beau en jean et chemise de coton bleue.

– Modeste avec ça.

Mais elle laisse de nouveau entendre son petit rire.

– Dix heures, murmure-t-il.

– À tout à l'heure, alors, fait Jennifer avant de raccrocher.

Pute vierge ! se dit Rafe.

En fait, ce n'est pas la première fois qu'il fait ça. Le tout, c'est que ça ait l'air d'être la première fois. Dans le passé, il n'a jamais brandi son alliance devant une femme – et ce n'est pas ce soir qu'il va commencer –, mais si le sujet est évoqué dans la conversation, il ne cache pas non plus qu'il est marié. Et vu la manière dont la conversation évolue ce soir au *Ronnie's Lounge,* il ne fait pas de doute que le sujet va être évoqué d'une minute à l'autre.

Jennifer Redding porte une petite robe noire genre «baise-moi» qui lui monte au ras du cul et descend bas sur sa poitrine exubérante. Elle est chaussée de sandales noires à talon aiguille et croise les jambes sur sa chaise. Elle frétille du bout du pied, ce qui fait toujours penser à Rafe qu'une femme est sur le point de jouir. Elle est un peu trop bien habillée pour ce genre d'endroit, surtout qu'il lui a dit au téléphone qu'il était en jean et chemise en coton, mais ça ne semble pas la gêner du tout. En fait, plusieurs femmes ici, dans ce qui n'est qu'une vieille baraque en bois décorée de filets de pêcheur et de bouées de sauvetage, sont vêtues sur leur trente et un alors que l'homme qui les accompagne a l'air de descendre d'un bateau ou bien d'un cheval.

Jennifer a commandé un Cosmopolitan, cocktail dont il n'avait jamais entendu parler jusqu'à ce soir. Elle lui a expliqué qu'il se composait de quatre mesures de vodka pour deux mesures de Cointreau, une mesure de citron vert, deux mesures de jus de canneberge, une giclée de bitters et un zeste d'orange.

– On est censé flamber la peau d'orange avant de la laisser tomber dans le verre, dit-elle, mais je n'ai jamais vu aucun barman faire ça dans le coin.

La conversation a dévié ensuite sur des sujets plus terre à terre. Par exemple ses liens avec Alice Glendenning. Le moment de vérité est arrivé.

Il lève son verre de bourbon. Wild Turkey *on the rocks*. Il boit une gorgée, pose le verre et la regarde dans les yeux.

— C'est ma belle-sœur, dit-il.

Elle ne paraît pas du tout surprise.

— Je le savais, dit-elle. C'était juste un test.

— J'ai réussi ? demande-t-il.

— C'est la femme de votre frère ?

— Non. La sœur de ma femme.

— Ah ! fait Jennifer.

— Ouais, fait Rafe en levant de nouveau son verre pour boire une autre gorgée.

— Alors, que faites-vous ici avec moi ? demande Jennifer.

— Je vous l'ai dit au téléphone. J'avais envie de faire plus ample connaissance.

— De la même manière que vous connaissez la sœur de votre femme ?

— Mais non, mais non. Certainement pas ! Il n'y a absolument rien entre Alice et moi.

— Alors que faisiez-vous chez elle hier ?

— Je me trouvais dans le coin. Je suis allé la voir. C'est ma belle-sœur, quand même !

— D'accord, fait Jennifer en hochant la tête.

Elle boit une gorgée de Cosmopolitan. Il trempe les lèvres dans son bourbon. Ils demeurent silencieux un bon moment. Quelque part, à l'autre bout de la salle, le juke-box fait entendre une espèce de chanson country ou western sur un type qui s'en va de chez lui avec son camion et son chien.

— Alors, qu'est-ce qu'on fait maintenant ? demande-t-elle, vu que vous êtes marié et tout ça ?

— Ça dépend entièrement de vous, murmure Rafe.

— Ce n'est pas moi qui suis mariée. C'est votre problème, pas le mien.

– Je ne vois pas ça comme un problème. Où est-il, pour vous, le problème ?

– Voyons, réfléchissons, fait Jennifer. Vous êtes marié. Ça veut dire que vous avez une femme quelque part, non ?

– Oui, mais pas ici.

– Où, alors ?

– En ce moment, je pense qu'elle dort dans un motel je ne sais où sur la route.

Jennifer le regarde d'un air perplexe.

– Elle vient d'Atlanta pour voir sa sœur, explique-t-il. Elle ne sera pas là avant demain dans la matinée.

– Ce qui signifie que vous êtes seul pour la nuit, c'est ça ?

– Il semble bien, oui, lui dit Rafe.

– Et vous faites ça chaque fois ? Quand votre femme est sur la route ?

– C'est la première fois, dit-il.

– J'imagine !

Elle hoche la tête comme pour réfléchir. Elle frétille encore du pied. Rafe déplace plusieurs fois son verre en laissant des ronds mouillés sur la table. Il est certain que sa chaussure va tomber.

– Alors, qu'est-ce que vous en pensez ? demande-t-il.

– Je crois que j'aimerais boire un deuxième Cosmo, murmure-t-elle.

Alice vient d'apporter un oreiller et une couverture dans le séjour quand les phares d'une voiture filtrent à travers le store baissé. Charlie et elle se tournent en même temps vers la fenêtre. Le bruit de moteur s'arrête et une portière claque. Un instant plus tard, on sonne à la porte.

L'horloge de grand-mère indique 22 h 45.

– J'y vais, fait Charlie.

Il fait signe à Alice de s'éloigner. Elle s'écarte de la porte. Charlie regarde par-dessus son épaule pour s'assurer qu'elle n'est pas visible de l'extérieur, puis demande :

– Qui est-ce ?

– Dustin Garcia, lui répond une voix d'homme.

– Qui est Dustin Garcia?

– *La Tribune* de Cape October. Vous voulez bien m'ouvrir la porte?

– Renvoie-le, chuchote Alice.

– Ça ne résoudrait rien, lui dit Charlie en lui faisant signe de rester cachée.

Il ôte le verrou, ouvre, passe la tête à l'extérieur. Une nuée d'insectes tourne dans la lumière de la véranda en se cognant bruyamment au mur.

L'homme est petit de taille, frêle de carrure. Il porte un complet beige avec chemise marron foncé sans cravate. Il a aussi un panama marron et des chaussures marron. Il tient à la main une carte avec sa photo et en travers le mot PRESSE en lettres vertes.

– Désolé de vous déranger à cette heure tardive, dit-il, mais le rédacteur de nuit dit qu'il vous a appelé tout à l'heure...

– Oui, qu'est-ce que vous voulez?

– Rick Chaffee... Vous vous souvenez de son appel?

– Oui, je m'en souviens.

– Et vous êtes...?

– Charlie Hobbs.

– Il a du nez pour ça, Rick. Il a pensé que ce serait intéressant de vous parler...

– C'est ce qu'il a dit?

– Oui. Je peux entrer?

– Désolé, lui dit Charlie, mais c'est non.

– C'est plein d'insectes là dehors.

– Retournez dans votre voiture, il n'y en aura pas.

– Rick pense qu'il y a eu un kidnapping.

– Rick se trompe.

– Deux enfants, d'après lui.

– Écoutez, monsieur Garcia, il se fait tard et...

– Je voudrais entrer pour parler à Mme Glendenning.

– Elle dort.

– Vous habitez ici?

– Non.

– Où sont les enfants Glendenning, monsieur Hobbs?

– Ils dorment aussi. Où sont donc vos enfants à cette heure-ci ?

– Je n'en ai pas.

– Moi non plus, lui dit Charlie. Écoutez, c'est très aimable à vous d'avoir pris cette peine, mais il ne s'est rien passé ici. Vous avez perdu votre temps.

– Laissez-moi parler aux enfants.

– Pas question.

– Je passerai voir à l'école demain matin, vous savez. Pratt. C'est bien là qu'ils vont ?

– L'école est fermée demain.

– Je trouverai bien quelqu'un à qui parler.

– Bonne nuit, monsieur Garcia.

Sur quoi Charlie referme la porte et met le verrou.

Rafe se rend compte qu'il n'est peut-être pas très avisé de demander à une dame s'il peut garer devant chez elle un semi-remorque de dix-huit tonnes à vide. Il propose qu'elle le suive jusqu'à un parking pour poids lourd qu'il connaît dans le secteur de l'aéroport et qui se trouve dans Willard Key à une demi-heure du *Ronnie's Lounge*. Elle lui répond merci, il peut aller garer son camion tout seul et se rendre chez elle en taxi, s'il est toujours intéressé.

Ce qui fait qu'il n'est pas à Mangrove Lane avant 23 h 30.

La seule lumière dans la rue est une lueur bleutée qui sort par la fenêtre de la maison voisine de celle de Jennifer. Quelqu'un est en train de regarder la télé. À part cela, la rue est plongée dans l'obscurité. Il paye le taxi, laisse un pourboire, s'avance jusqu'à la porte et sonne. Jennifer vient ouvrir quelques instants plus tard.

Elle porte un pyjama d'intérieur en soie rouge sous une robe de chambre en soie noire. Elle a aux pieds les mêmes sandales que tout à l'heure.

– J'ai cru que vous n'arriveriez jamais, lui dit-elle.

– Le dernier vol, celui de Tampa, était à neuf heures. Il n'y avait plus un seul taxi à la station après ça. J'ai dû téléphoner pour en faire venir un.

– Mais vous êtes là, maintenant.

– Il semble bien, oui.

– C'est un tic verbal que vous avez, lui dit Jennifer.

– C'est quoi, un tic verbal?

Il ne sait réellement pas ce qu'est un tic verbal, mais elle interprète sa question comme une demande de clarification quant aux mots exacts qui le constituent.

– Quand vous dites «il semble bien, oui». Vous avez dit la même chose quand je vous ai demandé si vous étiez seul pour la nuit.

– Ça veut dire que c'est vrai, en fait. Je suis seul pour la nuit, et je suis là.

– Pendant que votre femme est dans un motel sur la route.

– Je suppose qu'elle y est, oui.

– De quoi est-ce qu'elle a l'air, votre femme?

– Elle mesure un mètre soixante-cinq, elle est brune et elle a les yeux bleus.

– Mais vous préférez les blondes, c'est ça?

– Je préfère les blondes qui vous ressemblent.

– Vous avez des enfants?

– Deux.

– Vous devriez avoir honte, de baisoter comme ça à droite à gauche.

– Pour le moment, je ne baisote pas tellement, non?

Jennifer se met à rire. Elle a un rire brusque et sexy. Il espère qu'elle n'est pas en train de l'allumer pour rien, car il se sent déjà durcir sous son jean, et il ne voudrait pas avoir à appeler un autre taxi.

– Vous voulez boire quelque chose? lui demande Jennifer.

– Je crois que j'ai assez bu comme ça.

– Moi, je vais me servir un truc.

Elle traverse le séjour jusqu'à l'endroit où le battant d'un meuble encastré est ouvert. La robe de chambre en soie volette autour d'elle comme les ailes d'un papillon. Il se demande si elle porte quelque chose sous son pyjama d'intérieur en soie rouge. Il n'a jamais vu Carol en pyjama d'intérieur. Est-ce que les femmes portent des dessous avec un pyjama? Il espère de tout son cœur que ce n'est pas qu'une allumeuse.

— Vous êtes sûr ? dit-elle en se retournant, un verre vide à la main.

— Absolument sûr, dit-il.

Elle hausse les épaules, se verse de la vodka dans un petit verre rond, remet le bouchon en place. Elle laisse le verre sur la chaîne hi-fi encastrée, met deux CD dans le lecteur et appuie sur un bouton. Une chanteuse qu'il ne connaît pas entonne un morceau bluesy. Jennifer prend son verre et s'avance en chaloupant vers lui. Son déshabillé en soie flotte de nouveau autour d'elle tandis qu'elle s'approche de l'endroit où il est, toujours debout. Elle boit une gorgée, le regarde par-dessus le bord de son verre et l'embrasse sur les lèvres. Mais elle recule au moment où il veut la saisir.

— Comment savoir si vous ne baisez pas Alice ? demande-t-elle.

— Personne ne la baise. Son mari s'est noyé il y a huit mois. Elle est encore en deuil.

— Vous avez essayé ?

— Je m'en garderais bien.

— Pourquoi ne vous en gardez-vous pas avec moi ?

— Votre mari s'est noyé ?

— Je n'ai pas de mari.

— Alors allons dans votre chambre.

— Non, dansons.

Elle boit une gorgée, et se glisse dans ses bras.

Ils dansent lentement. Il fait glisser sa main depuis le creux de ses reins jusqu'à la courbe de ses fesses sous le vêtement de soie. Elle a un mouvement de recul en battant des cils comme une jeune vierge effarouchée. Elle se détache complètement de lui pour aller boire une nouvelle gorgée. Le bout de ses seins est ratatiné sous la soie. Bon Dieu, prie-t-il, faites que ce ne soit pas un coup fourré !

— À quelle heure arrive votre femme demain matin ? demande-t-elle.

Encore sa femme.

— À l'heure du petit déjeuner, je suppose.

Est-ce qu'elle se prépare tout doucement à l'éjecter ? Un jour, à Saint Louis, il a commis l'erreur de draguer une hôtesse de l'air qui était au même *Holiday Inn* que lui. Manque de pot, elle était copine avec une autre hôtesse de l'air qu'il avait baisée quinze jours avant. Il lui avait servi le même baratin. Mais la fille connaissait déjà la musique, parce que sa copine lui en avait parlé. Elle l'a donc laissé lui payer à dîner, elle l'a même invité à boire un coup chez elle, où il a continué à lui débiter les mêmes conneries qu'à Gwen – c'était le nom de la première hôtesse –, quinze jours plus tôt. Finalement, elle lui a dit qu'il devrait changer de chanson au moins aussi souvent qu'il change de caleçon, et elle lui a montré la porte. Il ne se souvient même pas de son nom, la salope. Mais est-ce qu'il va lui arriver la même chose ici? Cette Jennifer l'a-t-elle allumé pour le seul plaisir de l'éjecter dans la nuit?

— Et vous n'avez pas peur qu'elle voie le camion là où vous l'avez garé? demande-t-elle.

— Elle n'a aucune raison d'aller du côté de l'aéroport. Et de toute manière, je fais ce que je veux, ça ne regarde que moi.

— Ah bon, vous avez un arrangement entre vous?

— Non, mais je suis un homme libre.

— Oh! Le macho que voilà!

— Écoutez, lui dit-il, si vous n'êtes pas…

— Sssst! Ne vous énervez pas.

— Je suis marié, d'accord. Si ça vous pose…

— Restez tranquille, je vous dis.

Elle s'éloigne de lui en direction du bar, pose son verre vide à côté des bouteilles, relève le battant puis se tourne vers lui. Dans le même mouvement, elle laisse glisser le déshabillé noir sur son épaule. Puis elle tire le cordon autour de sa taille, défait le nœud et laisse glisser le bas de son pyjama sur ses cuisses puis sur ses genoux. Il s'affaisse à ses pieds. Elle lève un talon haut après l'autre pour se dégager et s'avance vers lui, les mains à plat sur ses cuisses.

Son pubis est brun.

— Tu es sûr que tu préfères les blondes? demande-t-elle. Pourquoi ne viens-tu pas me brouter le minou, hein?

SAMEDI
15 MAI

8

À minuit, ils ont déjà fait l'amour une fois et ils sont étendus nus sur le grand lit de Jennifer dans sa chambre qui donne sur un petit lagon à l'arrière de l'immeuble. Ils sont prêts à remettre ça, apparemment. Rafe n'éprouve aucun sentiment de culpabilité. Il a déjà fait cela très souvent, avec beaucoup de femmes. En fait, il se sent plutôt exalté. Elle est d'une beauté plus spectaculaire qu'il n'aurait jamais pu l'espérer, couchée en ce moment à côté de lui avec ses superbes cheveux de fausse blonde étalés sur l'oreiller et ses jambes écartée sous le triangle noir de sa touffe non décolorée qui frémit d'anticipation. Elle a un bras replié à hauteur de sa tête, la paume vers le haut.

Elle ne remet sa femme sur le tapis qu'une demi-heure plus tard. Elles font toutes ça après avoir été baisées royalement, se dit Rafe. Ne jamais rater une occasion de ramener l'épouse sur le tapis. Comme si elles se disaient: Écoute, fils de pute, maintenant que tu as fait ce que tu as voulu avec moi, parlons un peu de ta petite femme qui t'attend à la maison. Elles ne le formulent jamais comme ça, naturellement, il n'en a jamais rencontré qui soient connes à ce point. En fait, il n'y a pas une femme sur la terre qui vous dira exactement ce qu'elle pense. Si une femme vous demande: «Tu crois que c'est si bien que ça, Hawaii?», ce qu'elle veut dire en réalité, c'est: «J'ai réservé une chambre pour quinze jours à Tahiti.» Voilà comment elles procèdent, les bonnes femmes. La seule occasion où elles disent vraiment ce qu'elles ont sur le cœur, c'est quand elles sont en train de baiser. Mais ce n'est pas la femme qui parle, c'est la chatte. La chatte qui dit baise-moi. Pas la femme.

Ça, c'était il y a une demi-heure.

À présent, c'est la femme qui parle.

– Dis-moi, c'est agréable, la vie à Atlanta ?

Traduction : «Parle-moi de ta putain de femme à Atlanta.»

– Ça peut aller, répond-il.

– Tu as déjà vécu ailleurs ?

Il a presque envie de lui dire qu'il a passé un an et quatre mois en prison à Reidsville, en Géorgie, mais il se contente de murmurer :

– J'y suis né, et j'y suis resté.

– Ta femme aussi ?

On y arrive, se dit-il.

– Non, elle est originaire de Peekskill, dans l'État de New York.

– Comment s'est-elle retrouvée à Atlanta ?

Traduction : «Comment as-tu fait la connaissance de ta putain de femme ?»

– Elle était étudiante à Athens, à l'université de Géorgie. C'est à une centaine de kilomètres au nord-est d'Atlanta.

– Comment ça s'est passé ? Tu l'as connue dans un bal d'étudiants, un truc comme ça ?

– Non. Ma sœur fréquentait la même université.

– Ah !

– Ouais.

Elle hoche la tête. Elle est assise à côté de lui sur le lit, les jambes croisées, toute nue. Ses lèvres sont légèrement retroussées. Elle est en train de méditer. Dans un moment, elle va se foutre en rogne parce qu'elle a couché avec un homme marié. Et qu'elle a aimé ça. Tout cela commence à la travailler.

– Tu es très belle, lui dit-il.

Opération sauvetage de dernière minute.

– Mmm, fait-elle en hochant de nouveau la tête avec une petite moue.

Il va se faire éjecter au milieu de la nuit s'il ne trouve pas tout de suite quelque chose d'intelligent à dire. Il sait qu'elle ne le croira pas s'il lui dit qu'il n'aime pas sa femme, ce qui est faux, de toute manière. C'est ce qu'il pense, tout au moins. Il a couché avec pas mal de femmes depuis qu'il connaît Carol, mais il n'a jamais cessé de l'aimer, suppose-t-il, bien qu'il soit obligé d'avouer qu'il n'a jamais autant pris son pied au lit avec une autre femme que cette fois-ci. À cette pensée, couché à côté de Jennifer, il a de nouveau la trique. Sans la toucher ni rien. Juste en se rappelant ce qui s'est passé trente ou trente-cinq minutes plus tôt. Il se demande s'il doit attirer son attention sur ce fait, lui montrer l'état de ce vieux Popaul qui n'en fait qu'à sa tête et qui ne pense certainement pas à Carol, qui doit dormir quelque part dans un motel sur l'Interstate 495.

— Je vais te dire une chose, murmure-t-il.

— C'est ça, dis-moi.

Traduction : « Mais fais vite, parce que dans dix minutes tu vas foutre le camp d'ici en vitesse. »

— Dès le premier instant où je t'ai vue...

Déjà, elle roule des yeux incrédules.

— ... j'ai su que tu allais signifier plus pour moi que n'importe quelle autre femme que j'ai connue dans ma vie.

Et ça signifie quoi, ça ? se demande-t-il.

Elle a l'air de se demander la même chose. Un instant plus tôt, elle se tenait légèrement détournée, assise là comme une squaw perplexe avec sa touffe brune et ses cheveux blonds et ses yeux bleus incongrus, les jambes croisées en tailleur, la tête droite, regardant droit devant elle. Elle se tourne à présent vers lui pour le regarder dans les yeux. Elle veut savoir – mais elle ne demande pas – ce que signifie au juste ce qu'il vient de dire. Cela fait-il partie du baratin habituel qu'il sert à toutes les mijaurées du Sud et du Sud-Est ? Que veut-il dire exactement quand il lui annonce qu'elle compte désormais pour lui plus que n'importe quelle femme au monde, ou quelque chose dans le genre ?

— C'est pour ça que je t'ai appelée, continue-t-il. Je ne pouvais pas te laisser sortir comme ça de ma vie. Il fallait que je te revoie, Jennifer. Et ce qui s'est passé ensuite ne me donne pas tort, n'est-ce pas ? Je n'ai jamais éprouvé avec une autre femme ce que je viens d'éprouver avec toi.

Ça veut dire quoi exactement tout ça ? demande une nouvelle fois le regard de Jennifer.

— Avec *aucune* autre femme, insiste-t-il. Ce que je ressens avec toi, c'est unique.

— Et c'est quoi, au juste, ce que tu ressens avec moi ?

Elle a presque l'air pincé en disant cela. Un peu comme une institutrice. Il se demande si ce n'est pas une institutrice. Il se rend compte qu'il ne sait pratiquement rien sur elle, et il est là à lui déballer des conneries du genre « je n'ai jamais ressenti ça avec aucune autre femme ». Il ne sait même pas lui-même ce que ça signifie vraiment. Mais elle attend sa réponse.

Il est tenté de lui montrer simplement le vieux Popaul, à présent raide comme un bâton d'avoir simplement entendu Rafe décrire piteusement ce qu'il ressent. Un pénis dur comme un roc, c'est la pièce à conviction soumise à l'appréciation du jury un peu moins de quarante minutes après avoir baisé furieusement Jennifer pour la deuxième fois. Qu'est-ce que ça a à voir avec les sentiments qu'un homme éprouve pour une femme, hein, Jenny ?

— On t'appelle parfois Jenny ? demande-t-il en posant le bout d'un doigt sur son genou rond.

— Non, dit-elle en repoussant sa main.

— Jenny… J'ai l'impression que…

— Ne m'appelle pas comme ça. Je m'appelle Jennifer.

— Désolé, Jennifer.

— D'accord, fait-elle en hochant la tête.

— Que veux-tu que je te dise exactement ?

— C'est toi qui as envie de parler.

— Je suis marié. Désolé. Je ne m'attendais pas à rencontrer quelqu'un comme toi. À tomber amoureux. Je suis désolé comme tout, mais ces choses-là…

— À faire quoi ?

Il bat stupidement des paupières. Qu'est-ce qu'il vient de dire ?

Elle semble remarquer sa pine raide. Enfin ! Elle y jette un coup d'œil matois, mais ne tend pas la main pour la toucher.

— Répète ce que tu as dit, fait-elle.

– C'est la première fois de ma vie que je ressens une chose pareille.

– Ce n'est pas ce que tu as dit.

– Qu'est-ce que j'ai dit?

– Tu as dit que tu ne t'attendais pas à tomber amoureux de moi.

– C'est vrai. Je ne m'y attendais pas.

– Répète-le.

– Je ne m'attendais pas à tomber amoureux de toi.

– Tu es vraiment amoureux de moi?

– Je pense que je t'aime, oui.

– Tu penses? fait-elle en empoignant sa queue.

– Je suis amoureux de toi, oui.

– Dis-le.

– Je t'aime.

– Dis: «Je t'aime, Jennifer.»

– Je t'aime, Jennifer.

– Encore.

– Je t'aime, Jennifer. Je...

– Et ta femme?

– Qu'elle aille se faire foutre.

– C'est moi qui ai envie de me faire foutre, dit-elle en se jetant sur lui.

Ensuite, il apprend un certain nombre de trucs sur elle. Cela fait maintenant un an et demi qu'elle a divorcé, lui explique-t-elle. Elle avait épousé un avocat qui exerce encore à Sarasota. Ils ont été mariés trois ans avant qu'elle s'aperçoive qu'il batifolait avec cette rousse du même cabinet, avocate elle aussi, qui portait des mini-jupes encore plus courtes que celles d'Ally McBeal.

– Et c'est l'une des raisons pour lesquelles je ne voulais rien entreprendre avec toi, explique-t-elle.

– Parce que j'ai les cheveux roux? demande-t-il (ses cheveux ne sont pas roux), ou parce que je porte des minijupes?

– Parce que tu es marié et que tu trompes ta femme.

– Tous les hommes mariés trompent leur femme.

– Tu aurais intérêt à ne pas jouer à ça avec moi.

– On n'est pas mariés.

– Mais tu m'aimes, non ?

– Il semble bien, oui.

– Encore ce tic verbal.

– Je t'aime, oui.

Il commence à y croire lui-même.

Elle lui raconte qu'elle travaillait dans une bijouterie de Willard Key. C'est comme ça qu'elle connaît le *Ronnie's Lounge*. Mais elle envisage depuis quelque temps de monter sa propre affaire, si elle arrive à persuader son ex de lui verser cette satanée pension alimentaire qu'il est censé lui donner.

– Normalement, il doit me payer mille dollars par mois, mais le chèque arrive toujours en retard, quand il arrive.

– Ouais, fait Rafe.

Il se dit que la dernière chose qu'il a envie de lui voir arriver, c'est de verser une pension à une ex, quel que soit l'amour qu'il peut éprouver pour une autre. Si toutefois c'est encore le cas maintenant que Popaul s'est rétracté dans sa coquille. Elle a quand même des nibards splendides, et un cul adorable, et il n'en est pas encore revenu de ses cheveux blonds et de son buisson brun. Il faut qu'elle soit en confiance pour s'exhiber ainsi. Il commence à se dire qu'il n'a jamais été aussi intime avec aucune autre femme, et ça explique peut-être pourquoi il a dit tout à l'heure qu'il n'avait jamais ressenti la même chose avec personne. C'est peut-être ça qu'on appelle être amoureux, après tout. Les idées s'emmêlent un peu dans sa tête.

– Tu as couché avec Alice ? demande-t-elle subitement.

Il est 3 heures du matin. L'heure à laquelle elles vous demandent toutes de faire la liste des femmes avec qui vous avez couché. Il avait presque oublié cette caractéristique féminine. Vous avez intérêt à le savoir si vous voulez survivre. Il est content de s'en être souvenu. Avant qu'il ne soit trop tard. *Trop tard pour quoi ?* se demande-t-il. Et c'est de nouveau le chaos dans sa tête.

– Non. Hé, ho ! Pour quel genre d'énergumène me prends-tu ?

– Énergumène, hein ? fait-elle en gloussant.

Il est ravi de faire glousser une jolie fille comme elle. Non pas que Carol ne soit pas jolie, mais elle ne glousse plus beaucoup comme ça. Avec deux grands garçons, ça se comprend un peu.

— Énergumène et catéchumène, fait-il sur sa lancée, et voilà qu'elle glousse encore. Mais jamais je n'aurais l'idée de toucher à ma belle-sœur.

— Alors que faisait ton camion garé devant chez elle ?

— Je te l'ai dit. Je suis passé la voir. Je fais ça tout le temps. C'est ma belle-sœur.

— Alors, pourquoi ne m'a-t-elle pas laissée entrer ?

— C'est parce que…

— Parce que vous étiez seuls dans la maison. Et si je t'ai bien jugé…

— Non. On n'était pas seuls.

— Qui était avec vous ?

— La police.

— La police ? Pourquoi ?

Il est bien obligé de lui expliquer que sa nièce et son neveu se sont fait enlever…

— Pas possible !

… et que les ravisseurs ont demandé une rançon de 250 000 dollars en coupures de cent, que la police a données à Alice pour qu'elle les remette le vendredi matin.

— Pauvre femme ! soupire Jennifer.

— Ouais. Et elle n'a toujours pas récupéré ses mômes.

— Tu dis que c'est la police qui lui a fourni l'argent ? D'où sortait-il ? Ce n'est pas une petite somme, deux cent cinquante mille dollars !

Il lui explique que ce sont des superbillets confisqués par le Trésor à l'occasion d'une autre affaire, et qu'ils sont censés être si bien imités qu'on ne les distingue pas des vrais.

— Pas possible ! répète-t-elle.

— J'ai essayé d'expliquer ça à mes anciens associés en affaires, mais ils n'ont rien voulu savoir.

— Rien savoir de quoi ?

— Mon point de vue, c'est que ce sont des criminels, d'accord ? Les ravisseurs des enfants d'Alice.

– Oui, et alors ?

– Alors il n'y aurait aucun mal à leur piquer cet argent. Ce sont des bandits, ce serait bien fait pour eux, tu ne crois pas ?

– Je ne te suis pas très bien.

– Et de toute manière, les billets sont faux.

Elle secoue la tête, complètement perdue.

– La situation est simple, explique-t-il. Il y a ces deux nanas qui ont mis la main sur vingt-cinq patates en biftons si bien imités qu'on dirait des vrais. Qu'est-ce qui se passerait si des esprits entreprenants les soulageaient de ce fric ? Des faux biftons et des vrais criminels. Où serait le mal ?

– Deux nanas, hein ? demande Jennifer.

– Il semble bien, oui.

– Et tout ce que nous aurions à faire, ce serait de les retrouver.

– Tu l'as dit, baby.

Il ne sait pas pourquoi, mais il s'est remis à bander.

Le téléphone d'Alice sonne à 8 h 45.

Charlie dort encore sur le canapé du séjour. Elle décroche en vitesse.

– Allô ?

– Alice ? C'est Frank. Comment ça va ?

C'est son patron à l'agence immobilière.

– Ça va, Frank.

– Ton pied ?

– Ça suit son cours.

– Tu peux marcher ?

– Sans trop de problèmes.

– Tu crois que tu pourrais venir travailler aujourd'hui ?

– Je ne pense pas.

– Tu as mal ?

– Ce n'est pas ça, Frank. C'est que… j'ai le pied dans le plâtre, tu comprends ?

– Oui, je sais.

– Et j'ai du mal à conduire. Aggie pourrait peut-être me remplacer aujourd'hui.

– C'est ce que tu veux ?

– Oui.

– Je transmets tes dossiers à Aggie ?

– Je suis sûre qu'elle sera à la hauteur.

– Quand comptes-tu reprendre le boulot, Alice ?

– Je n'en sais trop rien.

– Le dimanche aussi, il y a du boulot.

– Je sais.

– Comme tu voudras, Alice. (Il soupire.) Préviens-moi quand tu te sentiras prête à reprendre le collier.

– Je t'appellerai, Frank.

– Merci, Alice. Bonne guérison.

Et il raccroche.

Christine sait que l'Impala bleue a été prise en filature hier, mais elle ignore encore qu'Avis a donné le numéro d'immatriculation. Elle évite cependant de reprendre la voiture, et même de la laisser garée au même endroit sur le continent. Elle consulte les Pages jaunes à la rubrique LOCATION DE VOITURES, trouve l'agence Hertz la plus proche et appelle pour réserver un véhicule au nom de Clara Washington. C'est elle qui va le chercher en taxi au centre commercial de Henderson Grove.

Elle montre à l'employé derrière le comptoir le même faux permis de conduire et paie avec la même fausse carte American Express. Le type qui leur a vendu la fausse carte à La Nouvelle-Orléans leur a dit que c'était une « trente jours ». Ce qui signifie qu'American Express mettra un mois à s'apercevoir qu'elle est fausse. L'authenticité du permis de conduire, par contre, ne devrait pas être mise en doute. Heureusement, car il leur a coûté un paquet. Christine, naturellement, ignore que le FBI a les coordonnées non seulement de la carte, mais du permis. Quoi qu'il en soit, Hertz ne dit rien, et elle repart au volant d'une Ford Taurus rouge toute neuve.

Il y a eu pas mal de braquages de banques dans l'État de Floride au cours de l'année, et une pancarte à l'entrée de la Southwest Federal demande aux clients d'ôter chapeau, lunettes de soleil et foulard avant de s'approcher d'un guichet. Christine retire ses lunettes en entrant. Un garde en uniforme lui jette un coup d'œil, mais elle a l'impression qu'il reluque plutôt ses seins.

Elle choisit un guichet derrière lequel il y a une femme noire comme elle. HENRIETTA LEWIS, indique la plaque en lettres blanches sur fond noir. Parfois, le choix d'une sœur de couleur est à double tranchant. Il arrive qu'elles soient plus chiantes, plus pointilleuses que n'importe quel Blanc. Mais celle-ci l'accueille avec un large sourire.

Christine a sur elle 5 000 dollars en coupures de cent. Il y a cinq billets dans son portefeuille. Le chauffeur de taxi qui l'a conduite ici moins d'une demi-heure plus tôt en a accepté un, non sans faire la grimace. Mais il lui a quand même rendu la monnaie. Pour sa peine, elle lui a laissé un bon pourboire et lui a montré un peu ses jambes en descendant du taxi. Elle sort maintenant trois autres billets qu'elle fait glisser vers la préposée en disant :

— Pourriez-vous me donner des billets de dix et de vingt, s'il vous plaît ?

Henrietta prend l'un des billets en souriant.

Elle voit tout de suite qu'il ne s'agit pas des nouvelles coupures avec l'image en grand de Benjamin Franklin. Il y a encore pas mal d'anciennes coupures de cent en circulation. Il faudra des années pour que la Federal Reserve les remplace toutes. Henrietta vérifie ces vieux billets avec plus d'attention que les «Big Ben», parce qu'elle sait qu'il y a des tas de contrefaçons en circulation. Le billet de cent dollars est la coupure la plus utilisée dans le monde, et par conséquent la plus imitée par les faux-monnayeurs.

Elle lève le billet à la lumière et examine la bande de sécurité qui porte les caractères USA100USA100USA100USA100. Elle prend le deuxième billet pour le vérifier de la même manière, et c'est alors que quelque chose accroche son regard dans la succession de numéros de série. Elle fronce légèrement les sourcils. Christine s'en aperçoit, bien que cela dure moins de quatre ou cinq secondes.

— Veuillez m'excuser un instant, lui dit Henrietta.

Elle s'éloigne du guichet pour aller trouver un homme blanc à moitié chauve vêtu d'un complet en coton gaufré, assis derrière une petite table à l'entrée de la chambre forte. Christine la voit lui remettre l'un des billets. Elle a envie de prendre la fuite. L'homme tourne la tête dans sa direction. Henrietta lui donne à présent le deuxième billet. Christine est prête à s'éclipser. Elle envisage de marcher lentement jusqu'à la sortie, de sourire au gardien, d'aller prendre sa Taurus au parking, et adieu la compagnie !

Le chef de service, ou autre chose, à moitié chauve, se lève, adresse un sourire à Christine, toujours derrière le guichet, et se dirige vers une porte en noyer derrière laquelle il disparaît.

Henrietta retourne au guichet.

– Désolée, dit-elle, mais M. Parkins est obligé de passer ces billets au détecteur.

– Quel détecteur ? demande Christine.

– Le détecteur de faux billets.

– Mon Dieu ! s'écrie Christine. On m'a refilé de faux billets ?

– Ce sont des choses qui arrivent, déclare Henrietta en souriant. Ces superbillets sont difficiles à reconnaître à l'œil nu, mais la machine nous dira ce qu'il en est.

– Superbillets ?

– Oui. Ils sont fabriqués en Iran, sur des presses à graver en creux que les États-Unis leur ont vendues à l'époque du shah. Les billets sont imprimés sur du papier allemand. Ils sont vraiment très bien imités.

– Je vois, fait Christine.

Elle ne quitte pas des yeux la porte en noyer.

– Mais le FBI a installé ces machines dans toutes nos succursales. Ils ont les mêmes à Washington. Après le 11 septembre, ils ont intensifié la lutte contre les faux-monnayeurs, souvent liés au terrorisme.

– Ça se comprend, lui dit Christine.

– Vous n'avez pas lu les articles sur les comptes en banque détenus par les terroristes ici même, en Floride ? Ouverts avec de fausses cartes de sécurité sociale. Vous imaginez un peu ? On trouve des fausses cartes de n'importe quoi, aujourd'hui, avec un peu d'argent. Pas étonnant que le monde ne tourne pas rond. Ah ! Le voilà.

Cours, se dit Christine.

Mais quelque chose la retient.

L'homme au crâne dégarni lui sourit derrière le guichet.

— Mademoiselle, lui dit-il, je suis navré, mais ces billets sont faux. Nous sommes dans l'obligation de les confisquer.

— Qu'est-ce que ça signifie ? demande Christine.

— La loi nous oblige à les envoyer à la Federal Reserve à Washington. Croyez bien que je le regrette.

— D'accord, mais qu'est-ce que ça veut dire, confisquer ? Je vais perdre mes trois cents dollars ?

— J'en ai bien peur, mademoiselle. Ces billets sont faux.

— J'aurais dû les utiliser dans un endroit où ils n'ont pas de machine comme ça, dit Christine en faisant une moue dépitée.

— Désolé, mademoiselle.

— Je ne vois pas pourquoi c'est moi qui dois payer les pots cassés.

— Je regrette, mais c'est la loi. Nous ne pouvons pas laisser de faux billets en circulation.

— C'est injuste, proteste Christine.

Elle a le cœur qui bat violemment dans sa poitrine.

Elle se détourne du guichet, marche dignement vers la sortie, passe devant le garde et la pancarte demandant aux clients de ne porter ni chapeau, ni foulard, ni lunettes de soleil. Elle remet les siennes et va chercher sa Taurus sur le parking.

Ce que Henrietta et M. Parkins ont négligé de faire ce matin, c'est vérifier la liste de billets marqués communiquée à toutes les banques et à tous les commerçants de l'État de Floride.

Les trois billets que Christine vient d'essayer d'encaisser figurent sur cette liste.

Luke Farraday commence à se demander pourquoi il y a tant de gens qui manifestent un intérêt soudain pour la personne qui est venue chercher les enfants Glendenning mercredi après-midi. Le dernier en date est un journaliste local, qui vient l'ennuyer pendant son jour de repos, rien que ça ! Il lui raconte une histoire à dormir debout sur l'un des deux enfants, il ne sait plus lequel, qui donne une fête, il ignore quel genre de fête, et il voudrait l'annoncer dans le carnet mondain du journal, mais il voudrait trouver une anecdote quelconque à raconter sur lui, par exemple cette histoire de bonne femme qui est venue chercher les deux enfants à la sortie de l'école, faisant croire à leur mère qu'ils avaient disparu. Juste le genre de truc marrant propre à captiver l'attention des lecteurs. Mais Garcia ressemble à un Cubain, et Luke se dit que les Cubains ont peut-être un sens de l'humour différent de celui des Américains.

– Quelle sorte de voiture était-ce ? Vous vous souvenez ? demande Garcia.

Luke s'avise soudain qu'il y aurait peut-être un petit changement à apporter à la procédure.

Son travail à l'école élémentaire Pratt correspond à la dénomination officielle d'agent de service responsable de l'aire de chargement des cars. En tant qu'agent de catégorie 4, il a droit à une rémunération de 8,5 dollars de l'heure, à peu près ce qu'il gagnerait au McDo du coin, mais ils n'engagent que des ados aujourd'hui. Tout l'État de Floride lui paraît être aux mains des ados. Tous les États-Unis d'Amérique, même. Alors, s'il y a quelques dollars à gagner en fournissant des infos à un journaliste, pourquoi ne pas sauter sur l'occasion ? Quand on voit qu'il y a des nanas qui se font payer des milliers de dollars en racontant aux tabloïds comment elles se sont fait violer par des Martiens...

– En quoi ça a tant d'importance pour vous ? demande-t-il.

Garcia comprend aussitôt qu'il va falloir mettre la main au portefeuille.

– C'est pour donner plus d'intérêt à mon article, dit-il.

– Vous voulez dire plus de vérité.

– La marque de la voiture et tout ça.

– Et votre journal serait prêt à payer combien ? demande-t-il sans détour. Pour donner de l'intérêt à l'histoire, ajouter plus de réalisme.

– Disons que ça dépend des informations.

– Vous payez combien, habituellement, pour des renseignements de ce genre ?

– Vingt dollars ? Trente ?

– Vous iriez jusqu'à cinquante ?

– Cinquante, ça irait.

– Les enfants sont montés dans une Impala bleue conduite par une blonde. Et il y avait un autocollant Avis sur le pare-chocs arrière.

– Merci, lui dit Garcia.

À Cape October, comme les effectifs sont réduits, les membres de la police routière patrouillent généralement tout seuls dans leur voiture. Ils accrochent leur chapeau à l'appuie-tête côté passager pour faire croire, de loin, qu'ils sont deux. Mais tout le monde sait qu'il n'y a qu'un seul flic dans la voiture, de sorte que l'effet tombe à l'eau.

L'agent qui patrouille dans le secteur Charlie du quartier Pecan Street a placé son chapeau en évidence à côté de lui quand il a commencé sa tournée à 7 h 45. Le chapeau est toujours là à 9 h 15. Comme Tom Hanks qui parle à son ballon de volley dans *Seul au monde*, l'agent Searles a pris l'habitude, depuis quelque temps, de parler à son chapeau. Une bonne raison, peut-être, pour mettre un deuxième policier dans les voitures. Searles considère, en tout cas, que c'est une bonne pratique. Exposer les choses à haute voix, réfléchir, examiner logiquement la situation, même si ce n'est qu'avec son propre chapeau.

– On s'en tient aux voitures bleues, dit-il à son couvre-chef. Inutile de vérifier la plaque des voitures rouges, par exemple.

Il tourne lentement sur le parking du centre commercial de Pecan Street. Les magasins ont ouvert à 9 heures, et il y a déjà pas mal de voitures garées là.

– C'est le week-end, dit-il à son chapeau.

Il arrive par l'entrée nord du parking et tourne à hauteur du nouveau magasin Barnes & Noble qui s'est ouvert la semaine dernière. C'est alors qu'il repère une conduite intérieure bleu pâle à quatre portes garée quatre rangées plus loin que l'entrée principale du magasin.

– Bingo! dit-il à son chapeau. Une voiture bleue! Mais est-ce une Chevrolet?

La voiture est bien une Chevrolet.

C'est bien une Impala aussi. Et sur le pare-chocs arrière, il y a un autocollant qui proclame : WE TRY HARDER. Searles sort son carnet et relit les notes qu'il a prises ce matin au briefing.

– Peut-être qu'on a gagné le gros lot, dit-il à son chapeau.

Il s'arrête à côté de l'Impala, serre le frein à main, laisse tourner le moteur et descend. Il se penche à la fenêtre arrière gauche pour regarder à l'intérieur. La voiture est vide. Il met un mouchoir autour de sa main droite pour tenter d'ouvrir la portière. Elle est verrouillée. Il essaie celle du conducteur. Elle s'ouvre. Il se penche à l'intérieur.

Il y a une casquette de base-ball rouge sur le siège arrière.

Christine a peur d'aller le trouver pour lui raconter ce qui s'est passé.

Des faux billets ! Des « superbillets » ! On nage en pleine science-fiction ! Imprimés en Iran ! Jamais il ne voudra la croire. Il va se dire qu'elle essaie de le doubler. Il est si soupçonneux, parfois !

Elle s'est arrêtée pour prendre le petit déjeuner sur la 41, non loin de la banque où elle a essayé de changer les fausses coupures. Vous vous rendez compte ? Lui piquer son argent de cette manière !

Nous sommes dans l'obligation de les confisquer.

Qu'est-ce que ça signifie ?

La loi nous oblige à les envoyer à la Federal Reserve à Washington. Croyez bien que je le regrette.

D'accord, mais qu'est-ce que ça veut dire, confisquer ? Je vais perdre mes trois cents dollars ?

J'en ai bien peur, mademoiselle. Ces billets sont faux.

J'aurais dû les utiliser dans un endroit où ils n'ont pas de machine comme ça.

Évidemment, c'est ce qu'elle aurait dû faire.

Les voleurs !

Pire que de braquer un poivrot dans une ruelle obscure.

Mais que va-t-elle lui dire ?

Ce ne sont pas les trois cents dollars qui comptent. Si ces billets sont faux – et il faut croire qu'ils le sont, puisque la machine le dit –, ce ne sont pas trois cents dollars qui se sont envolés en fumée, mais deux cent cinquante mille !

À moins qu'il n'ait une autre idée. Des idées, il n'en manque jamais. C'est lui qui a eu l'idée de faire ça, pour commencer.

Elle a quand même peur de le lui dire.

– Encore un peu de café, mademoiselle ?

La serveuse.

– Non, merci. L'addition, s'il vous plaît.

Qu'est-ce qu'on va faire ? se demande-t-elle.

On se retrouve avec deux cent cinquante mille dollars parfaitement bien imités, tout juste bons à se torcher avec, et deux gamins dont on ne va pas savoir quoi faire, maintenant que…

– Voilà votre note, mademoiselle.

– Merci.

Elle prend le ticket, le lit. Six dollars vingt pour un jus d'orange, une tasse de café et un petit pain grillé. Au moins, au cap, ils ne l'ont pas escroquée sur la marchandise. Ils lui ont juste pris ses billets.

Souriant malgré elle, elle laisse un dollar de pourboire sur la table, se lève et se dirige vers la caisse. Elle a un billet de dix dans son porte-monnaie, et elle pourrait payer avec, mais soudain…

J'aurais dû les utiliser dans un endroit où ils n'ont pas de machine comme ça.

… il lui vient une idée.

Elle ouvre son portefeuille et en sort un billet de cent.

– Désolée, dit-elle à la caissière, mais je n'ai pas plus petit.

La caissière regarde le billet, le fait claquer entre ses deux mains, le lève à la lumière pour vérifier la bande de sécurité, et ouvre son tiroir-caisse qui fait un bruit de sonnerie. Puis elle commence à rendre la monnaie.

– Six dollars cinquante, sept dollars, et trois dix, cinquante et cent, dit-elle. Merci, bonne journée.

Christine ramasse son argent et sort. La Taurus rouge n'est pas loin sur le parking.

– Ça va ? demande Charlie.

Alice le regarde. Ils sont en train de déjeuner face à face. Il lui est venu subitement à l'esprit qu'elle n'a jamais eu personne en face d'elle à cette table à part ses enfants depuis qu'Eddie est mort.

— Oui, répond-elle. Ça va.

— On les récupérera, ne t'en fais pas, Alice.

Il y a quelque chose de déterminé et de réconfortant dans sa voix. Cela lui rappelle l'assurance dont a fait preuve Eddie à leur première rencontre. Il est vrai qu'il était très jeune, alors que Charlie, naturellement, a cinquante-six ans. Mais il a la vigueur de quelqu'un de beaucoup plus jeune. Elle trouve cette force apaisante et se dit que si elle devait affronter une douzaine de lions affamés, elle préférerait avoir Charlie à ses côtés plutôt qu'une centaine de Wilbur Sloate.

— Il y a quelque chose ? demande-t-il en souriant.

— Non, dit-elle en lui rendant son sourire. Il n'y a rien, Charlie.

Il entend du bruit à l'extérieur et se tourne vers la fenêtre du séjour. Une voiture entre dans l'allée. Alice commence à redouter les nouvelles arrivées. Chaque personne qui frappe à sa porte semble mettre ses enfants un peu plus en danger. Une portière claque. Un instant plus tard, on sonne à la porte.

— Veux-tu que j'aille ouvrir ? demande Charlie.

Mais elle est déjà en train d'y aller. Elle regarde par le judas. Elle ôte aussitôt le verrou et ouvre ses bras. Les deux sœurs s'embrassent. Carol la dévisage longuement.

— Bonjour, ma chérie, dit-elle.

— Salut, fait Alice.

Elle referme la porte derrière elles. Charlie s'est levé, sa serviette à la main.

— Charlie, je te présente ma sœur Carol.

— Je n'aurais jamais deviné, fait Charlie en lui serrant la main. Vraiment, on dirait des jumelles !

— J'ai un an de plus, murmure Carol.

— Tu as déjeuné, ma chérie ?

— J'ai une faim de loup.

Alice lui verse une tasse de café. Elle la pose devant elle. Elle se rend compte qu'elle est en train de sourire. C'est la première fois qu'elle sourit depuis mercredi. Elle coupe quelques tranches de pain de seigle, les fourre dans le micro-ondes. Charlie est en train de demander à Carol comment s'est passé son voyage. Elle lui répond qu'il y avait du monde sur la route, mais que ça roulait quand même. Alice apporte le pain, le beurre et un pot de confiture de framboises. Carol y va de bon cœur.

– Alors, qu'est-ce qui se passe ici? demande-t-elle.

Alice, soudain, fait le tour de la table pour la serrer fort dans ses bras.

– Hé! s'écrie Carol. Qu'est-ce qu'il y a?

Christine se dit que le mieux est d'aller dans un centre commercial. Inutile de parcourir toute la ville, on trouve toutes les boutiques qu'on veut ici. Au Barnes & Noble, elle achète les derniers romans de Nora Roberts et paie avec un billet de cent. L'homme derrière le comptoir ne se donne même pas la peine d'examiner la bande de sécurité à la lumière. Il lui rend sa monnaie, lui sourit et se tourne vers le client suivant.

À la boutique Victoria's Secret, elle achète deux soutiens-gorge Balconette à cerceaux à 19,99 dollars pièce, le premier en tissu fleuri et l'autre imprimé façon guépard. Elle prend aussi une paire de strings-tangas imprimés léopard à 5,99 dollars pièce et un porte-jarretelles en dentelle noire à 7,99 dollars. Au total, cela fait 59,95 dollars hors taxe. Elle donne à la vendeuse un billet de cent dollars et va regarder la collection de nuisettes. Elle choisit une baby-doll rouge ornée de paillettes et la porte à la caisse.

– Vous pourriez mettre ça avec? demande-t-elle.

La vendeuse sourit.

– Naturellement, mademoiselle.

Elle ajoute 29 dollars au total précédent Cela fait 88,95 dollars à payer, plus la taxe. La fille lui rend la monnaie sans ciller.

Christine se demande si elle doit continuer de forcer sa chance.

Dustin Garcia n'est pas à proprement parler un journaliste spécialisé dans le crime. Il ne connaît aucun des flics de la brigade. Quand il se présente au comptoir de la réception de l'immeuble de la Sécurité publique, il se contente de demander à voir l'inspecteur qui s'occupe de l'enlèvement des enfants Glendenning et attend que le préposé prenne son téléphone et s'enquière :

– Il y a quelqu'un là-haut qui traite une affaire de kidnapping ?

Il écoute quelques secondes, puis lève de nouveau la tête vers Garcia pour demander :

– Quel nom avez-vous dit ?

– Glendenning. Alice Glendenning.

– Non. Votre nom à vous.

– Dustin Garcia. *La Tribune* de Cape October.

– Dustin Garcia, répète le planton. *La Tribune*. Deuxième étage, ajoute-t-il. Inspecteur Sloate.

Au moment où Christine quitte l'escalier mécanique du premier étage de la galerie marchande, elle aperçoit l'enseigne d'un magasin d'électronique où l'on vend des téléviseurs Sony, Hitachi, Samsung et Philips. Elle ne sait pas jusqu'où elle peut aller pour mettre sa théorie à l'épreuve. Le vendeur a la soixantaine. Encore un de ces retraités blasés qui sont venus travailler au cap. Il essaie, au début, de lui faire acheter un Philips 85 cm, écran large, qui coûte 2 800 dollars, c'est-à-dire à peu près ce qu'il y a de plus cher dans le magasin. Mais elle ne veut pas mettre des sommes pareilles, non pas parce qu'elle n'a pas assez d'argent – elle a près de 5 000 dollars en coupures de cent dans son sac –, mais parce qu'elle ne veut pas attirer l'attention.

Le vendeur la prend pour une paumée. Peut-être parce qu'elle est noire, ou peut-être parce qu'elle est relativement jeune. Mais qu'importe ? Elle s'intéresse illico au modèle le moins cher du magasin, un Samsung 68 cm à 300 dollars.

– Si vous ne recherchez pas un écran plat ou des fonctions sophistiquées comme l'incrustation d'image, explique le vendeur, ce petit bijou vous donnera toute satisfaction du point de vue qualité d'image. Il est vendu avec une télécommande performante et la puce V-chip de contrôle parental, si vous avez des enfants.

Deux, a-t-elle failli dire. *Provisoirement.*

— J'avais envie d'un modèle un peu plus évolué, murmure-t-elle.

— Pourquoi pas celui-ci, alors? fait le vendeur, dont le visage s'illumine.

Il lui montre un Sony Trinitron Wega 80 cm actuellement en promotion, lui dit-il, pour 1 800 dollars à peine.

— Ce modèle a rallié plus de suffrages que n'importe quel autre téléviseur équipé pour la TVHD, lui explique-t-il. Il se met automatiquement en mode amélioré quand il détecte une source seize-neuvième, et la technologie pull-down augmente la qualité des images vidéo.

— Je le prends, dit Christine.

— Il existe aussi en quatre-vingt-dix centimètres, en promotion à deux mille trois cents dollars, lui dit le vendeur.

— Non, je prendrai le quatre-vingts centimètres.

Elle plonge la main dans son sac.

Il doit penser qu'elle cherche son chéquier ou bien une carte de crédit. Mais sa main ressort avec une liasse de billets de cent, et elle commence à compter 1 900 dollars.

— Ça suffira pour la taxe? demande-t-elle.

— En Floride, elle est de six pour cent. Ce qui fait cent huit dollars. Il manque huit dollars.

Elle sort de son sac un billet de cinq et trois billets de un dollar.

— Je vous prépare la facture. Je reviens tout de suite, lui dit-il en se dirigeant vers une porte au fond du magasin.

Elle suppose que c'est le bureau du directeur. Elle attend, le cœur battant. Sont-ils en train de vérifier les billets sur une machine semblable à celle de la banque? Vont-ils s'apercevoir qu'ils sont faux? Sont-ils, en ce moment même, en train de téléphoner à la police?

Elle attend.

Finalement, la porte s'ouvre et le vendeur ressort en souriant.

— Voici votre facture, dit-il. On va vous apporter un poste neuf dans son emballage. Voulez-vous qu'on vous aide à le charger dans votre voiture?

— Que puis-je faire pour vous, monsieur Garcia? demande Sloate.

Ils sont dans son bureau du deuxième étage.

Il y a une casquette de base-ball rouge sur sa table de travail.

– Vous êtes chargé de l'enquête sur le kidnapping ? demande Garcia.

– De quel kidnapping voulez-vous parler ?

Garcia voit aussitôt qu'il n'est pas sincère. Les Blancs lui mentent souvent. C'est parce qu'il a le type cubain. Le teint bistre, les cheveux bruns. Les pedzouilles locaux le considèrent comme un Cubain-Américain, bien qu'il soit né ici, en Floride. Ce qui fait de lui un Américain à part entière, non ? Un électeur américain, qui plus est, mais qui ne vote pas pour M. Bush, non, merci. Et au diable le petit Elián González[1]. Ce sont les *parents* de Garcia qui sont les vrais Cubains-Américains. Ce qui signifie qu'ils ont immigré ici, à la suite de quoi ils sont devenus citoyens américains, et ils ont eu aussi le droit de vote, mais ils ont voté pour Bush, alors qu'il a voté pour Gore, et ils étaient deux fois plus nombreux. D'ailleurs, c'est la Cour suprême qui a eu le mot de la fin.

Sloate lui ment. Il le sent bien.

– Les enfants Glendenning, réplique-t-il. La petite fille et le petit garçon qui ont été enlevés à la sortie de l'école mercredi dernier.

– Désolé, mais je ne suis pas au courant de cette affaire, lui dit Sloate.

– Alors pourquoi avez-vous demandé qu'on me dirige vers vous ?

– Nous tenons à avoir des relations courtoises avec la presse.

– Pourquoi cherchez-vous à étouffer cette affaire ?

– Monsieur Garcia, j'ignore de quoi vous voulez parler. Il n'y a pas eu d'affaire d'enlèvement à Cape October depuis trois ans. Si vous pensez détenir des informations sur...

---

1. En 1999, une embarcation transportant quatorze Cubains qui fuient La Havane fait naufrage. Parmi les survivants, le petit Elián, âgé de six ans, qui voyageait avec sa mère et son beau-père, est recueilli par son grand-oncle, exilé en Floride. Le père de l'enfant, qui vit à Cuba, demande qu'il lui soit restitué. Il s'ensuit une bataille juridique qui divise l'opinion aux États-Unis et à Cuba. L'enfant regagnera finalement La Havane près de deux ans après le drame.

– Les enfants Glendenning ne se sont pas présentés à l'école depuis…

– Ils sont peut-être malades.

– Non, j'y suis allé, ils ne sont pas là. Leur mère a refusé de me laisser entrer. S'ils avaient été là, elle m'aurait laissé les voir. Je vous dis qu'ils ont été kidnappés, inspecteur. Et vous le savez mieux que moi.

– Désolé, lui dit Sloate.

– Voilà ce que nous allons faire à la *Tribune*. Nous allons faire paraître demain matin la photo de Rose Garrity en première page. C'est la femme qui nous a appelés pour nous parler du kidnapping, en précisant que la police ne faisait rien. Nous allons la publier à la une, et raconter cette histoire. Et en troisième page, il y aura la photo de l'agent de service de l'école, qui a vu les gamins monter dans une Impala bleue conduite par une blonde qui n'était pas leur mère. Mme Glendenning n'est pas blonde, et sa voiture n'est pas une Impala. Nous raconterons également son histoire. Il s'appelle Luke Farraday, et nous dirons aux habitants de Cape October que la police ne fait rien pour retrouver ces enfants. Qu'est-ce que vous en dites, inspecteur ?

– Vous voulez nous aider, demande Sloate, ou vous voulez causer leur mort ?

Garcia plisse les yeux.

– Alors, lui dit Sloate, quelle est votre réponse ?

La voix, au téléphone, lui est totalement inconnue. Une voix d'homme, grave et rocailleuse, celle d'un fumeur invétéré. Elle dit simplement :

– Madame Glendenning ?

– Oui, répond-elle, pour ajouter aussitôt : Qui est à l'appareil ?

– Je m'appelle Rudy Angelet. Je suis un vieil ami de feu votre mari.

À l'autre bout de la pièce, ses écouteurs à l'oreille, Charlie la regarde d'un air perplexe. Alice lui rend son regard en haussant les épaules.

– Oui ? dit-elle.

– Je voudrais vous présenter mes condoléances.

– Merci, dit-elle.

Et elle attend la suite.

Cela fait presque huit mois que plus personne n'appelle pour lui exprimer des condoléances. La première semaine, les premiers quinze jours, plutôt, le téléphone n'arrêtait pas de sonner. Puis cela s'est estompé avec le temps, et même leurs amis les plus proches ont cessé d'appeler. Mais elle n'a jamais entendu prononcer le nom de Rudy Angelet. Et elle se demande pourquoi il a attendu si longtemps avant d'appeler. Elle attend donc sans rien dire, prudente. Elle se méfie maintenant de toutes les voix inconnues au téléphone. Elle se méfie du moindre coup de sonnette à sa porte. Elle a trop peur de dire ou de faire quelque chose qui puisse mettre davantage en péril la vie des enfants.

– Euh... Madame Glendenning, fait la voix, je suis désolé de vous déranger, après toutes les épreuves que vous avez subies, mais...

– Oui, dites-moi ce qu'il y a.

– Nous avons attendu quelque temps, pour cette raison, avant de vous contacter...

Attendu quoi? se demande Alice.

– Et nous pensons que le moment est venu de discuter de la dette de votre mari.

– La *quoi*? s'exclame Alice.

– Sa dette. L'argent qu'il nous doit, madame. Mais je ne pense pas qu'il soit souhaitable de discuter de cela par téléphone.

– Je ne suis au courant d'aucune...

– Si nous pouvions nous rencontrer quelque part pour prendre une tasse de café...

– Je ne vous connais même pas!

– Je suis Rudy Angelet. Et votre mari nous doit deux cent mille dollars. Connaissez-vous le...

– Il vous doit *quoi*?

– Deux cent mille dollars, madame. Connaissez-vous le bar à l'angle de Randall Street et de la Quarante et Unième? C'est facile à trouver.

— Dites-moi qui vous êtes !

— Pour la dernière fois, madame Glendenning, fait la voix du fumeur, soudain chargée de menace, je m'appelle Rudy Angelet et votre mari nous doit deux cent mille dollars. Nous serons au bar *Okeh* à l'angle de Randall et de la Quarante et Unième ce matin à onze heures. Je vous suggère vivement d'y être aussi. Nous déjeunerons ensemble.

— J'ai déjà déjeuné, lui dit Alice.

— Vous déjeunerez une seconde fois.

— Écoutez, monsieur…

— À moins que vous ne vouliez qu'il arrive quelque chose de désagréable à vos enfants.

Et l'homme raccroche.

— Qui était-ce ? demande Carol.

— Quelqu'un qui prétend qu'Eddie lui devait deux cent mille dollars.

— Quand ça commence, il en sort de partout, murmure Charlie.

— Il a menacé de s'en prendre aux enfants.

— Dis-le à la police, lui conseille Carol.

Alice la regarde.

— Tu la vois quelque part, cette foutue police ? Tu les vois bouger le petit doigt ? Les flics, dans ce bled de merde, ils se contentent de rester assis sur leur cul pendant que mes gosses…

— Hé ! Du calme, sœurette ! lui dit Carol en la serrant dans ses bras.

C'est comme quand elles étaient petites à Peekskill et que les gamins de l'école l'embêtaient en l'appelant « la grosse Alice » parce qu'elle avait quelques kilos en trop. Pas mal de kilos en fait. Mais peut-être qu'elle mangeait trop parce que leur père la battait tout le temps avec son foutu cuir à rasoir, le salaud. Carol ne comprenait jamais pourquoi il s'acharnait ainsi sur Alice. Il n'était jamais content de ce qu'elle faisait. On aurait dit qu'il lui reprochait jusqu'à sa naissance. À moins que…

De toute manière, elle n'avait jamais cru à la psychologie de supermarché. Tout ce qu'elle savait, c'était que dès l'instant où Alice avait quitté la maison pour aller à New York et fréquenter l'université, ses kilos avaient fondu comme neige au soleil. Quand elle avait rencontré Eddie, elle avait une taille de mannequin. Elle avait aussi les cheveux longs presque jusqu'à la taille, alors qu'Eddie les avait courts à l'époque. Blond paille et brun corbeau. Ils formaient un étrange assortiment dans les rues d'une ville qui n'avait jamais eu la réputation de se laisser impressionner facilement.

Mais aujourd'hui Eddie a disparu et un inconnu vient de dire à Alice au téléphone que son mari lui devait deux cent mille dollars.

– Je vais avec toi, murmure Carol.

– Non, c'est moi qui l'accompagne, fait Charlie.

– J'irai seule, leur dit Alice.

9

Elle regrette parfois de ne pas mesurer un mètre quatre-vingt-dix et de ne pas peser cent kilos. Elle aimerait pouvoir hurler comme un gorille qui se martèle la poitrine et détruire tout ce qui l'entoure. C'est ça, la raison de ce fichu kidnapping? se demande-t-elle. C'est à ça que cela se résume? C'est parce que son mari devait de l'argent à un type qui a une voix de grizzly? C'est la raison pour laquelle ils lui ont enlevé ses enfants? *Si c'est ça, tu as mérité de mourir, Eddie. Tu...*

Non, je ne voulais pas penser ça, se dit-elle aussitôt.

Que Dieu me pardonne!

Je regrette, Eddie. Pardonne-moi, s'il te plaît.

Ses phalanges crispées sur le volant sont blêmes.

Elle prend une profonde inspiration.

Cet homme qui lui a téléphoné. Ce Rudy Angelet... Il a menacé ses enfants. Cela signifie-t-il qu'il les a enlevés? Qu'il est de mèche avec la fille de la station-service? Elle semblait si sûre d'elle. Elle l'a regardée droit dans les yeux, d'un air de dire: *Ne faites pas de bêtises, ou vos enfants mourront.* Elle semblait se ficher pas mal d'être reconnue plus tard. Sont-ils complices? Ou bien Alice perd-elle son temps à venir ici déjeuner avec ce M. Angelet et la personne qui l'accompagne peut-être, au lieu de rester chez elle à attendre que le téléphone sonne? Elle sait qu'il y a quelqu'un d'autre, puisqu'il a dit: «Votre mari *nous* doit...» et «*nous* serons au bar *Okeh*»... Il n'y a donc pas que ce Rudy

Angelet dans le coup, avec sa menace à peine voilée. Ça veut dire qu'ils sont quatre? Ou plus? Elle a donc affaire à un véritable gang? Oh, mon Dieu! prie-t-elle. Faites que ce ne soit pas un gang! Que ce soit seulement cette Noire et sa blonde de copine, avec juste ce Rudy Angelet et peut-être cette autre personne, qui l'attendent en ce moment au bar *Okeh.*

Il est rare que la circulation soit dense sur le Trail à 9 h 45 par une matinée étouffante du mois de mai. Comme Eddie avait coutume de le répéter, il fallait être un iguane pour avoir envie d'habiter le cap en été. Et malgré ce que dit le calendrier, l'été commence au début du mois de mai et dure souvent jusqu'à la fin octobre, même si beaucoup de résidents à l'année estiment que ces deux mois intermédiaires sont les plus agréables de tous. Les natifs du cap ont tendance à oublier que mai et octobre sont agréables partout aux États-Unis. Ils oublient parfois aussi qu'au mois de mai, celui qui se hasarde à sortir sans chapeau risque d'avoir littéralement la cervelle en ébullition.

Tout en roulant vers le carrefour où se trouve le bar *Okeh,* Alice réalise soudain à quel point elle a cet endroit en horreur.

Encore plus depuis qu'Eddie est mort.

Elle se demande pourquoi ils ont eu l'idée saugrenue de quitter New York pour venir s'établir ici.

Elle se demande ce qui les a poussés à rester ici si longtemps.

Mon Dieu, se dit-elle, *qu'est-ce que je peux détester ce putain d'endroit!*

Elle n'avait pas prévu de se marier si vite.

Elle voulait d'abord finir l'école de cinéma, et trouver un emploi de troisième, ou quatrième, ou cinquième assistante de réalisation (personne à tout faire, en réalité) dans l'une des nombreuses compagnies qui recrutaient des étudiants diplômés d'une école de cinéma pour les envoyer sur le terrain, à Tombouctou ou au Guatemala, partout où ils tournaient leur dernier documentaire ou leur dernière production «indépendante» à budget réduit (ou à pas de budget du tout). C'était une bonne manière d'apprendre pour un ou une célibataire. Et le mariage était hors de question.

Sur quoi Eddie était arrivé, et que faire quand on est une pauvre fille sans défense?

Son ambition à lui était d'obtenir son mastère d'études commerciales en juin (ce qui fut fait), puis de trouver un emploi dans un cabinet de courtage de Wall Street (ce qui fut également accompli dès le mois d'août, avec effet en septembre) et de mettre les pieds sur la table en regardant les billets affluer (ce qui ne s'est jamais vraiment produit, mais il était encore jeune, et il y avait de l'espoir). Il ne lui a dévoilé le reste de son projet que la nuit de Halloween, cette année-là, treize ans plus tôt, pendant un automne magique.

Elle était déguisée en Cendrillon.

Eddie était en Dracula.

Drôle de couple, pour sûr, mais assez crédible parce que Eddie avait une pantoufle de satin bleu nuit qui dépassait de la poche de sa redingote, sous sa longue cape noire, et qu'Alice marchait en boitillant sur un pied chaussé, l'autre n'étant protégé que par une simple minisocquette.

— En boitant comme ça, tu ajoutes une touche de vulnérabilité à ton indéniable beauté, lui avait murmuré Eddie à l'oreille.

Et en vérité, elle se sentait vraiment belle ce soir-là, parée comme une Barbie d'une robe bleu saphir louée pour une bouchée de pain chez un costumier de Greenwich Avenue. Une masse de cheveux noirs comme du jais se dressaient sur sa tête comme une pièce montée, et elle portait des boucles d'oreilles imitation diamant (on les lui avait louées en même temps que la robe), un collier imitation diamant (en prime), un corsage échancré en dentelle digne de n'importe quelle héroïne sur la couverture de *Silhouette*. Mais eh! oh! Elle était Cendrillon, l'héroïne romantique numéro un de tous les temps!

Eddie, pour sa part, était le plus sinistre comte vampire qu'on puisse imaginer dans ses pires cauchemars. Alice n'avait jamais vu de Dracula à moustache et à barbiche, mais cela allait bien à Eddie, avec son fond de teint verdâtre, en lui donnant un petit air vorace, affamé, qui laissait présager une morsure imminente de ses crocs pointus en plastique.

– Vous êtes censée être Lucie, ou je ne sais plus comment elle s'appelait? lui avait demandé leur hôte en leur ouvrant la porte.

– Je ne suis pas celle que vous croyez, avait répliqué Alice. Je m'appelle Cendrillon.

– Que fait Cendrillon au bras de Dracula?

– Nous nous aimons, avait murmuré Eddie.

– Dans ce cas…, avait fait leur hôte.

– Vous voyez? J'ai sa pantoufle, avait expliqué Eddie.

– Ah, bon! avait répondu l'autre.

Il s'appelait Don quelque chose. Il était étudiant à l'université de New York, et prenait des cours de Method Acting au Lee Strasberg Theater Institute, dans la 15ᵉ Rue Est. Don habitait dans Horatio Street, non loin de la Huitième Avenue. Son loft devait coûter un bon paquet à ses parents. Il était rempli, ce soir-là, d'une foule de trekkies[1], de monstres, de clowns, de super-héros, de courtisanes, de fantômes, sorcières, magiciens, pirates des deux sexes (moustache et bandeau sur l'œil, ou bien short effrangé et cuissardes), anges, démons, diablotins, et même une fille habillée en dominatrice sado-maso (mais on était à Greenwich Village, après tout). Comme cela se passait il y a treize ans et que Bush père venait d'envoyer ses militaires en Arabie saoudite pour préparer la première guerre du Golfe de la dynastie des Bush, il y avait aussi deux mecs avec des masques Bush.

La dominatrice en question, qui disait s'appeler maîtresse Véronique, avait fait des avances à Eddie, et Alice lui avait murmuré à l'oreille: «Je vais t'étrangler!», ce qui avait paru doucher le peu d'intérêt qu'il avait pour les fouets et le cuir. Il avait demandé à Alice ce qu'elle voulait boire et s'était frayé un chemin jusqu'au bar, où une fille déguisée en Barbie lui avait elle aussi fait des avances. (Apparemment, il y avait dans l'assistance pas mal de filles qui ne demandaient qu'à se laisser mordouiller par un vampire.) Eddie était retourné vers Alice avec deux verres remplis d'un épais liquide sombre. Il avait porté un toast à «tous les saints du Paradis et d'ailleurs» (silence significatif), puis il l'avait prise

---

1. Fans de la série *Star Trek.*

par la main pour fendre la foule jusqu'à la porte-fenêtre donnant sur un balcon au-dessus d'un jardin miniature.

Il faisait étonnamment doux pour une fin de mois d'octobre.

S'ils avaient été à Peekskill, elle aurait frissonné de froid. Mais ici, à New York, sur un balcon parfait pour une souillon destinée à devenir princesse, ou plutôt une princesse en sursis jusqu'à ce que ses chevaux se transforment en souris à minuit, elle contemplait sans rien dire la ville aux lumières éclatantes. Elle avait froid à un pied, mais il s'était empressé de l'envelopper dans sa cape de Dracula, sans doute pour mieux la mordre à la jugulaire.

Il avait sorti la pantoufle bleue de la poche de sa redingote et s'était agenouillé devant elle.

– Tu permets ? avait-il demandé.

Il avait essayé la pantoufle à son pied droit.

Naturellement, elle lui allait parfaitement.

– Veux-tu m'épouser ? avait-il murmuré.

Les mots l'avaient prise totalement au dépourvu.

Ils vivaient ensemble depuis le mois de septembre, époque où Eddie avait commencé à travailler chez Lowell, Hastings, Finch & Ulrich. Cela se passait, bien sûr, il y a treize ans, et tout le monde civilisé à l'est du Mississippi était sexuellement libéré. Mais le mariage n'avait jamais été considéré par eux comme une option valable. Pas jusqu'à présent, en tout cas. Comment une femme mariée pourrait-elle parcourir le Brésil en trimbalant des caméras et en allant chercher du café ou des cigarettes pour un éminent réalisateur venu filmer les piranhas de l'Amazone ?

Elle était restée sans voix.

Eddie était toujours à genoux.

Sa main était restée sur son pied droit à présent chaussé de la pantoufle bleue.

Ses beaux yeux bleus levés vers elle lui demandaient : « Alors ? »

– Il faut que je réfléchisse, avait-elle murmuré.

Ils s'étaient mariés un peu avant Noël.

Elle ne voulait pas non plus tomber enceinte.

Cela ne faisait pas partie de ses projets remaniés.

Elle avait déjà commencé à réaliser ces nouveaux projets en obtenant une place de monteuse à temps partiel pour un indépendant qui était en train de réaliser un film intitulé *Le Nouveau Visage du Lower East Side*. Son idée était de se dégoter une série de boulots temporaires couvrant les différents aspects de la réalisation d'un film jusqu'à ce qu'elle trouve un emploi permanent d'assistante de production dans une compagnie new-yorkaise.

Ce qu'elle voulait arriver à faire en fin de compte, c'était produire des films. Elle ne se sentait pas douée pour l'écriture ou la réalisation cinématographiques, et encore moins pour le métier d'actrice. Ce qu'elle voulait, c'était créer pour toute une équipe un environnement permettant de réaliser de bons films. Des films qui remporteraient des oscars. Elle avait le sentiment que ce genre d'ambition n'était pas incompatible avec un mariage réussi. Eddie commençait à creuser son trou à Wall Street. Elle progressait dans l'industrie cinématographique. La maternité n'avait pas sa place dans le tableau.

Encouragée par sa sœur Carol, mariée depuis déjà deux ans, qui avait jusque-là réussi à ne pas tomber enceinte, Alice avait consulté sa gynécologue sur l'acquisition d'un diaphragme du même type que celui que Carol utilisait avec succès. Le Dr Havram – qui avait pour prénom Shirley – lui avait expliqué qu'un diaphragme était un capuchon en caoutchouc souple qu'il fallait enduire d'un spermicide avant de le mettre en place et avant chaque rapport.

Ça, Alice le savait déjà, bêtasse !

Ce qu'elle avait appris par la suite, en revanche, c'était que la méthode présentait quelques... euh... inconvénients.

Pour commencer, l'utilisation répétée d'un diaphragme augmentait les risques d'infection urinaire. Une cystite, c'était juste ce dont Alice avait besoin en ce moment ! Ensuite, la crème ou le gel spermicide avait parfois un goût très désagréable, que n'appréciait pas tellement le comte Dracula. N'est-ce pas, mon coco ? Sans compter que cela pouvait «interrompre le flux naturel des préliminaires», comme disait si bien le Dr Havram, en ajoutant : «Mais vous pouvez montrer à votre mari comment intégrer la chose dans ces préliminaires.»

Cela dit, le diaphragme était moins efficace que le préservatif, aussi bien sur le plan de la contraception que sur celui des MST. Et, bien qu'Alice lui eût déclaré savoir ce que signifiait le sigle MST, le Dr Havram lui avait rappelé qu'il s'agissait de toute la gamme des infections transmissibles sexuellement telles que la gonorrhée, la syphilis, la chlamydiase génitale ou l'herpès. Alice n'avait jamais rien eu de tout cela, et elle ne tenait pas à commencer maintenant.

– De plus, avait expliqué le Dr Havram, le taux d'échec annuel du diaphragme en tant que moyen contraceptif se situe autour de dix-huit pour cent. Il n'est relativement fiable que dans le cas de femmes mariées depuis longtemps et qui ont moins de trois rapports par semaine.

(« C'est ridicule, devait lui dire un peu plus tard Carol au téléphone. Chaque fois que Rafe rentre à la maison, on s'envoie en l'air pratiquement tous les jours de la semaine, et tu ne vois pas des marmots gambader partout dans la maison, non ? »)

Alice s'était finalement fait prescrire un diaphragme.

Le Dr Havram avait établi qu'elle était exempte de toute infection urinaire. Alice avait vidé ses intestins et sa vessie avant la première pose. La gynécologue avait vérifié que le bord antérieur de l'anneau du diaphragme se trouvait juste au-dessous de la fossette rétrosymphysaire pubienne et que le bord postérieur s'appuyait contre le cul-de-sac vaginal. Le diaphragme devait être en contact avec les parois latérales du col et interdire l'accès à l'utérus. La gynéco s'assura qu'elle sentait le col à travers le diaphragme et demanda à Alice si elle sentait la présence de quelque chose dans son vagin. Elle fut satisfaite quand Alice lui répondit par la négative.

Le diaphragme fonctionna malgré l'activité sexuelle débridée du couple, qui semblait démentir les statistiques pessimistes du Dr Havram.

Mais par une nuit d'avril...

Dix-huit mois après avoir inséré pour la première fois la calotte en caoutchouc enduite de gel spermicide...

En fait, la nuit même où *Braveheart* a remporté l'oscar du meilleur film...

Dans l'intimité de sa salle de bains…

Alice a déchiré l'enveloppe hermétique du test de grossesse Instastrip Onestep HCG d'où elle a retiré la languette de test. L'extrémité en forme de flèche pointée vers le bas, elle l'a plongée dans le verre contenant son urine, en faisant bien attention de ne pas dépasser la ligne MAX. Elle l'a laissée immergée trois secondes, puis elle l'a retirée du verre et posée à plat sur la tablette du lavabo. Retenant sa respiration, elle a fixé la languette avec autant de fascination que quand elle a regardé, tout à l'heure, Mira Sorvino en train de faire avec dignité et émotion son speech d'acceptation de l'oscar de la meilleure actrice dans un second rôle. Si la moindre raie apparaît dans la zone de contrôle, et si aucune raie ne se forme dans la zone de test de la languette, c'est qu'il n'y a pas de grossesse.

Tic-tac, tic-tac…

En moins d'une minute, des barres colorées se sont formées dans la zone de test. Ce qui signifie qu'un placenta en formation a sécrété l'hormone glycoprotéine connue sous le nom de gonadotropine chorionique humaine, ou HCG. Ce qui voulait dire qu'elle était enceinte.

Elle n'arrivait pas à y croire.

Elle avait religieusement inséré le diaphragme, chaque fois, entre deux et douze heures avant les rapports. Elle avait scrupuleusement observé le délai de six heures avant de le retirer et ne l'avait jamais laissé en place plus de vingt-quatre heures. Elle l'avait lavé soigneusement, chaque fois, dans de l'eau tiède savonneuse, avant de le ranger dans un endroit sec et propre. Et tout cela pour quel résultat ?

Enceinte !

Elle ne voulait absolument pas y croire.

Ashley est née neuf mois plus tard.

Le bar-restaurant *Okeh* fait partie d'une allée de boutiques dans une galerie marchande située le long du Trail. La galerie cherche à évoquer l'architecture de la Floride ancienne, et y réussit presque. Agrémentées de tourelles et de balcons, de volets en bois et de terrasses, les boutiques en stuc rose et faïence orange recréent dans une certaine mesure l'atmosphère pleine de charme dans laquelle Cape October baignait probablement au début des années 1920. De part et d'autre de l'entrée du restaurant, un magnolia parasol en pot fait face à un dragonnier et à des dracænas artistiquement disposés sur le trottoir autour d'une charrette de maraîcher pleine de gloxinias roses, blancs et mauves, de chrysanthèmes jaunes ou lavande, et de cosmos au cœur jaune vif et aux pétales blancs. Il y a deux voitures garées devant le restaurant. L'une d'elles est une Cadillac blanche. Alice se demande pourquoi elle est presque certaine qu'elle appartient à Rudy Angelet.

Il est assis dans un box au fond du restaurant. Il fait face à l'entrée. Il se lève dès qu'il la voit arriver. Alice considère cela comme un mauvais signe : il sait à quoi elle ressemble. Cela signifie qu'il l'a épiée. Elle s'avance vers le box.

— Madame Glendenning ? demande-t-il.

C'est la voix ravagée par la nicotine qu'elle a entendue au téléphone.

— Monsieur Angelet ?

— Donnez-vous la peine…, dit-il en écartant sa main à plat, la paume vers le haut, pour lui signifier de s'asseoir à côté de lui dans le box.

Il y a un homme assis en face d'eux. C'est un Noir qui arbore une longue cicatrice en relief sur le côté gauche de la mâchoire.

— Mon associé, déclare Angelet. David Holmes.

— Aucune parenté avec Sherlock, précise Holmes en exhibant des dents blanches et des gencives roses dans un large sourire. Veuillez vous asseoir, madame Glendenning.

Cela ressemble plus à un ordre qu'à une invitation. Elle s'assoit à côté d'Angelet, face à Holmes.

— Que vous est-il arrivé ? demande Angelet en indiquant son pied.

— Je me suis fait mal.

— Comment ?

— J'ai été renversée par une voiture.

— Vraiment ?

– Vraiment.

– Une fracture ?

– Oui.

– Regrettable. Vous voulez du café ? Quelque chose à manger ?

– Juste une tasse de café. Merci.

Angelet fait signe à une serveuse en uniforme rose.

– Un café pour la dame, ma beauté, lui dit-il.

La serveuse sourit et s'éloigne. Elle revient avec un café fumant moins de deux minutes plus tard. Elle sourit de nouveau à Angelet. Alice comprend qu'elle cherche à l'aguicher. Il n'est pas trop mal de sa personne. Trente-huit, peut-être quarante ans. Les yeux marron foncé, et le teint plutôt clair pour un Floridien. Si toutefois c'en est un. Au téléphone, il avait plutôt l'accent de Brooklyn que celui de Cape October. Alice se demande soudain s'il n'a pas connu Eddie du temps où ils vivaient à New York. Au téléphone, il a bien dit qu'il était « un vieil ami » d'Eddie. Vieux de combien ?

– Je suis heureux que vous ayez pu venir, lui dit Angelet.

– C'est qu'il s'agit d'une affaire sérieuse, déclare Holmes. Votre mari nous devait deux cent mille dollars quand il a eu son regrettable accident. Et il nous les doit toujours.

– C'est une somme, commente Angelet.

– Une putain de très grosse somme, fait Holmes.

– Je n'arrive pas à imaginer qu'Eddie ait pu…

– Faites un effort et vous y arriverez, ma petite dame, lui dit Holmes.

– Mais comment se peut-il…

– Les clébards, ma petite dame, explique Holmes.

– Les quoi ?

– Les lévriers.

– Je ne vois pas ce que…

– Les courses de chiens. Votre mari aimait parier.

– Il aimait parier gros.

– Trop gros.

– Quand on perd, on devrait savoir s'arrêter.

– Il nous devait vingt patates quand il s'est noyé, précise Holmes.

— Il s'est noyé trop tôt, fait Angelet.

— Ce con-là aurait pu attendre un peu, dit Holmes.

Les deux hommes éclatent de rire.

Alice se lève pour partir.

— Assise! s'écrie Holmes comme s'il s'adressait à une chienne désobéissante. Et ne recommencez pas.

Alice s'assoit. Elle le regarde dans les yeux d'un air glacé.

— Je ne crois pas un seul mot de tout ça, dit-elle. Je ne crois pas que vous ayez connu mon mari. Je ne crois pas qu'il vous doive de l'argent. Je ne crois pas que...

— Vous voulez voir ses talons?

— Ses talons?

— Montre-lui les talons, Rudy.

— Qu'est-ce que...?

— Les souches de ses tickets de pari, explique Holmes.

Angelet plonge la main dans la poche intérieure de sa veste de sport. Il la ressort avec une liasse de papiers blancs de cinq centimètres d'épaisseur.

— Tous datés, explique-t-il. Ils remontent à un an et demi. C'est l'époque où il a commencé à parier chez nous. On l'a porté longtemps à bout de bras.

— Depuis, on a appris qu'il avait entubé une demi-douzaine d'autres banquiers en ville.

— On aurait dû être plus prudents, reconnaît Angelet.

— Attendez-vous à recevoir d'autres coups de téléphone du même genre, prévient Holmes.

— Surtout quand ils sauront qu'il y avait une police d'assurance.

— Comment ça? s'indigne Alice. Comment savez-vous...

— Garland a posté un chèque la semaine dernière. On dirait que votre avocat a agité la menace d'un procès...

— Comment savez-vous ça?

— Je ne me trompe pas, hé?

— Mais comment...?

— Je vais vous dire comment nous sommes au courant, lui dit Angelet. Il se trouve que l'un des parieurs qui passent par nous travaille chez Garland. Et il se trouve aussi qu'il nous doit une certaine somme d'argent. Alors, quand nous avons évoqué un jour devant lui la dette de cet enfoiré de bon à rien de merde d'Eddie Glen...

— Dites donc! Je ne vous permets pas de...

— Restez tranquille, ma petite dame, je vous ai déjà avertie! gueule Holmes en la retenant par le bras pour l'empêcher de se lever.

— Quand nous avons raconté à cet homme, qui s'appelle Joseph Ontano, si ça vous dit d'aller vérifier, que votre cher mari nous devait vingt patates mais qu'il était mort et que nous n'allions pas nous laisser escroquer d'une demi-patate par un foireux comme lui, il nous a avoué que le nom lui disait quelque chose, et il a vérifié, à son retour, dans les dossiers de la compagnie. Tout de suite après, ils vous ont envoyé le chèque.

— C'est faux.

— Écoutez, ma petite dame, je commence à...

— Je n'ai reçu aucun chèque.

— Vous allez le recevoir.

— Je l'espère. J'en aurais bien besoin en ce moment.

— Nous aussi. Quand il arrivera, nous voulons nos deux cent mille dollars.

— Avant que les autres requins arrivent.

— On vous appelle demain, déclare Angelet. Et on vous appellera tous les jours jusqu'à ce que vous ayez ce chèque entre les mains.

— J'ignore quand ils l'enverront. Je ne sais même pas si...

— J'ai dit *quand* il arrivera.

— Je ne sais même pas si je l'aurai un jour. Personne ne m'a prévenue. Votre M. Ontano se trompe. Quand a-t-il dit qu'il était parti?

— Écoutez, ma petite dame, murmure patiemment Holmes. Dès que vous recevrez ce putain de chèque, nous voulons la somme qui nous revient, et c'est tout. Sinon, nous vous cassons l'autre pied. C'est compris?

— Vous ne me faites pas peur.

— Et vos enfants? Vous n'avez pas peur pour eux? demande Angelet.

214

— Vous êtes dans le coup avec les autres ?

Leur visage est perplexe.

— Quels autres ? demande Holmes.

— À chacun son dû, fait Angelet, qui pense avoir compris.

— Qu'ils se démerdent pour encaisser leurs tickets, déclare Holmes, qui croit avoir saisi lui aussi.

Alice voit qu'ils n'ont pas la moindre idée de ce dont elle parle. Soulagée, elle se dit qu'ils n'ont rien à voir avec l'enlèvement des enfants et que la passion du jeu d'Eddie n'est pas responsable de...

— On vous rappelle cet après-midi, lui dit Angelet. Après l'heure du courrier, naturellement.

— Surveillez bien votre boîte aux lettres, conseille Holmes.

Les deux hommes se lèvent en même temps, comme obéissant à un signal. Alice reste seule dans le box. Elle les regarde s'éloigner. La serveuse en rose s'approche.

— Qui paie l'addition ? demande-t-elle.

Dehors, on entend un moteur qui se met en marche. Elle regarde par la baie vitrée. C'est bien la Cadillac blanche, en train de quitter le parking.

Trop tard pour noter le numéro.

La voiture a déjà disparu au loin.

De sa voiture, avec son téléphone portable, elle appelle son avocat chez lui.

— Andy ? Bonjour, c'est Alice Glendenning. Vous m'entendez ?

— Bonjour, Alice. Comment ça va ?

— Très bien. Si ça ne passe plus, je vous rappelle. Je suis en voiture.

— Quoi de neuf ?

— Vous avez des nouvelles de chez Garland ?

— Non, aucune.

— On m'a dit qu'ils avaient posté un chèque pour moi.

— Vraiment ?

— C'est ce qu'on m'a dit.

— Qui ?

— Des gens qui ont connu Eddie.

– Je ne suis au courant de rien. Vous seriez la première à être informée, Alice.

– Je le sais. Mais ils semblaient si sûrs d'eux...

– Je peux rappeler chez Garland, si vous voulez.

– Ça ne vous ennuie pas trop, Andy ? Ce serait bien d'en avoir le cœur net.

– Je vais le faire tout de suite. Vous rentrez chez vous ?

– Oui.

– Je vous appelle là-bas. Disons dans une demi-heure ?

– C'est parfait, Andy.

Au moment où elle raccroche, elle s'avise qu'elle a oublié de lui donner le nom de Joseph Ontano.

Elle essaie de le rappeler, mais ça ne passe plus.

Je suis dans une zone morte, se dit-elle.

Une fois de plus.

Ashley avait cinq mois quand la meilleure amie d'Alice à l'école de cinéma l'a appelée. Denise Schwartz venait de monter un projet à budget réduit avec une société de production indépendante, Backyard Films, qui se déclarait prête à financer un scénario écrit par Denise, qu'elle devait réaliser elle-même. Et elle proposait à Alice de s'associer à elle.

Hein ?

Pas possible !

Denise avait expliqué que le budget du film ne dépassait pas 850 000 dollars, ce qui signifiait qu'elles devraient porter toutes les deux plusieurs casquettes. Denise serait à la fois réalisatrice et productrice exécutive, et Alice serait en même temps chef op et directrice de production.

– Tu étais la plus forte derrière la caméra, Alice. Accepte, je t'en supplie.

– Euh, c'est que je...

C'est à peine si elle pouvait parler.

– Où tourneras-tu ?

– Toronto. L'action se passe à New York.

– Combien de jours de tournage ?

– Je n'ai pas encore calculé. Mais il faut compter six, sept semaines maximum. Toi et moi on ne touchera pas de salaire, Alice, mais on sera intéressées aux bénéfices. S'il y en a. Si on ne dépasse pas le budget, et si le film est récompensé...

– Récompensé, bien sûr...

Elle avait le cœur qui battait à tout rompre.

– Pourquoi pas? avait demandé Denise. Comprends bien que ce n'est qu'un début. Il y en aura d'autres après. S'il te plaît, Alice...

– Il faut que j'en parle à Eddie. Je te rappelle.

Eddie n'avait pas trouvé l'idée géniale.

Les choses ne se passaient pas trop bien chez Lowell, Hastings, Finch & Ulrich. Eddie avait du mal à devenir millionnaire. En fait, il était loin, très loin de toucher les commissions qu'il avait escomptées.

– Avec quoi allons-nous payer les frais occasionnés par ton absence pendant deux ou trois mois?

– Sept semaines, maximum.

– Sept semaines, d'accord. Pense qu'il faudra prendre quelqu'un pour garder Ashley. Où trouver cet argent? Directrice de production, chef op, c'est bien beau, mais tu dis toi-même que tu ne toucheras pas un sou pendant...

– Je serai payée si le film rapporte de l'argent.

– Bien sûr, bien sûr. Mais il y a combien de ces productions indépendantes qui en rapportent?

– J'ai fait des études pour ça, Eddie.

– Je sais. Je ne dis pas qu'il ne faut pas utiliser tes compétences, Alice. Je dis seulement que le moment est mal choisi. Tu pourras le faire plus tard. Ce n'est vraiment pas le moment de t'en aller au Canada.

– Mais c'est une occasion qui ne se présentera peut-être plus jamais, Eddie. Je ne vois pas pourquoi le moment serait mal choisi.

– C'est parce que j'envisage de quitter le cabinet.

– Hein? Et pour quelle raison ferais-tu une chose pareille?

– Parce qu'il n'y a pas d'avenir pour moi chez Lowell et Hastings, Alice. Ce qui ne veut pas dire que je ne peux pas réussir ailleurs dans la finance. Je pense à...

— Ailleurs, Eddie ? Mais où ? New York est notre...

— Pourquoi pas une petite ville de la côte Ouest ? Ou peut-être le Sud-Ouest ? Ou carrément le Sud ? Il y a Beaufort, en Caroline du Sud...

— Beau...

— On dit que c'est un endroit magnifique. Mais il y a toutes sortes de possibilités ailleurs. La Floride, par exemple. Pourquoi pas la Floride ? Le climat y est idéal. En tout cas, je ne pense pas que ce soit le bon moment pour t'en aller au Canada, Alice. Je suis à un tournant important dans ma carrière.

Ta carrière, se dit Alice.

Et la mienne ?

Moi aussi, j'étais à un tournant quand Ashley est née il y a cinq mois. Qu'est-ce que tu dis de ma carrière à moi, Dracula ?

Ce soir-là, elle a appelé Denise pour lui dire qu'elle était désolée, mais qu'elle ne pouvait pas se lancer maintenant dans cette aventure.

— Merci de me l'avoir proposé, Denise. J'aimerais bien le faire, mais c'est malheureusement impossible.

— Tant pis, ma chérie. Une autre fois, peut-être. Je t'embrasse.

— Je t'embrasse aussi. Et je te souhaite bonne chance.

— Je vais en avoir besoin, Alice.

La pilule prescrite par son nouveau gynécologue était réputée être le dernier cri : une combinaison de progestine, une hormone féminine de synthèse, et d'œstrogène, ce qui la différenciait de la « minipilule », qui ne contenait que de la progestine. Le Dr Abigail Franks recommandait cette combinaison parce qu'elle était, disait-elle, efficace à 99 % alors que l'autre ne l'était qu'à 97 %. Ce qui signifiait que si cent femmes prenaient la pilule mixte chaque jour de l'année, une seule d'entre elles tombait enceinte.

Alice prit la pilule chaque jour à la même heure, juste après s'être brossé les dents avant d'aller se coucher. C'était le moment le plus commode, pour ne pas oublier. Elle prit quelques kilos au début, et la pilule lui occasionna quelques pertes, mais ces effets secondaires s'estompèrent au bout de trois ou quatre cycles menstruels. Ensuite, ce fut la routine, aussi établie que le bain qu'elle donnait à Ashley chaque matin ou le baiser dont elle gratifiait Eddie avant son départ au travail.

Mais un jour, elle eut une nouvelle interruption de règles.

Elle crut d'abord la chose impossible. Elle n'avait pas oublié une seule fois de prendre sa pilule. De plus, depuis qu'elle la prenait, ses règles étaient peu abondantes, se résumant parfois à une tache brune sur un tampon ou sur son slip. Elle savait donc que, même si elle avait oublié de la prendre une fois – mais ce n'était pas le cas, elle en avait la certitude –, ces traces comptaient comme une menstruation. C'était dû au fait que le dosage hormonal de la pilule était si faible que la muqueuse utérine ne s'épaississait presque pas et qu'il n'y avait que très peu de sang à évacuer chaque mois.

Mais ce mois-ci, il n'y en avait pas.

Zéro. *Nada*. Rien du tout.

Alice alla donc à la pharmacie la plus proche acheter un test de grossesse. Et devinez quoi ! Toutes les couleurs de l'arc-en-ciel s'affichèrent sur la bandelette dont elle avait plongé l'extrémité dans son urine.

C'était bien sa chance. Une femme sur cent dans l'année, et il fallait qu'elle soit celle-là !

Jamie naquit en octobre, un an et cinq mois après sa sœur. Le même mois, le film de Denise, *L'Été du bonheur*, remporta le Lion de l'année, un prix de 100 000 dollars, à la Mostra de Venise. Quand elle appela Alice pour lui demander si elle voulait participer à son nouveau projet, Alice, à son grand regret, dut refuser encore une fois.

– Tant pis, lui dit Denise. Ce sera pour une autre fois. Je t'embrasse.

Juste avant Thanksgiving, cette année-là, toute la famille a déménagé à Cape October, où Eddie a commencé à travailler pour le cabinet d'investissements Baxter & Meuhl.

Quand il s'est noyé l'an dernier, Eddie n'avait pas encore gagné son premier million de dollars. En fait, ils remboursaient toujours leur prêt de 150 000 dollars pour l'achat de la maison, sans compter les mensualités du *Jamash*, de leurs deux voitures et de tout un tas d'autres choses, qui commençaient à faire beaucoup.

Depuis longtemps, Alice avait abandonné son rêve de jeunesse de faire des films qui remporteraient tous les prix.

Quand elle rentre à la maison, elle voit la Buick marron garée dans l'allée derrière l'Explorer noir de sa sœur. *La police,* se dit-elle. *Une Buick marron. Où étiez-vous donc passés, les gars ?*

– J'ai été obligée de les faire entrer, lui dit Carol. Ils m'ont mis leurs plaques sous le nez.

– Désolé de vous déranger encore, déclare Sloate.

Il est avec Marcia Di Luca, qui s'est installée comme chez elle derrière les appareils d'écoute, une tasse de café à la main. Alice suppose que c'est sa sœur qui la lui a préparée.

– Ça faisait longtemps, leur dit Alice.

Elle est incapable de dissimuler complètement l'aversion qu'elle ressent pour ces gens-là.

– Permettez-moi de vous mettre en courant, lui dit Sloate. Pour commencer...

– Pour commencer, l'interrompt Alice, elles savent que vous les avez suivies.

– Comment êtes-vous au courant de...

– La femme m'a appelée. Elles savent qu'elles ont été suivies par une Buick marron. C'est celle qui est garée dehors ?

Sloate fait un geste d'impuissance.

– De toute manière, dit-il, les billets sont marqués. Quelqu'un ne manquera pas de vérifier le numéro de série et de nous alerter.

Il explique que les vrais billets de cent dollars sont imprimés par «famille», avec des numéros de série précédés de différentes lettres de l'alphabet. Mais les superbillets de la rançon appartiennent tous à la série A, et ils portent tous le même numéro : A-358127756.

– Dès que les malfaiteurs essaieront d'écouler une partie de ces billets, quelqu'un repérera le numéro.

– Comment peut-on repérer... ?

– Nous avons fait parvenir une note à tous les commerçants et à toutes les banques de la région, explique Sloate d'un air presque contrit.

– Personne ne regarde le numéro de série d'un billet.

– Quelqu'un finira par le faire.

Alice secoue la tête. Son sort est entre les mains d'une bande de débiles, totalement incompétents.

– Que vous a-t-elle dit d'autre ? demande Sloate. Cette femme, quand elle vous a appelée ?

– Quelle importance ?

– Ne me compliquez pas la tâche, madame.

– Elle a dit qu'ils allaient vérifier les billets.

– Quoi d'autre ?

– Que les enfants allaient bien, et qu'il leur fallait juste un peu plus de temps.

– Rien d'autre ?

– Non.

– Elle n'a rien dit, par hasard, sur l'endroit où les enfants sont détenus ?

– Rien du tout.

– Très bien, fait Sloate avec un soupir qu'Alice trouve plutôt inquiétant. Préparons-nous à recevoir leur prochain appel.

Cette fois-ci, une espèce de plan est mis en place.

Alice sait exactement ce qu'elle doit dire à la femme noire quand elle téléphonera. Si toutefois elle téléphone. Alice n'est pas du tout sûre qu'elle va rappeler. Combien de temps faut-il pour « vérifier » 250 000 dollars en coupures de cent ? Et qu'est-ce que ça peut bien vouloir dire, « vérifier » ? Les compter ? Deux mille cinq cents billets de cent dollars, ça se compte en un quart d'heure à tout casser. Mettons une demi-heure. Une heure, maximum. Alors, pourquoi mettent-elles si longtemps ? Vont-elles tuer les enfants si elles s'aperçoivent que ce sont de faux billets ? Si jamais il arrive quoi que ce soit aux enfants…

– Il n'arrivera rien à vos enfants, soyez-en sûre, madame Glendenning, lui dit Sloate comme s'il avait lu dans ses pensées.

Mais Alice ne peut s'empêcher de se morfondre. Elle sait parfaitement bien que tout ce qui intéresse ces gens, c'est de capturer les ravisseurs de Jamie et de...

Ce n'est pas tout à fait exact.

Ils veulent retrouver les enfants vivants et en bonne santé, c'est vrai. Mais accessoirement à leur opération de sauvetage – elle ne trouve pas de meilleur terme –, ils tiennent à capturer les «malfaiteurs», comme ils les appellent, et ça, Alice s'en fiche comme de sa première chemise de nuit. Elle se fout pas mal de savoir qui sont ces malfaiteurs. Ce qu'elle veut, c'est récupérer ses enfants. Un point c'est tout.

Apparemment, ils ont retrouvé l'Impala bleue.

– Nos techniciens sont en train d'examiner leur voiture, lui dit Sloate. S'ils découvrent des indices, nous serons sur la bonne voie.

Il hésite un instant, puis ajoute :

– Il y avait une casquette rouge sur le siège arrière.

Il la lui montre. Elle est dans un sac en plastique transparent hermétiquement fermé, avec une étiquette de pièce à conviction. Alice reconnaît sans hésitation la casquette que Jamie a oubliée à la maison mercredi matin et qu'elle lui a apportée un peu plus tard. Sa casquette fétiche. Ce qui signifie qu'il était bien dans l'Impala bleue à un moment ou à un autre dans l'intervalle de ces trois jours.

– Ce que nous avons du mal à comprendre, lui dit Sloate, c'est pourquoi les enfants sont montés dans cette voiture avec une inconnue.

Alice est en train de se dire qu'il y a des tas de trucs que Sloate ne comprend pas. Elle regarde l'horloge. Il est 12 h 45, et personne n'a encore appelé. S'ils ont abandonné la voiture, ont-ils abandonné également les enfants ? Jamie et Ashley sont-ils actuellement quelque part dans un appartement ou une maison vide, attendant que...

Ou bien...

Dieu l'en préserve !

Non !

Elle ne veut même pas y penser.

Le téléphone sonne.

Son cœur fait un bond dans sa poitrine.

– Décrochez, lui dit Sloate. N'oubliez pas ce que je vous ai dit.

Marcia Di Luca est en train de mettre ses écouteurs.

Alice décroche le combiné.

– Allô ?

– Alice ?

– Oui.

– C'est Rafe. Comment ça se passe, chez toi ?

– Où es-tu ?

– Sur la route. Je me suis dit que…

– Carol est ici, tu le savais ?

– Bien sûr. C'est pour ça que j'appelle.

– Ne quitte pas. Carol ? C'est Rafe.

– Rafe ? demande Carol, étonnée.

Elle prend le téléphone des mains de sa sœur.

– Bonjour, mon chéri, dit-elle. Tout va bien ?

– Oui, ça va. Je voulais juste avoir de tes nouvelles. J'ai appelé hier soir à la maison, c'est comme ça que j'ai su que tu étais partie.

– Je me suis dit qu'Alice aurait besoin de réconfort.

– J'imagine. En fait, j'envisageais de m'arrêter de nouveau chez elle au retour. Tu penses que c'est une bonne idée ?

Carol met la main sur le micro du téléphone.

– Il veut repasser par ici, dit-elle à Alice.

– Où est-il en ce moment ?

– Où es-tu, mon chéri ?

– À la frontière de l'Alabama.

– En Alabama, dit Carol à sa sœur.

– Qui est-ce ? demande Sloate.

– Mon mari.

– Dites-lui que ce sera pour une autre fois. Nous sommes occupés.

– Rafe, je ne crois pas que le moment soit bien choisi, murmure Carol au téléphone.

– Comme tu voudras. Embrasse-la pour moi, veux-tu ? Dis-lui que j'espère que tout ira pour le mieux. (Il hésite.) Elle a eu des nouvelles de ces gens ?

– Non, pas encore. Écoute, Rafe, il faut qu'on libère la ligne. Nous attendons…

– Tu aurais pu me dire que tu descendais en Floride.

– Si j'avais su où te joindre, je l'aurais peut-être fait.

– Ça veut dire quoi, cette remarque?

– Rien du tout.

– Non, Carol. Explique-moi ce que ça veut dire.

– Rafe, il faut que je raccroche.

– On en reparlera à la maison.

– D'accord, Rafe. Au revoir.

Elle raccroche.

– Tout va bien? lui demande Alice.

– Oui, tout va bien.

Mais Alice sait que ce n'est pas vrai.

L'horloge sonne. Il est 13 heures.

Et ils n'ont pas encore appelé.

Elle n'a pas envie d'entendre sa sœur lui parler de ses problèmes. Elle a envie d'entendre la sonnerie du téléphone et c'est tout.

Mais elles sont à présent dans la cuisine, en train de faire du café, et Carol en profite pour vider son sac. La porte est fermée, et les fins limiers d'à côté ne peuvent pas entendre leur conversation.

– Je crois que Rafe me trompe, annonce Carol sans préambule.

Alice se souvient des commentaires de Rafe en voyant arriver Jennifer Redding dans sa décapotable rouge. Mais elle ne dit rien.

– Ça fait un moment que je le soupçonne, continue Carol à voix basse.

Alice ne dit toujours rien.

– Il est si souvent sur la route, tu comprends, murmure Carol.

– Écoute, ça ne veut pas dire que…

– Je sais, je sais. C'est son boulot, on n'y peut rien.

– Exactement, Carol.

– Mais il ne m'appelle jamais quand il travaille.

– Ça ne veut rien dire non plus.

– Qu'il ait appelé tout à l'heure…, ce n'est pas dans ses habitudes.

– Si tu penses que... Pourquoi ne pas lui poser franchement la question?

– Non, je ne pourrais pas...

– Demande-lui carrément: «Rafe, est-ce que tu me trompes?»

– Je n'arriverai jamais à faire ça.

– Et pourquoi pas?

– Je n'en serais pas capable, c'est tout.

Alice regarde sa sœur.

Carol se détourne.

– Qu'y a-t-il? lui demande Alice.

– Il y a les enfants.

Soudain, Carol fond en larmes. Elle pose la tête contre l'épaule d'Alice, qui la serre dans ses bras. La cuisine est silencieuse à l'exception des sanglots étouffés de Carol. Dans l'autre pièce, Alice entend le bavardage des représentants de la loi. *Un vrai cauchemar*, se dit-elle. Au bout d'un moment, sa sœur secoue la tête et s'écarte d'elle. Elle s'essuie les yeux avec une serviette en papier et murmure:

– Ça va mieux, maintenant.

– Quitte-le, lui dit Alice. Enfants ou pas enfants.

– C'est ce que tu ferais? Si Eddie était encore là et si tu t'apercevais qu'il te...

– Dans la minute qui suivrait.

– Il t'a...

– Jamais.

Le téléphone sonne à ce moment-là.

Elle décroche aussitôt le combiné mural. Elle se fiche pas mal qu'ils soient prêts ou non dans le séjour. Ils n'ont fait que merder jusqu'à présent, et elle n'a aucune raison de croire que ça va changer.

– Allô?

– Alice? Ici Andy Briggs.

– Salut, Andy. Vous avez du nouveau?

– Euh... Le cabinet est fermé aujourd'hui, mais j'ai pu parler, chez lui, à un nommé Farris, à qui j'ai demandé s'il était au courant du dossier. Je lui ai dit que nous avions appris qu'un chèque aurait été posté. Il m'a répondu qu'à sa connaissance rien n'était encore réglé.

Alice hoche la tête sans rien dire.

– Alice ?

– Oui, Andy ?

– Je pense, comme je vous l'ai déjà dit, que nous devrions attendre début juin pour agir. Si rien ne s'est passé d'ici là, nous leur intenterons un procès.

– C'est juste parce que ces gens…

– Qu'est-ce que c'est que cette histoire, Alice ? J'ai dit à Farris que certaines personnes chez Garland semblaient détenir des informations sur le dossier, mais il ne voit pas comment ce serait possible, vu que l'affaire est toujours en instance. Qui sont donc ces gens dont vous parlez ? Et d'où tiennent-ils leurs informations ?

– Ils se trompent peut-être, Andy.

– Apparemment, oui. Soyez patiente, d'accord ? Nous finirons bien par obtenir gain de cause. J'en suis certain.

– Je l'espère de tout mon cœur. Merci, Andy.

– À votre service.

Et il raccroche.

Elle remet le combiné en place. À l'extérieur, elle entend une voiture qui s'arrête devant chez elle. Elle regarde par la fenêtre de la cuisine. C'est la fourgonnette du facteur.

Elle sort sur le pas de la porte. Il la salue d'un signe de main. Elle va jusqu'à la boîte aux lettres. Ils bavardent un instant à propos de la canicule qui sévit actuellement. Elle est d'accord avec lui pour dire que c'est insupportable. Il remonte dans sa camionnette. La voisine d'à côté, Mme Callahan, lui dit bonjour en allant voir sa propre boîte aux lettres.

– Bonjour, lui répond Alice.

La routine, quoi.

Oui, mais il n'y a pas les enfants.

Elle feuillette son courrier. Aucune enveloppe du cabinet Garland. Elle rentre dans la maison. Une facture d'électricité…

– Pas de nouvelles des malfaiteurs ? demande Sloate.

Encore les « malfaiteurs ».

Il y a une lettre de Verizon. Et une autre de Burdines. Le reste, ce sont des trucs à foutre à la poubelle. Un formulaire d'abonnement à des revues dont elle n'a jamais entendu parler. Mais rien de Garland. Ni des « malfaiteurs ».

— Non, répond-elle à Sloate.

Le téléphone se remet alors à sonner. Sloate se jette sur ses écouteurs.

Alice regarde l'horloge de grand-mère.

Il est 13 h 25.

Elle décroche.

— Madame Glendenning ?

Elle reconnaît aussitôt la voix.

— Oui.

— Le facteur est passé ?

— Oui, il vient de passer.

— Le chèque est arrivé ?

— Non. Désolée.

— Je suis sûr qu'il ne va pas tarder. Je vous rappelle lundi.

— Monsieur Angelet…

— Lundi, répète-t-il.

Et il raccroche.

— Qui était-ce ? demande Sloate.

— Un ami d'Eddie.

— De quel chèque parlait-il ?

— Il dit qu'il m'a envoyé un chèque.

— Pour quelle raison ?

— Il devait de l'argent à mon mari.

Sloate la dévisage.

Elle sent qu'il sait qu'elle lui ment.

Mais elle s'en fiche pas mal.

10

Christine est angoissée à l'idée de lui annoncer la nouvelle.

Elle ne sait pas pourquoi, mais cet homme lui fait très peur.

Ce n'est pas qu'il l'ait déjà battue ou quoi que ce soit. Il n'a pas le tempérament d'un violent, mais on ne sait jamais sur quel pied danser avec ces types à l'aspect délicat en surface. Quand elle vivait encore en Caroline du Nord, elle est sortie, à un moment, avec ce Sud-Américain qui avait un profil de cigogne. Mince comme un clou et raffiné comme pas deux. C'était un dealer, en fait, mais ça c'est une autre histoire. Toujours est-il que dès qu'elle s'est mise avec lui, il a commencé à lui cogner dessus.

– Qu'est-ce que tu vas faire? lui demandait Vicente (c'était comme ça qu'il s'appelait: Vicente). Tu vas appeler les flics?

Non, elle n'a pas appelé les flics. Elle s'est juste tirée. *Va te faire foutre, Vicente.*

La situation présente est différente. Christine sait très bien qu'elle ne serait pas capable de mettre fin à cette relation, même s'il la battait, ce qu'il n'a pas intérêt à essayer de faire. Mais ce n'est pas de ça qu'elle a peur, en vérité. Il n'a jamais levé la main sur elle, et ils sont ensemble depuis... voyons... ça doit faire bientôt trois ans qu'ils se connaissent, et à peu près un an qu'il a imaginé son plan. Elle se souvient parfaitement du jour où il lui en a parlé pour la première fois. Elle l'a d'abord cru fou. Cette lueur intense dans son regard... voilà le mot qui le caractérise, se dit-elle. Intense. Il est foutrement *intense* dans tout ce qu'il fait. Il y a des moments où on le sent littéralement vibrer d'intensité.

Elle se dit que, peut-être, la raison pour laquelle elle a peur de lui parler de sa découverte est que l'idée venait de lui au départ, et qu'il risque de penser qu'elle veut se l'approprier, en ajoutant des idées à elle. Ces mecs au physique délicat, ils ont parfois besoin de prouver qu'ils ne sont pas aussi efféminés qu'ils en ont l'air. Ils vous écrasent chaque fois que vous cherchez à vous exprimer par vous-même. Et si ça ne leur suffit pas de vous mettre plus bas que terre, il reste toujours les poings, pas vrai ? Ils peuvent vous coller un coquard ou vous fendre la lèvre. Ça n'a jamais été le cas jusque-là avec lui, mais elle doit admettre qu'elle a toujours été craintive de ce côté-là, surtout devant quelqu'un qui a le profil de Vicente : un passionné au physique délicat.

Il ne lui a pas encore demandé pourquoi elle est rentrée si tard.

Elle était juste censée se débarrasser de l'Impala et louer une autre voiture, ce qu'elle a fait sans problème. Mais entrer dans une banque pour faire la monnaie de plusieurs coupures de cent, c'était son idée à elle, non pas qu'elle ait envisagé que les billets soient faux, mais parce qu'il n'est pas toujours facile, dans une petite ville comme Cape October, de refiler des grosses coupures aux commerçants.

Il était en train de regarder la télé à son arrivée.

Les enfants sont enfermés dans la cabine avant du bateau. Elle ne lui demande pas comment ils vont. Franchement, elle s'en fiche pas mal. Maintenant qu'ils ont le fric, elle ne demande qu'une chose : se débarrasser d'eux et foutre le camp d'ici. Avec 250 000 dollars, ils peuvent aller où ils veulent. Plus besoin de jouer à cache-cache avec les gens du quartier. Hawaii, l'Europe, le Moyen-Orient, n'importe où. Là où un couple mixte, un blond et une Noire, n'attirera pas autant l'attention qu'ici, dans ce trou du cul du monde.

Il faut tout de même qu'elle lui parle des trois billets de cent confisqués par la banque et qu'elle lui dise ce qu'elle pense du reste de l'argent.

— Où étais-tu passée ? demande-t-il.

— Par-ci par-là, répond-elle en l'embrassant sur la joue.

— Tu as la bagnole?

— Une Taurus rouge.

— J'ai hâte de la voir.

Il se lève pour la serrer dans ses bras. Ses longs cheveux blonds flottent autour de lui. Il avait les cheveux courts quand ils se sont connus il y a trois ans. Cela lui donnait l'air plus macho. Elle n'ose pas lui dire qu'il fait un peu pédé avec sa nouvelle coiffure. Il n'a laissé pousser sa tignasse que quand il a fait son coup, bien qu'ils aient quitté la ville et qu'il n'y ait aucune chance pour que quelqu'un le reconnaisse ici.

— Tu m'as manqué, dit-il. Pourquoi as-tu mis si longtemps?

— J'ai fait quelques achats.

— Ah! ah!

Mais il sourit.

— Tu veux voir ce que j'ai acheté?

Elle pose le sac de Victoria's Secret sur la table de la cuisine. Il l'a déjà reconnu. Ses yeux brillent. Il a peut-être l'air efféminé, mais question réactions et performances, vous voyez ce que je veux dire? Elle sort les cartons un par un pour les empiler sur la table. Elle lui montre les soutiens-gorge à cerceaux, hydrangé noir et impression guépard. Elle lui montre aussi les strings-tangas léopard. Il frotte le tissu entre le pouce et l'index, comme s'il testait l'une des coupures de cent dollars. Elle lui montre la baby-doll à paillettes. Il aime tout particulièrement le porte-jarretelles en dentelle noire.

— Je le mettrai ce soir pour toi, lui dit-elle.

— Pourquoi pas maintenant?

— Il faut qu'on parle.

— Qu'on parle de quoi?

— J'ai aussi acheté une télé. Elle est dans la voiture.

— Une télé? Pourquoi?

— Elle m'a coûté mille neuf cents dollars.

— Hein? Pourquoi dépenser..

— Pour tester les billets.

Il la regarde.

— Trois des billets étaient faux, lui dit-elle.

231

– Comment le sais-tu ?

– Je suis entrée dans une banque. Ils ont un détecteur spécial. Ils appellent ça des superbillets.

– Une seconde, une seconde.

– Mon chéri, laisse-moi finir.

Il y a dans son regard cette lueur intense qu'elle connaît bien. Il a peur qu'elle ne lui dise que leur combine si minutieusement préparée n'a servi à rien. Déjà, elle lui a annoncé que trois des billets…

– Écoute-moi, s'il te plaît, mon chéri. Ce n'est rien de dramatique. Laisse-moi t'expliquer.

– Je t'écoute.

– La banque a refusé de changer les billets. En fait, elle les a…

– Qu'est-ce qui t'a pris d'entrer dans une banque ?

– Je voulais de la monnaie. Pour l'amour de Dieu, laisse-moi terminer !

Elle le voit tendu de la même manière que Vicente. Elle voit les muscles de sa mâchoire qui saillent. Elle a peur qu'il la frappe, qu'il la gifle ou qu'il la bouscule…

– Je t'écoute, répète-t-il.

– Ils appellent ça des superbillets. Ils sont imprimés avec une presse que le gouvernement américain a vendue au shah d'Iran quand il était encore au pouvoir. Le papier est allemand. On ne peut pas les distinguer des vrais, mon chéri, sauf si on utilise un détecteur spécial que seuls possèdent les fédéraux et les agences de la Southwest Federal. Ils ont passé les billets au détecteur, c'est comme ça qu'ils s'en sont aperçus. Mais au restaurant et dans les boutiques, ils ont accepté les autres sans rien dire…

– Une seconde, une seconde.

– Ils m'ont pris des billets de cent au restaurant et chez Victoria's Secret. Et c'est pour ça que j'ai acheté la télé. J'ai payé cash, et c'est passé comme une lettre à la poste. Il suffit de les écouler là où ils n'ont pas la machine, et tout ira bien.

Il la regarde sans rien dire.

Il hoche la tête.

Il sourit.

– Allons fêter ça, murmure-t-il.

Le rédacteur en chef adjoint de *La Tribune* de Cape October s'appelle Lionel Maxwell. Il fait du journalisme depuis quarante ans et n'a pas besoin qu'un crétin comme Dustin Garcia lui dicte sa mise en page. Garcia a décidé qu'il veut que sa chronique hebdomadaire figure demain à la une du supplément du dimanche.

– C'est ridicule, lui dit Maxwell.

Leur journal est modeste. Le tirage est de 75 000 exemplaires pour une population de 143 000 habitants, ce qui en dit long, n'est-ce pas ? En plus de se prendre pour un reporter vedette, Garcia tient une chronique qu'il intitule «Le Fourre-tout» et qui se trouve en général en page cinq du supplément du dimanche. Mais voilà que tout d'un coup il veut passer en première page.

– Donne-moi une seule bonne raison, dit-il à Dustin.

La raison, il la connaît. Garcia a déjà sa photo en tête de la chronique, bon Dieu ! Mais ça ne lui suffit pas. Il veut que tout le monde voie sa précieuse prose s'étaler à la une. Sans doute parce que la plupart des gens sont trop paresseux pour tourner les pages jusqu'à la cinquième.

– Je pense que ma chronique a un intérêt particulier cette semaine, murmure Garcia.

Il ne peut malheureusement pas expliquer à Maxwell que l'idée de passer en première page du supplément vient de l'inspecteur Sloate. Ce que veut le policier, c'est que la chronique tombe sous les yeux des ravisseurs sans qu'ils aient à tourner toutes les pages du journal. Mais ça, il ne peut pas l'expliquer à son patron.

Il ne peut pas non plus lui expliquer que son histoire est complètement bidonnée. Il a peur que Maxwell refuse de publier la chronique s'il lui dit qu'il n'y a pas un seul mot de vrai dedans. Que quelqu'un soit venu chercher les enfants à l'école, c'est la seule chose de vraie. Tout le reste est bidon. Garcia a le sentiment d'accomplir un devoir civique en aidant à retrouver ces enfants. Mais il ne veut pas se heurter aux pinaillages bureaucratiques d'un vieux de la vieille comme Maxwell, qui ne connaît rien au nouveau journalisme. Il n'a pas envie de l'entendre radoter sur les risques de procès en diffamation comme la fois où il a consacré sa chronique au problème du ramassage municipal des ordures ménagères qui ignorait délibérément et systématiquement le quartier de Twin Oaks, à prédominance cubaine. En fait, la chose était arrivée un seul jour, un vendredi, et Garcia avait dû reconnaître publiquement par la suite qu'il s'était trompé. De toute manière, la municipalité n'avait pas intenté de procès, alors il n'y avait pas eu de quoi fouetter un chat.

— Autre chose, lui dit Maxwell. Toutes ces références shakespea-riennes, ça ne me plaît pas trop.

— C'est ce qui fait l'originalité de ma chronique.

— La moitié des bouseux qui habitent dans le coin n'ont jamais entendu parler de William Shakespeare.

— Allons, allons, Lionel, tout le monde sait qui est Shakespeare.

— On parie?

Mais le ton de Maxwell s'est un peu radouci.

Garcia se dit que si sa chronique aide à identifier les ravisseurs, il va recevoir le prix Pulitzer.

— S'il te plaît, Lionel, insiste-t-il. Juste pour me faire plaisir, d'accord? Première page du supplément, le coin en haut à droite. Seulement pour cette fois.

— Je dois avoir le cerveau ramolli, murmure Maxwell.

Ils rejoignent la I-75 une quinzaine de kilomètres à l'est du cap, puis engagent la Taurus sur l'autoroute de Sarasota, direction nord. Il explique à Christine qu'il a peur qu'on le reconnaisse s'ils entrent dans un restaurant du coin. De toute manière, ils sont tous mauvais. À Sarasota, il y a beaucoup plus de choix.

Ils doivent se douter tous les deux qu'Alice est à côté du télé-phone en train de se ronger les sangs en attendant qu'ils l'appellent, mais ils ne parlent pas d'elle ni des enfants enfermés dans la cabine avant du bateau. Du moment qu'ils ne ratent pas le dernier ferry, à 22 h 30, les enfants n'auront pas de problème. La conversation porte plutôt sur leur prochaine destination, maintenant qu'ils ont le fric.

La Licorne est un petit restaurant qui se trouve tout au bout du key Siesta. L'endroit est isolé et calme en dehors de la saison. Il y a un mois, il aurait été bondé de touristes du Midwest. Mais ce soir, ils sont pratiquement seuls dans la salle. Il commande une bouteille de Veuve Cliquot. Ils trinquent à leur réussite, puis choisissent leurs plats à la carte, qui est riche et variée.

Il boit une gorgée de champagne et admire la coupe finement travaillée, les sourcils froncés. Il est vêtu très simplement. Pantalon beige et sweat en coton marron assorti à ses longs cheveux blonds. Christine porte une robe jaune au décolleté bateau, des sandales jaunes à lanières et de grosses boucles d'oreille jaunes. En Floride, particulièrement hors saison, personne ne s'habille pour aller au restaurant.

Elle voudrait qu'ils parlent sérieusement de ce qu'ils vont faire maintenant qu'ils ont tout cet argent. Elle a envie de quitter définitivement Cape October. Plus rien ne le retient ici. Son plan a parfaitement réussi, et il est débarrassé de sa femme.

– Ce n'est pas quelqu'un de méchant, dit-il.

– Je croyais que…

– Ce n'est pas sa faute si nous nous sommes connus.

– Elle et toi, tu veux dire ?

– Mais non. Toi et moi. Ce n'est pas sa faute si je t'ai rencontrée et si je suis tombé amoureux de toi.

– En tout cas, c'était bien joué, lui dit Christine.

Elle hésite un instant, puis demande :

– Tu es content de m'avoir rencontrée ?

– Naturellement.

– Et d'être tombé amoureux ?

– Je suis *très* content d'être tombé amoureux de toi.

Elle pense à la manière dont ils se sont connus.

Avec le recul, il semble que cela ait été le coup de foudre dès le premier instant. Ce sera toujours un immense sujet d'étonnement pour elle. Le fait même qu'ils se soient rencontrés. Les gens ont trop tendance à oublier que la Floride fait partie du Sud. Du Sud *profond*, même. Et il est blanc alors qu'elle est noire. Mais ils se sont rencontrés quand même. Et ils sont tombés amoureux.

Il avait presque l'air d'un adolescent. Trois ans plus tôt, ses cheveux étaient coupés court, comme il convient l'été à Cape October. Mais ici – et elle venait seulement de s'en apercevoir, car elle arrivait tout juste d'Asheville –, les mois d'été étaient insupportables.

À Asheville, elle vendait des hamburgers au McDonald's. Ici (quelle promotion!) elle était derrière le comptoir chez un glacier à l'enseigne *The Dairy Boat*. C'est là qu'ils se sont connus. Au *Dairy Boat*.

— Qu'est-ce que vous avez dans les parfums sans matière grasse? avait-il demandé.

Cheveux blonds coupés court, short et tee-shirt, Reeboks. On était samedi, et il avait dû courir. Une pellicule de transpiration lui recouvrait le front et les bras nus.

— C'est indiqué là, sur le mur.

— Je ne sais pas lire, avait-il murmuré en souriant.

Ce sourire, nom de Dieu!

— Vous avez le flambeau chocolat-vanille, ou bien la fraise, ou encore le crunch au café.

— C'est quoi, un crunch au café?

— Il y a des pépites de chocolat dedans.

— C'est bon?

— J'aime bien.

— Qu'est-ce que vous aimez d'autre?

C'était à double sens?

Elle l'avait regardé dans les yeux.

— Des tas de choses, avait-elle répliqué.

— Vous aimez marcher tête nue sous la pluie?

De nouveau, elle lui avait lancé un regard.

— Vous me draguez?

— Peut-être bien.

— Vous êtes trop jeune pour draguer une adulte.

— Trente-trois ans le mois dernier.

— Vous faites plus jeune que ça.

— Et vous?

— Vingt-sept.

— La différence est parfaite.

— Vous trouvez?

— Pas vous?

— Et l'*autre* petite différence, qu'est-ce que vous en faites?

— Vous voulez parler de la Grande Barrière raciale?

236

– Non. Je veux parler de l'anneau d'or que j'aperçois à votre doigt.

– Ah! Ça?

– Oui. Ça.

– Ben, oui.

– Vous croyez que c'est bien, ça? Un homme marié qui drague une gentille fille de couleur comme moi?

– Ben... J'en sais rien, à vrai dire. À quelle heure vous finissez?

– Six heures.

– Vous venez faire un tour avec moi?

– Un tour? Où ça?

– Sur la Lune.

C'est ainsi que les choses avaient commencé.

– Tu m'aimes toujours? lui demande-t-elle, de retour au présent.

– Je t'adore, répond-il.

– Même après ce qu'on a été obligés de faire?

– Quand on est au bout du rouleau, on fait des choses extrêmes.

– Au bout du rouleau, hein?

– Exactement. On n'avait pas le choix.

– Buvons à tout ce fric, dit-elle en levant son verre.

Ils trinquent. Soudain, elle a le regard qui s'anime.

– Pourquoi ce serveur te regarde-t-il comme ça? demande-t-elle tout bas.

Il tourne la tête pour regarder.

– Le chauve derrière le comptoir, souffle-t-elle.

– Il ne me regarde pas.

– Il le faisait tout à l'heure.

Ils boivent.

– C'est bon, dit-il.

– Excellent, fait-elle.

Mais elle ne quitte pas des yeux le comptoir du fond.

– Je me demande pourquoi ils nous ont refilé des faux billets, dit-il.

– Ils ne sont peut-être pas tous faux. On ne peut pas savoir.

Elle regarde toujours là-bas.

– C'est probable, tu ne crois pas?

– Quelle importance? fait-elle. Personne ne voit la différence.

Il remplit leurs coupes de champagne. Ils le dégustent en silence pendant un bon moment.

– Alors, tu as réfléchi à l'endroit où tu veux qu'on aille? demande-t-elle. Après avoir relâché les enfants?

– Qu'est-ce que tu en penses, toi?

– Bali.

– C'est d'accord.

– Sérieusement?

– Mais oui. Pourquoi pas Bali?

– Ouah! Ce serait formidable!

– Faux billets, faux passeports. Pas de problème.

– Tu crois que c'est facile à avoir? Des faux passeports?

– Bien sûr.

– Tu connais quelqu'un?

– Le type à qui je me suis adressé pour le reste.

– Alors, qu'est-ce qu'on attend?

– On va le faire.

– Partons ce soir, dit-elle. Quittons la Floride. On lui téléphone et...

– Impossible. C'est trop tôt.

– On lui dit que les enfants vont bien et...

– C'est que...

– Et on lui demande de les prendre à un endroit convenu. Ensuite, on fiche le camp d'ici.

– Je ne sais pas, dit-il en buvant une gorgée de champagne. Les enfants vont être...

– Excusez-moi, monsieur, l'interrompt une voix.

Il se retourne.

C'est le garçon du comptoir, qui le regardait il y a quelques minutes, d'après Christine. La cinquantaine, grand et maigre, le crâne dégarni, les yeux bleu clair. Il arbore à présent un sourire contrit.

– Je ne voudrais pas vous interrompre, dit-il. Je voulais seulement vous dire que je suis heureux de vous revoir parmi nous.

– Euh... Désolé, mais c'est la première fois que je viens ici.

– Ah bon? Dans un autre restaurant, peut-être? J'ai travaillé chez *Serafina,* à Longboat...

– Jamais mis les pieds là-bas non plus.

– Ou bien le *Hollandais volant,* en ville?

– Je ne connais pas non plus. Désolé de vous décevoir.

– C'est moi qui suis navré de vous avoir importuné. J'étais tellement sûr que... Mais je dois me tromper. Excusez-moi.

Il secoue la tête, sourit piteusement puis s'éloigne.

– Tu le connais? demande Christine à voix basse.

– Jamais vu de ma vie, affirme Eddie.

Simuler sa disparition, c'était le plus facile.

Il fallait que cela ressemble à un caprice soudain.

Sortir faire de la voile au clair de lune quand il était trop tard pour trouver un équipier. *Tu sais, Alice, j'aimerais bien sortir le* Jamash *pour aller faire un petit tour. Ça ne t'embête pas trop?* Comme une inspiration subite, vous saisissez? Mais pour préparer ce coup de tête apparent, il étudie la météo depuis des semaines, en attendant la nuit où la mer deviendra subitement grosse et où le vent d'est soufflera.

Ils ont un mouillage pour leur bateau le long d'un ponton à moitié délabré. L'endroit s'appelle la marina Jackson. Il n'y a là ni portique roulant ni berceaux de stockage. Ils n'en ont pas besoin, de toute manière, puisqu'ils ne le sortent jamais de l'eau, excepté pour un grattage périodique de la coque, et ils font ça dans une vraie marina, à Willard Key. Le responsable de la marina Jackson, qui s'appelle Matt Jackson, est surpris de voir arriver Eddie en voiture à 20 heures pour sortir avec son bateau alors que les garde-côtes ont lancé un avis de tempête pour les plaisanciers. Eddie lui dit qu'il compte rester sur l'Intercostal, ce qui n'est pas vrai du tout. Jackson le regarde en fronçant les sourcils et lui demande d'être particulièrement vigilant.

Le sloop est un Pearson de dix mètres particulièrement marin, offrant quatre couchages. Parfait pour la famille Glendenning. Une couchette en V à deux places à l'avant, et une banquette bâbord dans le salon principal, convertible en lit à deux places. Eddie part au moteur en direction de l'Intercostal, mais dès qu'il a doublé l'extrémité du key il hisse les voiles et prend le premier vent qui le pousse vers l'ouest pour franchir bientôt la passe et se retrouver dans le golfe.

Bon Dieu, ça ne rigole pas, ici.

Il a beau être bon marin, ce qu'il fait est très dangereux, et il aurait vite fait de se noyer s'il ne quittait pas le bateau au plus vite, avant d'être trop loin des côtes. Il gonfle l'annexe en caoutchouc, va à la poupe et met l'esquif à l'eau. Agrippant fermement le filin qui l'attache au *Jamash*, il descend dans le dinghy et met le moteur Yamaha quinze chevaux en marche. Il laisse filer le bout autour de son taquet. Toujours sous voiles, le *Jamash* semble voler sur les flots et disparaît presque aussitôt au loin à l'ouest dans la nuit.

Il a toujours peur de se noyer pour de bon. Les vagues déferlent par-dessus les bords de son fragile dinghy. Il est mouillé des pieds à la tête. Il risque de chavirer d'un moment à l'autre. Il maintient à l'est le nez du canot qui danse furieusement sur les flots. Il vérifie continuellement le cap sur sa boussole, scrutant la mer déchaînée, son cœur bondissant violemment dans sa poitrine.

Il aperçoit finalement la lumière qui indique l'entrée de la passe et de l'Intercostal. Il infléchit légèrement sa course, en s'adaptant au vent qui menace de le pousser vers le large. Quand il arrive à une centaine de mètres de la plage de sable blanc au bout de Willard Key, il sort un couteau de pêche de son étui en cuir et fait deux bonnes entailles dans les boudins orange du canot. Il plonge et nage vigoureusement vers le sable tandis que le dinghy, alourdi par son moteur, sombre au fond de la mer.

Il reste un bon moment sur le sable, allongé sur le dos, la respiration rauque et saccadée.

Dans la nuit, le vent souffle furieusement tout autour de lui.

Mais Eddie Glendenning est mort.

N'est-ce pas?

Christine demeure silencieuse pendant tout le trajet du retour jusqu'au débarcadère du ferry. Elle continue de penser, intriguée, au serveur de *La Licorne.* Ils garent la voiture, verrouillent les portières et embarquent sur celui de 10 h 30. Dix minutes plus tard, ils arrivent à la marina.

Quelques années plus tôt, quand Ashley a vu cet endroit pour la première fois, elle s'est mise à applaudir. Jamie, qui avait quatre ans à l'époque, a tapé aussi dans ses mains, sans savoir pourquoi, juste par mimétisme. Les deux enfants ont continué d'applaudir ensemble tandis qu'Eddie amenait le *Jamash* à poste. On ne pouvait accéder à la marina que par la mer. Ou bien on arrivait avec son bateau, ou bien on prenait le vieux ferry déglingué au bout de Lewiston Point Road.

À l'époque, comme aujourd'hui, les docks étaient peints en bleu très clair, ce qui faisait ressortir les veines du bois comme une aquarelle. Avant que le site ne serve de refuge un peu excentrique aux plaisanciers, c'était un havre de retraite pour artistes appelé Le Cloître. Dans un passé assez lointain, il pouvait accueillir une bonne douzaine de peintres, écrivains et autres compositeurs qui avaient la possibilité de rester travailler là, nourris et logés, jusqu'à deux mois, à la seule condition d'avoir soumis un projet artistique intéressant au conseil d'administration du Cloître.

Isolés sur cette étroite bande de terre située à un kilomètre au nord de Lewiston Point, ces créateurs des deux sexes, de toutes espèces et de toutes origines, vivaient et travaillaient dans de charmants bungalows en bois avec vue sur le paisible Crescent Inlet à l'est et sur le parfois turbulent golfe du Mexique à l'ouest. Le plus grand de ces bungalows servait de salle commune, où les hôtes temporaires du Cloître se réunissaient le soir pour discuter de leurs projets respectifs en cours, souvent de manière quelque peu tumultueuse.

On dit qu'en 1949, alors que Marina Blue s'appelait encore Le Cloître, John D. MacDonald y séjourna pour écrire son premier roman, *La Foire d'empoigne*. Il s'était installé dans une péniche aménagée. On dit aussi que cette expérience sur l'eau lui inspira le house-boat de son personnage Travis McGee, le *Busted Flush*. Et pour ajouter de la crédibilité à ces on-dit, il y avait une grande photo de l'écrivain dans un cadre aujourd'hui accroché au mur de la salle à manger de la marina, qui était en fait l'ancienne salle commune de la maison des artistes. Aucun des anciens bungalows en bois ne subsiste. Mais il y a aujourd'hui dans la marina plusieurs courts de tennis et une piscine, luxes qui n'étaient pas jugés essentiels au processus de création des artistes qui fréquentaient les lieux dans le pas si bon vieux temps.

Le week-end prolongé que les Glendenning ont passé à Marina Blue a fourni à toute la famille son contingent de souvenirs impérissables. Eddie pensait être encore amoureux d'Alice à l'époque. Il n'avait pas encore commencé à jouer gros. Il n'avait pas encore fait la connaissance de Christine. Plus tard, il s'est dit qu'il n'avait commencé à jouer que quand il s'était rendu compte qu'il ne pourrait jamais faire fortune dans le courtage. De son point de vue, parier sur des lévriers n'était guère différent de vendre et d'acheter des titres, des actions ou des obligations. Jamais il ne lui était venu à l'idée qu'une de ces deux occupations était un vice, et l'autre un métier.

Plus tard, il s'est dit qu'il s'était mis avec Christine parce qu'il n'aimait plus Alice. Il ne lui est jamais venu à l'esprit que c'était peut-être le contraire : il n'aimait plus Alice parce qu'il s'était mis avec Christine.

De son point de vue actuel, il a choisi Marina Blue pour s'y cacher parce qu'il croyait trouver là un havre familier et paisible, et par conséquent rassurant, pour y détenir les enfants jusqu'à ce que cette affaire soit réglée.

Il ne lui est jamais venu à l'esprit qu'il essayait peut-être, en réalité, de recréer les circonstances de l'une des périodes les plus heureuses de son existence, avant qu'il ne soit trop tard.

Pas une seule fois il ne lui est venu à l'esprit qu'il était peut-être déjà trop tard.

Eddie ne se considère pas comme un criminel. Des criminels, il en a connu quand il travaillait chez Lowell, Hastings, Finch & Ulrich, merci. Ils se rendaient coupables de délits d'initié. Ils se sont fait prendre par la suite et sont allés en prison. Jamais il n'a voulu tremper dans leurs combines. C'est peut-être pour cela qu'il n'a jamais percé dans la finance. Il n'a pas l'âme d'un foutu criminel. Et il n'en est pas un en ce moment.

Il y a des tas d'hommes dans tous les États-Unis, dans le monde entier, sans doute, des hommes intègres, qui enlèvent leurs enfants à une mère négligente ou dépravée. Ce sont leurs propres enfants, et ils leur évitent, en agissant ainsi, d'avoir à vivre dans des conditions impossibles. Mais il ne prétend pas que ce soit son cas. Ce serait se cacher la vérité. Et Eddie n'a pas l'habitude de se voiler la face.

Il sait très bien que, d'un point de vue légal, il a kidnappé ses enfants, ce qui constitue un crime. Mais Eddie n'est pas un criminel. Au regard de la loi, il a enlevé ses propres enfants à leur mère, considérée comme veuve. Ce qui au demeurant, et à toutes fins utiles, est intrinsèquement vrai. Dans la mesure où il est officiellement mort, ou à tout le moins *présumé* mort, qui peut prétendre le contraire ? Qui peut affirmer qu'Alice n'est pas veuve si, dans sa propre vision des faits, elle est techniquement veuve ? Qui peut soutenir qu'elle ne l'est pas ?

Et qui peut dire qu'Edward Fulton Glendenning n'a pas cessé d'exister la nuit du 21 septembre de l'an dernier, où il a disparu en mer ? Est-ce un crime de disparaître de la face de la terre ? Cela fait-il de lui un hors-la-loi ?

Il n'était certainement pas hors la loi quand il a commencé à fréquenter Christine en cachette de sa femme. Certes, il trompait Alice, pour ainsi dire. Alice avec qui il avait connu des années de bonheur. Mais cela faisait-il de lui un criminel ? L'État de Floride est censé posséder des lois écrites qui remontent à 1868. Certaines de ces lois concernent l'adultère, les couples illicites, la fellation, etc., mais elles ne sont jamais appliquées. Quand il a commencé à fréquenter Christine de manière régulière, quoique clandestine, Eddie, par curiosité, est allé se renseigner sur ces lois dans les archives de la firme Baxter & Meuhl, pour laquelle il travaillait à l'époque. Les recueils de lois de la Floride s'alignaient sur les étagères avec leurs reliures en cuir marron au dos embossé de lettres rouge et or, mais il n'a jamais pu trouver la moindre trace de ces lois dans ces ouvrages. Si elles n'étaient pas écrites, peut-on dire à proprement parler qu'il s'agissait de lois, ou d'un simple mythe ? Il a donc fini par se convaincre qu'il ne faisait absolument rien de mal en donnant rendez-vous à une petite Noire sexy une ou deux fois puis, de manière régulière, trois ou quatre fois par semaine. Il n'y avait certes là rien de criminel.

Mais l'alinéa 61.052 de ce même recueil de lois de l'État de Floride l'informa que si Alice en venait à divorcer parce que son mariage aurait été «irrémédiablement brisé», la cour pourrait, en vertu de l'alinéa 61.08 intitulé «pension alimentaire», tenir compte du «comportement adultérin du conjoint»…

Tiens, tiens.

«… et des circonstances dudit comportement, dans sa décision concernant l'octroi éventuel d'une pension alimentaire.»

Pas très rassurant pour lui, ça.

Au moment où il a rencontré Christine, Eddie devait 30 000 dollars à Angelet et Holmes. Quand il a finalement décidé de faire quelque chose pour s'extirper d'une situation qu'il considérait comme désespérée, il leur devait 200 000 dollars. Avec cette énorme dette suspendue au-dessus de sa tête comme une épée de Damoclès, il n'était absolument plus question de divorcer et de payer une pension alimentaire.

Dans l'esprit d'Eddie, les deux «problèmes» (comme il les appelait) étaient indissolublement liés. S'il ne pouvait pas se débarrasser d'Alice, il lui serait impossible de vivre à plein temps avec Christine, et il leur faudrait continuer à raser les murs et à aller dans des motels sordides au bord de la route pour tirer un coup vite fait, ce qui ne plaisait ni à elle ni à lui. Et s'il ne trouvait pas un moyen rapide de s'acquitter de sa dette, il ne pourrait jamais divorcer et assumer la «pénalité» (comme il l'appelait) de la pension alimentaire.

Alors, que faire?

Il y avait la solution consistant à tuer Alice.

Non, ce n'était pas une plaisanterie. Même s'il ne se considérait pas comme un assassin, tuer Alice était la solution évidente à un de ses problèmes au moins. En la tuant, il n'aurait plus besoin de divorcer. Il serait libre d'épouser Christine et de vivre avec elle en permanence – toi et moi pour la vie.

Malheureusement, son autre petit problème ne serait pas résolu pour autant. Il y aurait toujours cette dette de 200 000 dollars payables sur demande, faute de quoi ils étaient capables de le supprimer ou de l'esquinter sérieusement, car ils ne rigolaient pas, ces gens-là.

Que faire, oui, que faire ?

À situation désespérée, remède désespéré.

Quand il a parlé pour la première fois à Christine de son assurance sur la vie, elle a trouvé la chose intéressante, mais elle ne voyait pas en quoi elle pouvait s'appliquer à leur situation présente.

— Si je meurs dans un accident, le versement est doublé, lui a-t-il expliqué.

— Et alors ?

— Alors, ça représente deux cent cinquante mille dollars.

— Et alors ?

— Alors, si je meurs dans un accident, Alice touchera deux cent cinquante mille dollars. Et toi et moi nous pourrons commencer une nouvelle existence.

— *Primo*, de quelle nouvelle existence parles-tu, puisque tu seras mort ?

— Je ne serai pas mort. Mais tout le monde croira que je le suis.

— Et *secundo*, si c'est Alice qui touche le fric de l'assurance, en quoi est-ce que ça nous aidera à démarrer une nouvelle existence ?

— On kidnappe mes enfants et on demande une rançon.

Après avoir soigneusement mis sa disparition en scène, ils ont quitté la Floride. Ils auraient pu s'installer sur la côte Est de la péninsule, mais de Fort Myers à Palm Beach la distance est vraiment courte par la Route 80, et plus au sud il suffit de prendre l'Alligator Alley à Naples, et on est à Fort Lauderdale deux heures, trois heures plus tard au maximum. Ils ne pouvaient pas prendre un tel risque. Eddie Glendenning était mort, et ils n'avaient pas envie que quelqu'un de Cape October rencontre son fantôme dans un bar ou ailleurs.

Ils avaient choisi La Nouvelle-Orléans.

Facile de se perdre dans la foule d'une grande ville.

Sans compter que les distractions ne manquaient pas dans cette ville, qu'on surnommait *The Big Easy*[1]. Personne ne regardait de travers un couple mixte. Il y en avait déjà des tas. Christine et Eddie ne méritaient même pas un froncement de sourcils.

Il savait que l'on pouvait se procurer de faux papiers d'identité sur Internet, mais il hésitait à sauter le pas, car cela laisserait une trace qui pourrait plus tard être utilisée contre lui. Il hésitait aussi à contacter un spécialiste – bon, un *faussaire* – qui l'aiderait à se constituer une nouvelle identité. En se faisant passer pour mort, il s'était déjà rendu coupable d'escroquerie aux assurances, et il était sur le point de commettre un crime majeur en enlevant ses enfants. Mais il ne se considérait toujours pas comme un criminel. Il n'avait pas renoncé au jeu. Ce n'est pas parce qu'on est mort qu'on ne doit plus jouer. Mais le jeu n'est pas un crime. Il se disait que c'était une drogue, bien qu'il ne fût nullement prêt, non plus, à se qualifier de drogué.

Il reste qu'un vice est rarement isolé, et il y avait donc à La Nouvelle-Orléans des joueurs qui étaient également des drogués. Or, la vente ou la possession de substances narcotiques est considérée comme un crime majeur en Louisiane comme dans les autres États de l'Union. Et les joueurs qui étaient en même temps des drogués connaissaient, bien sûr, les gens qui vendaient la drogue et qui étaient, Eddie devait bien l'admettre, des criminels. Or, ces gens fréquentaient des personnes qui se livraient à d'autres types d'activités criminelles, et l'une de ces activités se trouvait être la fabrication et la création de faux documents tels que passeports, certificats d'état civil, permis de conduire, cartes de crédit et même diplômes de l'université de Harvard.

À force de demander à droite et à gauche – avec toute la prudence qui s'imposait, naturellement –, Eddie finit par être mis en relation avec un certain Charles Franklin (aucune parenté avec Benjamin, dit-il à Eddie avec un grand sourire), qui lui fournit un

---

1. Expression faisant référence à la qualité de la vie décontractée à La Nouvelle-Orléans. Ce surnom tire probablement son origine d'un club de jazz du début du XXᵉ siècle.

faux permis de conduire au nom d'Edward Graham, domicilié au 336, 120ᵉ Rue Est à New York, État de New York, portant la nouvelle signature d'Eddie et tout ce qu'il fallait.

Il lui fournit également une fausse carte American Express clonée au nom de Michael Anderson, qui devait durer jusqu'à la fin du mois d'octobre, où le vrai Michael Anderson se mettrait à râler à propos de dépenses qu'il n'avait jamais faites. Franklin lui fit aussi une carte Visa clonée (dont le vrai titulaire avait pour nom Nelson Waterbury) qui lui durerait jusqu'à fin novembre, puis une Mastercard pour le mois de décembre, puis une Discover, toujours clonée, pour janvier. Entre-temps, Eddie avait trouvé du travail comme vendeur de matériel informatique et ouvert un compte en banque à son nouveau nom, Edward Graham. Quand il demanda une carte de crédit officielle, elle lui fut accordée automatiquement. Il n'eut pas de mal non plus à passer un examen de conduite et à obtenir un permis en bonne et due forme.

Entre-temps, il avait épousé Christine Welles, qui devint donc Christine Graham. Le délit de bigamie s'ajoutait maintenant à la liste grandissante de ses autres crimes dont il ne reconnaissait pas l'existence.

Mais bon, ce n'était pas Eddie Glendenning que Christine avait épousé.

Eddie Glendenning n'était alors rien de plus qu'un souvenir pour tout le monde.

Prenant toujours bien garde de ne laisser derrière eux aucune trace qui puisse permettre de les retrouver, M. et Mme Edward Graham prennent l'avion non pas pour Fort Myers, qui est l'aéroport le plus proche de Cape October, mais pour Tampa, où ils louent une voiture pour se rendre dans une marina qu'il connaît déjà à St Pete. Sous son nouveau nom, avec son nouveau permis de conduire et sa nouvelle carte de crédit, Eddie loue un Sundancer de douze mètres, une grosse vedette de chez Sea Ray capable, avec ses moteurs Volvo jumelés de 430 chevaux, de performances élevées en pleine mer. Mais il a seulement l'intention d'emprunter le canal Intercostal pour se rendre à Cape October. En réalité, le bateau va lui servir davantage d'hôtel flottant que de moyen de transport.

Une fois sur le canal, il navigue tout doucement vers le sud, laissant derrière eux, haut dans le ciel, le pont suspendu Sunshine Skyway, en direction de l'île Anna Maria et du key Longboat. Ils entrent dans Sarasota Bay, dépassent Venice et Englewood, doublent enfin le cap Haze et arrivent devant Boca Grande. Le premier jour d'avril, ils quittent l'Intercostal et débouchent dans October Bay où se trouve la marina dans laquelle il a séjourné avec sa famille à bord du *Jamash* il y a plusieurs années de cela. Ici, à la pointe nord de Crescent Island, à un kilomètre environ de l'endroit où Lewiston Point Road finit en cul-de-sac dans Crescent Inlet, les docks bleu ciel de Marina Blue brillent sous un soleil éclatant tandis qu'il accoste et coupe les moteurs du Sundancer.

Il rappelle à Christine qu'on est le 1ᵉʳ avril.

Le moment est bien choisi pour mettre leur plan à exécution.

Eddie Glendenning s'est noyé dans le golfe du Mexique la nuit du 21 septembre de l'année dernière. La compagnie d'assurances a certainement déjà payé l'indemnité. Mais ils n'ont pas l'intention d'enlever les enfants avant la mi-mai, quand ils auront eu le temps de tout préparer minutieusement afin d'éviter toute erreur.

Il y a 250 000 dollars en jeu dans cette aventure, et cela conditionne leur avenir commun.

Il n'ose pas s'éloigner trop du bateau, de peur que quelqu'un le reconnaisse et que tout soit fichu par terre.

C'est Christine qui va acheter le verrou à gland qu'Eddie installe sur la porte de la cabine avant. Dans la même quincaillerie du Trail, elle achète un cadenas pour le verrou. Les enfants seront ainsi en lieu sûr jusqu'à ce qu'ils puissent les libérer.

C'est Christine aussi qui prend le ferry jusqu'à Lewiston Point et qui appelle un taxi pour se rendre à l'aéroport de Fort Myers. Ils n'ont pas osé s'adresser à l'une des compagnies de location de voitures qui bordent la 41. Ils partent du principe qu'en louant une voiture dans une trop petite agence, elle risque d'être reconnue plus tard. Alors qu'à l'aéroport de Fort Myers, il y a tellement de monde qu'elle passera inaperçue. Tel est du moins leur raisonnement.

Le taxi lui prend soixante-quinze dollars pour aller du débarcadère de Lewiston Point à l'aéroport. Elle se rend directement au comptoir Avis et présente sa carte de crédit et son permis de conduire au nom de Clara Washington. Il y a sa photo et sa signature sur le permis de conduire. Un quart d'heure plus tard, au volant d'une Impala bleue, elle quitte l'aéroport en direction de Cape October.

À hauteur de la station Shell de Lewiston Point Road, elle coupe la 41 et s'engage sur le pont qui mène à Tall Grass. Au bout de la route, elle se gare et reprend le ferry à destination de Crescent Island.

Elle a mis exactement trente-deux minutes pour parcourir la distance qui sépare la station d'essence de Marina Blue.

Ce type, au restaurant, la tracasse toujours.

Il est presque minuit et ils sont couchés, enlacés, sur la banquette convertible de la cabine du milieu à plusieurs mètres du compartiment avant cadenassé où dorment les enfants. Christine espère qu'ils vont les rendre demain à leur mère et quitter ensuite définitivement Cape October. Mais elle ne peut pas s'empêcher de se demander pourquoi ce type du restaurant pensait avoir déjà vu Eddie.

— Tu es sûr que tu ne l'as jamais rencontré avant ? demande-t-elle à voix basse.

— Absolument sûr, répond Eddie.

Elle hoche la tête. Le bateau est doucement agité par la houle. Elle a les yeux grands ouverts dans l'obscurité diaprée.

— Et s'il t'avait reconnu ? demande Christine. S'il savait que tu es Eddie Glendenning ?

— C'est peu probable.

— Imagine quand même que ce soit le cas.

— Quelle importance ? Demain soir, nous ne serons plus là. Bali. Tu as oublié ? Et on ne reviendra plus jamais ici. Alors, qu'est-ce que ça peut nous foutre ce qu'un pingouin quelconque dans un restaurant...

– Pourquoi ne pas partir ce soir ?

– Non. Il y a encore une chose ou deux à régler.

– Quoi ?

– Euh… Les enfants, pour commencer.

– Qu'y a-t-il à régler ? On les dépose quelque part et on s'en va.

– Je ne sais pas si on peut faire ça, Christine.

– Faire quoi ?

– Les déposer comme ça.

– Je ne saisis pas ce que tu veux dire, Eddie. Pourquoi est-ce qu'on ne pourrait pas…

– Ce n'est pas simple, Christine. Il faut que je réfléchisse à la question.

Il parle à voix très basse, mais sur un ton sec et tranchant.

Elle retient sa respiration. Puis, tout doucement, elle demande :

– À quelle question faut-il que tu réfléchisses, Eddie ?

– On les a kidnappés. On a exigé une rançon. Voilà la question.

Ils demeurent silencieux un bon moment.

– Pourquoi n'enlèves-tu pas ça ? demande-t-il en saisissant entre le pouce et l'index l'ourlet de la nuisette qu'elle a achetée à Victoria's Secret.

Derrière la porte cadenassée de la cabine avant, les enfants sont éveillés et ne perdent pas un mot de leurs chuchotements.

DIMANCHE
16 MAI

11

La chronique de Garcia occupe le coin très convoité en haut à droite de la une du supplément du dimanche. Sa photo est en tête de l'article. Il sourit face à l'objectif.

Le titre du Fourre-tout, cette semaine, est :

TOUT EST BIEN QUI FINIT BIEN.

Et le sous-titre :

BEAUCOUP DE BRUIT POUR RIEN.

Un simple malentendu serait à l'origine d'un méli-mélo de bruit et de fureur qui a ébranlé la vie de notre petite communauté ces jours derniers. Tout a commencé mercredi dernier quand une femme blonde au volant d'une Impala bleue s'est garée sur le parking de l'école élémentaire Pratt à la fin des classes et a fait monter dans sa voiture le petit James Glendenning, 8 ans, et sa sœur Ashley, 10 ans. Voyant que les enfants ne se présentaient pas en classe le lendemain matin, et après plusieurs coups de téléphone restés sans résultat au domicile d'Alice Glendenning, la mère, veuve depuis peu, les responsables de l'école se sont alarmés.

« C'est la comédie des erreurs, a déclaré hier Mme Glendenning au Fourre-tout. C'est ma sœur qui est venue les chercher. Elle habite Atlanta et elle est ici en visite avec ses propres enfants. Nous avons décidé de les emmener à Disney World. Et nous y étions

ensemble ces deux derniers jours. J'aurais peut-être dû appeler l'école mais nous nous sommes décidées au dernier moment, et nous ne soupçonnions pas que ces quelques jours d'absence donneraient naissance à une telle tempête dans un verre d'eau. »

Carol Matthews, la sœur de Mme Glendenning, est retournée à Atlanta.

Les enfants Glendenning retrouveront le chemin de l'école lundi matin.

C'est comme il vous plaira.

Il y a des gens, quelque part, qui vont savoir que la chronique de Garcia n'est qu'un tissu de fichus mensonges.

Mais pas Phoebe Mears.

Elle accepte sans discuter la version selon laquelle Alice Glendenning aurait emmené ses enfants à Disney World en oubliant de prévenir l'école. Mais si elle a envoyé sa sœur les chercher mercredi à la sortie, pourquoi aurait-elle téléphoné en demandant s'ils avaient raté leur car ? Avait-elle oublié aussi que sa sœur était allée les chercher ?

Phoebe sait que Mme Glendenning a été très éprouvée, ces derniers mois, par la perte de son mari et tout ça. On peut lui pardonner un trou de mémoire de temps en temps. En vérité, tout est bien qui finit bien, comme dit le journal, et c'était beaucoup de bruit pour rien, comme il vous plaira, oui.

Luke Farraday n'a pas compris pourquoi ce journaliste lui a donné cinquante dollars pour qu'il lui fournisse ce renseignement sur l'Impala bleue et la blonde qui la conduisait, alors qu'il savait depuis le début que c'était la sœur de Mme Glendenning qui avait pris les enfants à la sortie. Et à quoi rime cette histoire de fête et de carnet mondain si, en réalité, les enfants sont allés à Disney World avec leur mère et leur tante ? Mais la fête est peut-être pour la semaine prochaine. Un anniversaire ? Est-ce pour cette raison qu'ils sont allés à Orlando ? Était-ce un cadeau d'anniversaire ? Celui de l'un des enfants, peut-être ?

Parfois, les choses sont un peu confuses dans la tête de Luke.

Il reste que le journal a écrit: *Un simple malentendu serait a l'origine d'un méli-mélo de bruit et de fureur qui a ébranlé la vie de notre petite communauté ces jours derniers.* Luke n'est donc pas le seul à avoir les idées confuses sur les agissements de ces deux sœurs.

Il y a quand même une bonne chose dans tout ça.

Il sait maintenant pourquoi les enfants sont montés dans la voiture d'une inconnue. C'est parce qu'il s'agissait de leur tante.

De toute manière, qu'est-ce que ça peut lui foutre?

Il a gagné cinquante dollars dans l'histoire.

Jennifer et Rafe sont au lit quand ils lisent la chronique de *La Tribune*. En fait, si l'on excepte les cinq minutes qu'il a fallu à Jennifer pour enfiler une robe et aller jusqu'à la boîte aux lettres chercher le journal, ils n'ont pas bougé de ce lit depuis qu'ils y ont grimpé vendredi soir. Rafe a même téléphoné à sa femme, hier après-midi, couché dans le lit de Jennifer.

Il en connaît une bien bonne à ce propos. C'est quelqu'un qui demande:

«Est-ce que tu dis toujours à ta femme que tu l'aimes, après avoir fait l'amour?»

Et l'autre répond:

«Bien sûr, où que je sois, je mets un point d'honneur à l'appeler juste après.»

Rafe a raconté cette blague à Jennifer après avoir téléphoné hier à sa femme. Ça ne semblait pas lui poser de problème, de parler à Carol avec la tête sur le sein gauche de Jennifer. Ça n'a pas posé de problème non plus à Jennifer. Et elle a ri de bon cœur quand il lui a raconté la blague.

Mais ils ne rient pas à présent.

Ils viennent de finir la lecture de la chronique de Dustin Garcia.

— Du pipeau, tout ça, fait Rafe.

— Qu'est-ce qui te le fait croire? demande Jennifer.

— Croire? Je le *sais*! Je sais qu'il n'y a pas un seul mot de vrai dans toute cette histoire. Pour commencer, ma femme n'est pas blonde, mais brune. Et ma belle-sœur aussi. Ce n'est donc aucune des deux qui est allée chercher les enfants à la sortie de l'école. Premier point. Le deuxième, c'est que ma femme est arrivée en Floride hier matin. Elle n'a donc pas pu aller à Orlando jeudi avec sa sœur et les enfants, comme ce journaliste voudrait nous le faire croire. Et troisième point, j'y étais, moi, chez ma belle-sœur, et ça grouillait de flics, dans cette putain de maison. La police sait que les enfants ont été kidnappés. Cette histoire de Disney World, c'est du pipeau intégral. Ou c'est Alice qui leur a raconté des salades pour se débarrasser d'eux, ou c'est les flics qui ont imaginé je ne sais quelle combine.

— À mon avis, ce serait plutôt ça.

— Quoi, une combine de la police ?

— Oui.

— Ça signifierait qu'ils travaillent la main dans la main avec cet enfoiré de Cubain, je ne sais plus comment il s'appelle. Dustin quelque chose. D'où est-ce qu'il a tiré ce nom-là ?

— Sa mère devait être une fan.

— De Dustin Hoffman, tu veux dire ?

— Évidemment. De Dustin Hoffman. Tu connais beaucoup de gens qui s'appellent Dustin à part Dustin Hoffman ?

— Lui, par exemple.

Rafe pose la main à plat sur la photo en tête de la chronique.

— Si ça se trouve, c'est peut-être le contraire, suggère-t-il. Dustin Hoffman a peut-être été baptisé comme ça à cause de Dustin Garcia.

Jennifer lui jette un drôle de regard.

— Tu crois sérieusement que c'est ce qui s'est passé ? demande-t-elle. Garcia et les flics sont de mèche ?

— Tu ne trouves pas ça évident ?

— Mais pourquoi ? À quoi est-ce que ça peut les mener ?

— C'est simple, fait Rafe avec un sourire de barracuda en tapotant la photo. Il n'est pas loin. Pourquoi est-ce qu'on n'irait pas le trouver pour le lui demander ?

Tully Stone, l'agent spécial responsable du bureau régional du FBI situé à cent quinze kilomètres au nord de Cape October, a sur sa table de travail, ce dimanche matin, un exemplaire de chaque journal publié en Floride du Sud-Ouest. Mais celui qui l'intéresse tout spécialement est *La Tribune* de Cape October. À la une du supplément du dimanche, un certain Dustin Garcia signe une chronique bizarre au sujet d'Alice Glendenning, cette femme à propos de laquelle les agents de Stone se décarcassent depuis quelques jours. Elle aurait emmené ses enfants à Disney World, et ils trouveraient marrant que leur supposée disparition ait mis tout le monde en branle.

— C'est un leurre, lui dit Sally Ballew.

— Aucun doute, confirme Felix Forbes.

Après avoir lu la chronique de bonne heure le matin, les deux agents se sont rendus au bureau régional pour voir Stone. Une heure de route avec une circulation très fluide. Stone avait une voix troublée au téléphone, et le moins qu'on puisse dire, c'est qu'il est visiblement nerveux devant eux.

— Il n'y a pas de quoi s'inquiéter, estime Sally. Ce n'est qu'un exemple de plus de la manière dont les rigolos de la police locale traitent ce genre d'affaire.

— Vous ne croyez pas qu'il pourrait y avoir un fond de vérité dans tout ça?

— Pas un seul instant, lui dit Forbes.

— Pure opération de désinformation, renchérit Sally.

— Ils ne vous ont pas mis au courant?

— De leur stupide stratagème? Non.

— Alors, comment savez-vous que c'est eux?

— Qui d'autre pourrait faire ça?

— Peut-être la mère.

— Dans quel but?

— Pour faire savoir aux ravisseurs qu'elle joue leur jeu et qu'elle n'a pas prévenu la police.

— C'est une possibilité, mais je n'y crois pas trop, déclare Sally d'une voix sceptique. À mon avis, ça ressemble plutôt aux méthodes des flics locaux.

— Je les appelle? demande Stone.

— Pourquoi pas?

— On verra bien ce qu'ils ont dans le crâne.

Il rapproche le téléphone et consulte son répertoire.

— Ils sont probablement chez les Glendenning, suggère Forbes.

— Vous avez le numéro ?

— Bien sûr, lui dit Sally.

Elle le lui écrit.

— Comment s'appelle l'inspecteur ?

— Sloate. Wilbur Sloate.

— Drôle de nom.

Stone fait le numéro. Sally est en train de se dire : *Tully Stone, c'est pas mal non plus.*

— Allô ? fait une voix de femme.

— Madame Glendenning ?

— Oui.

— L'inspecteur Sloate est chez vous ?

— De la part de qui ?

— FBI. Agent spécial responsable Tully Stone.

— Ne quittez pas.

Stone attend.

— Ici Sloate, lui dit une voix.

— Inspecteur Sloate, ici l'agent spécial responsable Tully Stone. Je vous appelle du bureau régional du FBI.

— Oui, monsieur ?

— Nous avons cru comprendre, jusqu'à présent, qu'il y avait eu un enlèvement dans votre secteur. Si c'est vrai, nous sommes, naturellement, intéressés par cette affaire.

— Oui, monsieur. Les agents Ballew et Forbes nous ont déjà rendu visite.

Rendu visite. Drôle d'expression, se dit Stone.

— Je suis au courant, répond-il. Mais j'ai sur mon bureau un exemplaire de *La Tribune* de Cape October de ce matin où figure, en première page du supplément, la chronique hebdomadaire d'un certain Dustin Garcia…

— Oui, monsieur. Je l'ai lue.

— D'après ce texte, les enfants Glendenning n'auraient pas été enlevés. Leur mère les aurait simplement emmenés à Disney World.

– Oui, c'est ce qui est écrit.

– Cette histoire, inspecteur, ce ne serait pas vous qui l'auriez inventée ?

– C'est exact, monsieur.

– Il aurait été sympa de nous mettre au courant.

– Il aurait été sympa, aussi, de nous faire part des renseignements que vous possédiez sur la femme qui a loué cette Impala bleue à l'aéroport.

Stone ne répond pas.

– Ou bien de nous aviser que les documents d'identification qu'elle a montrés au comptoir d'Avis étaient des faux. Cela nous aurait évité de pousser notre enquête jusqu'à New York.

– Si nous avons été négligents…

– Vous l'avez été, sans nul doute, monsieur.

– J'en suis désolé, inspecteur. Mais nous sommes un peu dans le flou, ici, à vrai dire.

– Ce ne serait pas le cas si les informations circulaient entre nous comme elles devraient.

– Et qu'espérez-vous en faisant publier cette histoire ? demande Stone, désireux de ne pas aller plus loin dans la polémique.

– Nous voulons les inciter à libérer les enfants et à dépenser l'argent sans compter.

– Quelque chose dans leur comportement vous indique qu'ils sont prêts à le faire ?

– Non, mais nous sommes en ce moment avec Alice Glendenning, et nous attendons qu'ils se manifestent. Nous espérons que…

– Elle est au courant de votre stratagème ?

– Oui, monsieur. Nous l'en avons informée.

– Comment prend-elle la chose ?

– Elle n'apprécie pas tellement.

– Nous non plus, sachez-le. Il paraît qu'une rançon a déjà été versée. Confirmez-vous cela ?

– Oui. L'opération a eu lieu vendredi matin à dix heures.

– Et vous n'avez plus de nouvelles des ravisseurs ?

– Euh… Elle a appelé pour…

– Elle ?

— La femme noire. Elle fait partie de la bande. Elle a appelé Mme Glendenning pour lui dire que les enfants allaient bien et qu'ils allaient vérifier les billets.

— Ça veut dire quoi, vérifier les billets ?

— Je ne sais pas, monsieur. C'est ce qu'elle a dit, c'est tout.

— Quand ?

— Vendredi après-midi.

— Aujourd'hui c'est dimanche. Qu'est-ce qui vous fait croire qu'ils ne sont pas déjà à Hawaii à l'heure qu'il est ?

— Ils y sont peut-être, la chose n'est pas impossible.

— La mère n'a eu aucune nouvelle depuis ?

— Non. Nous espérons que cette femme noire et la blonde, sa complice...

— Quelle blonde ? C'est nouveau, ça !

— Non, monsieur. Nous savons depuis le début que c'est une blonde qui a pris les enfants à la sortie de l'école mercredi après-midi. Et vos hommes le savent aussi. C'est l'un des renseignements que nous avons échangés. Ce que je voulais dire, c'est que les billets de la rançon sont marqués et que nous...

— Marqués ? Comment ?

— Le numéro de série. Ce sont des supers. Difficiles à détecter sans équipement spécial. Mais ce sont tous des billets de la série A, et leur numéro est strictement identique. Nous avons communiqué ce numéro à toutes les...

— Qui va vérifier le numéro de série d'un billet ? grogne Stone.

— Quelqu'un aura peut-être l'idée de le faire.

— Quelqu'un aura peut-être tué ces deux enfants avant !

Silence sur la ligne.

— Voici ce que j'ai l'intention de faire, Sloate.

Fini les « inspecteur », remarque Sally. À partir de là, ça continue à poings nus.

— Je vais envoyer Forbes et Ballew chez les Glendenning. Ils seront là-bas vers...

Il regarde l'horloge murale.

— Onze heures, onze heures trente, reprend-il. Disons midi au plus tard. C'est eux qui s'occuperont désormais du dossier, et j'attends de vous une coopération totale et sans réserve. Il est nécessaire que cette affaire soit menée à son terme le plus...

– Permettez-moi de vous dire, monsieur, que ce sont vos services qui n'ont pas été à la...

– Vous n'avez pas bien compris ce que je viens de dire, Sloate. Cette affaire est désormais du ressort des autorités *fédérales*. Ballew et Forbes sont maintenant les seuls à superviser l'enquête.

Sloate ne dit plus rien.

– Vous avez bien compris ? demande Stone.

– J'ai compris, répond Sloate.

– Parfait, lui dit Stone.

Et il raccroche.

Il se tourne vers Sally.

– Vous avez entendu.

– Nous avons entendu, répond Sally.

Ashley se plaint parce que c'est dimanche et qu'ils veulent des gaufres.

– On mange toujours des gaufres le dimanche, dit-elle.

Christine lui explique qu'il n'y a pas de moule à gaufres à bord du bateau. Mais elle peut leur faire des crêpes, s'ils en ont envie.

– Pourquoi on est ici ? demande la petite Ashley. Et pourquoi je ne peux pas parler encore à maman ?

– Tu veux des crêpes oui ou non ? Tu préfères des céréales ?

– Papa nous faisait toujours des gaufres le dimanche. Où il est, au fait ?

– À la boutique. Il est allé acheter les journaux.

– Je vais lui dire que tu n'as pas voulu nous faire des gaufres.

– D'accord. Tu lui diras. Alors, des crêpes ou des céréales ?

– Des crêpes, murmure Ashley, boudeuse.

Eddie revient avec les journaux une dizaine de minutes plus tard.

– Elle a pas voulu nous faire des gaufres, cafte Ashley.

– Ce n'est pas grave, dit-il. Les crêpes, c'est très bon aussi.

– Pas meilleur que les gaufres.

– Je vois que tu as tout mangé quand même, hein ?

— Quand est-ce qu'on rentre à la maison, papa ?

— Bientôt. Tu ne veux pas aller regarder un peu la télé ? Il y a de super programmes pour les enfants le dimanche matin.

— Jamie ? demande-t-elle. Tu viens regarder la télé avec moi ?

Jamie acquiesce et se lève pour la suivre.

— Tu fais un bisou à papa ? demande Eddie.

Jamie tend la joue sans dire un mot. Cela fend le cœur à Eddie, qu'il ne parle plus. Il se demande si ça a quelque chose à voir avec sa noyade. Un traumatisme en apprenant la mort de son père. Ça l'embêterait beaucoup que ce soit ça. Mais il y a tellement de choses qui l'embêtent dans toute cette affaire. Malheureusement, il n'avait pas le choix. Il fallait le faire. Il accompagne ses enfants du regard tandis qu'ils se dirigent vers la cabine avant. Il entend la télé. Des dessins animés. Il soupire.

Il monte sur le pont avec Christine et lui montre le supplément du dimanche.

— Qu'est-ce que tu en penses ? demande-t-elle après avoir lu la chronique.

— C'est juste une histoire qu'elle a racontée à ce journaliste pour se débarrasser de lui.

— Mais pourquoi tout ce baratin ?

— Pour nous faire croire qu'elle n'a pas prévenu les flics.

— On sait qu'elle les a prévenus. Et elle sait qu'on le sait. Je lui en ai parlé ! Alors, à quoi rime cette histoire ?

— Elle veut nous convaincre qu'elle ne sait absolument rien de cette Buick marron. Son message, c'est : les flics ne sont au courant de rien, vous avez le fric, alors rendez-moi les enfants.

— Tu as sans doute raison, dit Christine. Ça doit être ça qu'elle veut nous faire comprendre. C'est pour nous dire que la voie est libre. On laisse partir les enfants, et à nous la liberté.

— Si seulement c'était aussi simple que ça, soupire-t-il.

— Que veux-tu dire ?

— Rien du tout.

— Non, parle-m'en, mon chéri. Dis-moi ce qui te tracasse.

— Rien du tout, répète Eddie.

Vêtu d'une veste sport bleu clair, d'un pantalon bleu plus foncé, d'un canotier bleu à bord baissé et de mocassins bleus à boucle Gucci fantaisie, Dustin Garcia se sent on ne peut plus fringant par cette matinée torride et poisseuse. Il quitte l'immeuble de *La Tribune* d'une démarche dynamique, assuré d'être désormais une célébrité dans sa petite ville de Cape October.

Au moment de monter dans sa voiture sur le parking de l'immeuble, il les voir surgir : un gaillard baraqué, accompagné d'une belle grande blonde.

— Monsieur Garcia ? demande l'homme.

— Oui ?

Des admirateurs, se dit Garcia, que la chose ne surprend nullement. Il y a sa photo en tête de sa chronique, et on lui a même demandé un autographe en deux ou trois occasions. La chose peut vite devenir fastidieuse, quand on est le soir au restaurant, par exemple.

— Nous aimerions vous poser quelques questions, lui dit l'homme. Voulez-vous nous suivre, s'il vous plaît ?

— Qui êtes… ?

L'homme lui agrippe le bras juste au-dessus du biceps et serre très fort. Ce ne sont pas des admirateurs, dirait-on…

— La voiture rouge, lui dit l'homme. Là-bas.

Garcia n'ouvre plus la bouche tandis qu'ils le guident vers la voiture et lui ouvrent la portière avant côté passager. L'homme le pousse poliment à l'intérieur. La blonde s'assoit à côté de lui au volant. Les portières se referment. La blonde tourne la clé de contact. La voiture démarre. La climatisation se fait aussitôt sentir.

— Vous savez ce que vous…, commence Garcia.

— Nous voulons juste vous poser quelques questions.

— Ce n'est pas l'impression que vous donnez.

— C'est pourtant ça, rien de plus.

— D'accord. Je vous crois sur parole. Quelles questions ?

— Pourquoi les flics et vous avez-vous inventé cette histoire dans la chronique de ce matin ?

— Je ne sais pas de quoi vous parlez.

— De l'enlèvement des enfants Glendenning. Pourquoi avoir raconté ces salades ?

– Quel enlèvement? Je ne suis au courant d'aucun enlèvement.

– Vos conneries sur Disney World, lui dit la blonde.

– Vous savez très bien que ces enfants ne sont pas allés à Disney World, renchérit l'homme.

– Les enfants ont disparu, vous le savez, lui dit la blonde. Pourquoi cette histoire à dormir debout?

– Ce sont les renseignements que j'ai eus.

– Par qui?

– Par Mme Glendenning en personne.

– Vous savez très bien que ce sont des mensonges.

– Écoutez, si vous commenciez par me dire qui vous êtes, bordel?

– Surveillez votre langage, avertit l'homme.

La climatisation a refroidi rapidement l'intérieur de la voiture. Sur le parking, l'asphalte miroite sous l'effet de la chaleur, mais il fait frais dans l'habitacle. Ce qui n'empêche pas Garcia de transpirer. Il se demande qui sont ces deux-là. Ils font peut-être partie de la bande des ravisseurs. Si toutefois il y en a une en dehors de la blonde et de la Noire. Cela semble être l'avis de Sloate. S'il y a vraiment une bande, et si cette blonde et cet orang-outan en font partie, alors Garcia est sérieusement en danger. *Il vaut peut-être mieux leur dire ce qu'ils veulent savoir*, réfléchit-il. Mais il se contente de demander:

– Comment savez-vous qu'il y a eu un enlèvement? Comment pouvez-vous en être certains?

– Vous savez très bien qu'ils ont été kidnappés, lui dit l'homme.

– Les enfants Glendenning, ajoute la blonde.

– Et vous savez aussi qu'une rançon de deux cent cinquante mille dollars en faux billets a été versée.

Là, Garcia vient d'apprendre quelque chose qu'il ignorait. Ni Sloate ni personne ne lui a jamais parlé de faux billets. On lui a dit qu'ils étaient marqués, oui, mais pas qu'ils étaient faux. Voilà donc un élément nouveau. Une fois de plus, il sent que le Pulitzer n'est pas loin.

– Disons que les enfants ont été…

– Écoutez, lui dit l'homme en se penchant vers lui pour coller pratiquement sa bouche à son oreille. Ça suffit de raconter des conneries, d'accord ? Les enfants ont été enlevés et vous le savez comme moi. Tout ce que nous vous demandons, c'est de nous dire ce que savent les flics sur les auteurs de cet enlèvement.

– Les auteurs, c'est vous ?

– Ne soyez pas débile, lui répond l'homme.

Garcia réfléchit à toute vitesse. Si ces deux-là ne font pas partie de la bande, qui peuvent-ils être ? Et surtout, que veulent-ils ?

– Tout ce qu'ils savent, murmure-t-il, c'est qu'il y a une Noire et une blonde avec eux.

En disant cela, il regarde la blonde dans les yeux, en espérant qu'elle se trouble. Mais elle ne bronche pas.

– Des gens d'ici ? demande-t-elle.

– Sans doute pas. C'était une voiture de location.

– L'Impala ?

– Oui.

– Et elle a été louée par qui ?

– La Noire.

– Comment s'appelle-t-elle ?

Garcia ne sait pas comment elle s'appelle. Sloate ne le lui a pas dit. Tout ce qu'il lui a dit, c'est qu'une Noire a loué l'Impala à l'aéroport de Fort Myers et que cela les conduit à penser que les malfaiteurs sont arrivés en avion.

– À quoi ressemble cette Noire ? demande l'homme.

– Sexy. Genre reine de la jungle.

– Et la blonde ?

– Les traits fins, les cheveux jusqu'aux épaules. Un peu comme vous, ajoute-t-il en regardant la femme.

Elle n'a même pas un battement de cils.

– Quoi d'autre ? demande-t-elle.

– C'est tout ce qu'ils ont.

– Pourquoi cette histoire débile ?

– Je n'en sais rien.

– C'est vous qui l'avez écrite, bordel !

– J'ai fait ce qu'ils m'ont dit de faire.

– Mais vous ne savez pas pourquoi, hein ?

– J'ai mon idée.

— Écoutons-la.

— Sloate veut... c'est le flic local qui s'occupe de l'affaire, explique Garcia.

L'homme hoche la tête. Il le sait déjà. Mais s'ils n'ont rien à voir avec les ravisseurs, comment... ?

— Il veut que la Noire et la blonde se disent qu'Alice Glendenning a respecté leurs consignes et n'a pas alerté la police. La Noire l'avait bien mise en garde. Elle lui a dit que si elle ne venait pas déposer la rançon toute seule à l'endroit convenu, elle ne reverrait plus ses enfants. Et que si elle n'était pas de retour là où elle était censée être au bout d'une demi-heure, ils tueraient ses enfants. Mon article avait donc uniquement pour but de protéger les deux gamins. S'ils étaient à Disney World, il n'y a pas eu enlèvement, d'accord ? Auquel cas ils peuvent les rendre sans risque à leur mère. Ils n'ont qu'à les laisser à un coin de rue ou n'importe où, et ils en sont débarrassés. Sloate veut avant tout récupérer les enfants. Il espère que ma chronique y contribuera, c'est tout.

— Ça peut marcher, fait la blonde en hochant la tête.

— Est-ce que les flics ont une idée de l'endroit où les gamins sont détenus ? demande l'homme.

— S'ils le savaient, ils...

— Pas le moindre indice, hein ?

— À ma connaissance, non.

Il y a un détail sur lequel Garcia a fait silence. Il ne leur a pas dit que Sloate espérait que les deux femmes, après avoir relâché les enfants, se mettraient à dépenser comme des folles leurs billets marqués. Manteaux de fourrure et diamants à gogo. Ainsi, il serait facile de retrouver leur piste. C'était l'un des buts de l'opération. Mais il préfère ne pas en parler.

— Je peux y aller, maintenant ? demande-t-il.

— Non, vous en savez trop, nous sommes obligés de vous liquider, lui dit la blonde.

Garcia a le cœur qui s'arrête de battre l'espace d'un instant.

Mais la blonde est en train de rigoler.

Garcia transpire toujours quand il descend de la Thunderbird rouge pour retrouver la canicule.

Tandis que le couple s'éloigne, il entend des rires à l'intérieur de la décapotable.

Il s'appelle Joseph Ontano, et c'est le nom sous lequel il est connu à son travail. Mais Angelet et Holmes lui donnent le surnom de Joey l'Oignon. C'est un expert en assurances, mais c'est aussi un joueur invétéré, et c'est chez eux qu'il a l'habitude de parier. Pour le moment, selon leurs livres de comptes infaillibles, Joey l'Oignon leur doit cinquante mille dollars et des poussières. C'est la raison pour laquelle il se fait toujours un plaisir de leur communiquer des informations parfois précieuses sur les rouages internes du cabinet Garland. Le fonctionnement d'une loterie clandestine, comme Angelet et Holmes ne l'ignorent pas, est fondé sur les tables actuarielles, et c'est pourquoi on l'appelle aussi parfois le «jeu des nombres». Mais ça, c'est une autre histoire. Et ce n'est pas pour cette raison qu'ils recherchent Joey aujourd'hui.

Angelet et Holmes pensent savoir où le trouver. C'est leur métier, même le dimanche. À midi dix, par cette journée caniculaire et humide du mois de mai, où les lévriers ne courent pas, ils vont le chercher à un combat de coqs dans le quartier noir de Cape October. Aux termes de la loi 1593 de l'État de Floride, l'élevage, la vente ou la possession d'un chien ou d'un volatile destiné au combat constitue un délit. Mais attention, ici on est à Colleytown, chez les négros, c'est pas la même chose.

Colleytown, en fait, était une vraie localité qui s'appelait Colley avant d'être intégrée dans Cape October après la guerre de Sécession. Minuscule en comparaison de certains ghettos noirs du Sud – avec une population qui n'atteint probablement pas trois mille âmes –, Colleytown est cependant digne des pires d'entre eux. Dans la mesure où Cape October est une station balnéaire aux plages de sable blanc, palmiers, jetées pour la pêche et lagons secrets, on a tendance à oublier qu'il fait partie du Sud et que toute la Floride, en réalité, appartient au Sud profond. Et dans le Sud, il y a des ghettos. Et dans ces ghettos, il y a de la drogue, il y a de la prostitution et il y a du jeu, souvent associé à des sports illégaux ou à des combats de coqs. Mais on peut dire cela de pratiquement chaque ville aux États-Unis. *Qui se soucie de ce qui se passe dans le reste du monde ?* se dit Holmes. Mais Holmes est un Noir, et il considère qu'il a de la chance d'être ici en Floride à mener la belle vie au lieu de se faire trouer la peau dans un pays pourri comme ses paumés de frères pris dans la tourmente de la grotesque et ridicule croisade de ce con de Bush.

La saison des combats de coqs à Cape October coïncide *grosso modo* avec la saison touristique, bien que les touristes soient assez peu attirés par ce que les *aficionados* appellent un «sport de sang». La fin du mois de mai marquera la clôture officielle des combats pour la saison mais, déjà, au milieu du mois, il y a beaucoup moins d'activité qu'en avril ou en mars. En fait, le nombre des combats n'a pas cessé de diminuer à partir de Pâques, époque où la saison touristique se termine dans les faits, sinon officiellement. Il n'y a eu depuis que deux ou trois combats par semaine, à des heures et dans des endroits variables, selon le délai qui s'est écoulé entre le moment où la police a été renseignée et celui où elle a décidé d'intervenir. Les combats d'aujourd'hui dimanche auraient dû avoir lieu hier soir à Bradenton. Mais les flics ont été informés, et c'est Colleytown qui a été choisi à la place, le dimanche après-midi, à l'heure où la plupart des braves gens sont à la maison en train de lire les BD du journal.

Ce dimanche après-midi, il y a pas mal de braves gens qui sont venus assister au premier combat, entre un coq nommé Ebony parce qu'il est noir comme l'ébène et un autre nommé King Kock parce qu'il est croisé avec un gros faisan et qu'il a un gabarit impressionnant. Gavés de stéroïdes pour accroître leur masse musculaire et assaisonnés au PCP pour les rendre moins sensibles à la douleur, les deux volatiles sont équipés d'ergots d'acier avant d'être lâchés dans l'arène. En Inde, où ce «sport» jouit d'une grande popularité, les coqs se battent à ergots nus, utilisant seulement les armes que leur a données la nature pour s'entre-déchirer. À Porto Rico, les ergots sont entourés d'un long fourreau en plastique qui ressemble à une aiguille à repriser. Ici, dans cette partie de la Floride, l'accessoire utilisé s'appelle un *slasher*. C'est une lame d'acier affûtée comme un rasoir. Elle est fixée aux deux ergots et assure une mort horrible à l'un des deux volatiles dans les minutes qui suivent le début du combat.

King Kock est jugé favori. La cote est de cinq contre six. Cela signifie que si Joey parie 2 000 dollars sur sa tête – ou plutôt sur son bec –, il rentrera chez lui avec 2 400 dollars en poche. Ce n'est pas le Pérou, mais c'est mieux qu'un coup sur la tête. Il n'a pas cessé de perdre du fric ces dernières semaines. C'est pour cela qu'il doit un paquet à Angelet et à Holmes. Il mise donc sur le favori, à cinq contre six.

Ebony se révèle être un vicieux petit salaud.

Tandis que la foule hurle : «Tue-le ! Tue-le !» – c'est un sport pacifique, n'est-ce pas ? –, il déplume et démembre systématiquement King Cock.

Joey l'Oignon vient de perdre une grosse somme à cause de ce stupide con d'oiseau. Et il n'est pas content du tout. Il l'est encore moins quand il voit entrer dans la grange où se trouve l'arène les deux types à qui il doit encore cinq patates. Ils ont l'art de se pointer aux moments les plus inopportuns. Maintenant, par exemple, alors qu'il vient de perdre deux mille dollars à cause d'un putain d'oiseau incapable de faire la différence entre son propre ergot et le cul de sa grand-mère. S'ils sont là dans l'espoir de récupérer au moins une partie des cinq patates, ils se fourrent le doigt dans l'œil. Mais s'ils décident de devenir méchants, il risque de rentrer chez lui ce soir avec une rotule en compote.

Ce n'est pas là le côté le plus attrayant du jeu. Il n'aime pas perdre, certes, mais il n'aime pas non plus se trouver sur le chemin d'un book enragé. Ou de deux, comme c'est le cas ici ce soir. Ils fendent actuellement la foule dans sa direction. Le premier a le type hispanique et le second est noir. Ils sont encore plus baraqués que le gros type au crâne dégarni à l'entrée. Joey se prend à regretter qu'il l'ait laissé passer. Il aurait au moins deux mille dollars à donner à ces gens, si c'est pour ça qu'ils sont venus. Mais il y a encore une toute petite chance pour que ce ne soit pas ça.

– Salut, les potes, dit-il d'un air jovial. Quoi de neuf ?

– Pas encore de chèque dans la boîte aux lettres, mon frère, lui dit Holmes.

Joey n'aime pas tellement qu'un nègre l'appelle son frère. Mais il est prêt à passer sur n'importe quelle insulte tant qu'ils ne lui parlent pas du fric qu'il leur doit. À moins que ce ne soit à ça qu'il ait fait allusion en parlant de chèque dans la boîte aux lettres. Il voulait peut-être dire, dans son parler de nègre imagé : «Tu nous dois cinq patates, mon frère, et on te trouve là en train de jeter ton pognon par la fenêtre ?»

– De quel chèque tu parles, Dave ?

– On a causé hier à la dame, lui explique Angelet, et elle a pas eu de chèque au courrier.

– Et de quelle dame s'agit-il, Rudy ?

– La dame, en principe, ce serait Alice Glendenning, et c'est toi qui nous as dit qu'un chèque était parti de chez Garland il y a huit jours.

– Ah ! fait Joey.

C'était donc ça.

Ce qui s'est passé, en réalité, c'est que la dernière fois que ces deux zigotos sont venus le trouver pour lui parler d'argent et de trucs comme ça, ils lui ont dit en passant qu'un mec nommé Glendenning, qui s'est noyé dans le golfe il y a huit mois, leur devait vingt patates, et que, s'ils s'étaient fait baiser par un putain de macchabée, il n'était pas question qu'ils acceptent de se faire entuber par un pingouin de merde, vivant et tout. C'est comme ça qu'ils l'ont appelé. Alors, pour diminuer la pression, il leur a signalé que le nom de Glendenning lui disait quelque chose et qu'il était prêt à faire une recherche, s'ils le lui demandaient.

Le lendemain au bureau, il a sorti le dossier et il a vu la déclaration d'Alice Glendenning, où elle demande que la clause de double indemnité de la police d'assurance sur la vie de son mari, Edward Fulton Glendenning, soit honorée. La compagnie doit donc lui verser 250 000 dollars. Le chèque n'a pas encore été établi, mais tout indique qu'il le sera prochainement.

Joey ne lit pas beaucoup, mais il y a un passage qu'il adore dans un roman de George Orwell, *1984*, où le héros est soumis à un supplice qui consiste à lui faire grignoter le visage par des rats. Et il hurle : «Faites-le à Julia !» Julia, c'est sa copine, et il la trahit pour sauver sa peau.

Joey n'a donc pas hésité à déformer un peu la vérité en disant à Holmes et à Angelet que le chèque était déjà parti et qu'ils pouvaient s'adresser à Alice Glendenning pour récupérer le fric que son mari leur doit, au lieu de venir sans arrêt lui casser les bonbons pour ses cinq malheureuses patates.

– Mais oui, le chèque est bien parti, leur répète-t-il avec assurance.

Mais c'est un mensonge.

– Vous en êtes sûr? lui demande Holmes.

– Absolument, répond Joey.

Sur quoi – ça ne peut pas faire de mal, n'est-ce pas? – il se met à broder un peu sur son mensonge.

– En fait, murmure-t-il, il a déjà été encaissé. J'ai vu le relevé il y a quelques jours.

– Ça veut dire que cette garce s'est foutue de notre gueule, en conclut Holmes.

– Ça en a tout l'air, approuve Joey.

Après moi le déluge, se dit-il.

Qu'elle se démerde.

Le FBI est là à midi vingt.

Sans ménagement, Sloate et Di Luca sont informés que les fédéraux prennent la relève. Sally Ballew leur détaille aussitôt la manière dont l'affaire sera menée à partir d'aujourd'hui.

– Pour commencer, dit-elle en tapant le bout de l'index sur la paume de sa main gauche, Mme Glendenning ne parlera plus directement aux ravisseurs. C'est clair? Messieurs les inspecteurs? Madame?

– Et s'ils demandent expressément à me parler? interroge Alice.

– C'est moi qui répondrai.

– C'est dangereux lui dit Sloate. Ils l'ont prévenue de ne pas contacter...

– Ils savent depuis longtemps que nous sommes ici. D'après ce que j'ai compris, vous avez merdé quand vous avez suivi leur voiture.

– C'est à cause d'un camion de ramassage des ordures, explique Sloate.

Il est aussi penaud qu'un gamin en train d'expliquer que le chien vient de lui bouffer la page où il a fait ses devoirs. Sally le regarde sans commenter.

— Deuxièmement, dit-elle en utilisant cette fois-ci son majeur pour énumérer, personne en dehors des forces de l'ordre ne doit plus entrer dans cette maison.

Elle se tourne vers Carol comme si elle venait de s'apercevoir de sa présence et lui demande :

— Peut-on savoir qui vous êtes, madame ?

— La sœur d'Alice, dit Carol.

— Elle reste, fait Alice.

— Très bien. Mais qu'elle ne soit pas dans nos jambes, accepte Sally avec un geste d'indifférence.

— Et comment comptez-vous vous y prendre pour récupérer mes enfants ? demande Alice.

— Exactement comme avant, lui dit Sally.

— C'est-à-dire ?

— Pour commencer, fait Sally en énumérant de nouveau avec son doigt, nous leur laissons croire qu'ils contrôlent la situation.

C'est ce qu'ils font depuis le début, pense Alice. *Et ils la contrôlent toujours. Ils ont l'argent et ils ont mes enfants. S'ils ne contrôlent pas la situation, qui la contrôle ?*

— Ils contrôlent la situation depuis le début, dit-elle tout haut.

Sloate ne dit rien. Il apprécie de voir quelqu'un d'autre sur la sellette, pour changer. Marcia rigole intérieurement elle aussi. Elle n'a jamais porté Sally dans son cœur depuis qu'elle la connaît, et son opinion sur elle n'a guère changé. Les deux flics locaux ont du mal à dissimuler leur jubilation.

— Deuxièmement, fait Sally en abattant son annulaire au creux de sa paume, on détermine qui ils sont.

— Et on s'y prend comment pour faire ça ? demande Alice.

— Il y a une vérification en cours de tous les hôtels, motels, pensions et...

— Et s'ils ont loué une maison ? interrompt Alice. Ou un appartement ? Il y en a des centaines dans le...

272

— Nous faisons également le tour des agences de location. Nous connaissons le nom d'emprunt de cette femme, et nous espérons qu'elle continue à s'en servir. Dès que nous saurons où ils sont, nous les coincerons avec les enfants et nous interviendrons.

— Vous interviendrez ? Et mes enfants ?

— Ne vous inquiétez pas, ils ne courront aucun risque.

— Comment pouvez-vous en être sûre ?

— Il faut nous faire confiance, madame.

Le téléphone sonne.

Marcia est sur le point de mettre ses écouteurs quand la deuxième sonnerie se fait entendre. Mais Sally les lui arrache et les met en place sur ses propres oreilles. La troisième sonnerie retentit.

— Décrochez, dit-elle à Alice. Si c'est eux, passez-les-moi. Je leur parlerai.

Alice décroche à la quatrième sonnerie.

— Allô ?

— Madame Glendenning ?

— Oui.

— Ici Rudy Angelet. Vous nous avez menti. Nous passerons prendre l'argent dans une demi-heure.

Et il raccroche.

— C'était qui ça encore, bon Dieu ? demande Sally.

12

À la station Shell, au croisement de Lewiston Point Road et de la 41, ils achètent une carte routière et deux gobelets de café, puis remontent dans la Thunderbird de Jennifer pour étudier attentivement la carte.

La capote est en place et le climatiseur fonctionne à plein tube. Rafe a peur que sa femme ne soit dehors pour acheter du lait ou un truc comme ça et ne le surprenne dans une décapotable rouge en compagnie d'une blonde pulpeuse. Carol le croit sur la route d'Atlanta, ce qui lui rappelle qu'il faudrait qu'il appelle les enfants dès qu'il pourra pour s'assurer que tout va bien. Il n'a encore rien dit à Jennifer parce qu'il sait que les femmes n'aiment pas trop qu'on leur parle des enfants d'une autre. Rafe est persuadé de savoir pas mal de choses sur la psychologie féminine.

Penchés sur la carte, buvant leur café à petites gorgées, Jennifer et lui peuvent facilement passer pour des touristes en train de chercher le meilleur itinéraire pour se rendre au Sea World ou à un endroit comme ça. En fait, ils cherchent le meilleur moyen de retrouver la femme noire et la blonde qui détiennent les enfants d'Alice et, par la même occasion, les 250 000 dollars en super-billets, comme ils les appellent.

– Une demi-heure d'ici, murmure Jennifer.

– C'est ce qu'il a dit.

Si elle n'était pas de retour là où elle était censée être au bout d'une demi-heure, ils tueraient ses enfants.

Les paroles exactes de Garcia.

Une demi-heure de la station d'essence.

– Ça fait quoi ? demande Rafe. Cinquante, soixante bornes à la ronde ?

– À peu près, oui. C'est selon la circulation.

– Il n'y a pas d'échelle, sur cette carte ?

Ils tournent et retournent la carte dans tous les sens, jusqu'à ce qu'ils trouvent l'échelle. Ils n'ont pas de règle graduée dans la voiture, mais à vue de nez un centimètre correspond à vingt kilomètres. Donc, si les deux femmes détiennent les enfants dans un rayon d'une demi-heure à partir de la station Shell, cela signifie…

Cinquante kilomètres à l'est de Cape October, ça le mettrait en plein milieu de la réserve naturelle George C. Ryan. Serait-il possible que les enfants soient séquestrés sous une tente ?

– Je ne veux pas aller dans des endroits où il y a des serpents, déclare Jennifer. Rien à foutre des deux cent cinquante mille.

– Moi non plus, lui dit Rafe.

Mais ça ne le dérangerait pas tellement d'avoir affaire à quelques serpents si c'est pour gagner tout ce pognon. Après tout, dans *Survivor*, ils ont fait ça pour beaucoup moins.

Au sud-est de la réserve, sur la route 884, il y a un village, Compton Acres, dont Rafe n'a jamais entendu parler. Et à une demi-heure au nord, sur la 41, il y a Port Lawrence. Au sud, c'est Calusa Springs. Et à l'ouest, il y a plusieurs keys et le golfe du Mexique.

– Si on appelait quelques agences immobilières ? suggère Jennifer.

Sur le chemin du retour après la messe de midi, Rosie Garrity s'arrête pour prendre *La Tribune* de Cape October. Elle ne regarde les grands titres que quand elle est installée dans sa cuisine devant une bonne tasse de thé. Elle comprend tout de suite que la chronique de Dustin Garcia c'est du pipeau.

Pour commencer, elle était chez les Glendenning quand cette femme noire a appelé pour dire qu'elle détenait les enfants.

Ensuite, elle connaît la sœur de Mme Glendenning – qui s'appelle Carol Matthews –, et elle sait parfaitement bien qu'elle n'est pas blonde. Elle a les cheveux aussi bruns que Mme Glendenning. On dirait des jumelles, d'ailleurs. En aucun cas la blonde au volant de l'Impala bleue ne pourrait être Carol Matthews.

Alors, à quoi rime cette histoire ?

Serait-ce un truc de policiers ?

Ils travailleraient la main dans la main avec ce journaliste ?

Auquel cas la police ne serait pas restée inactive comme elle croyait. Peut-être grâce à elle. Il y a encore de l'espoir pour ces pauvres petits innocents.

Mais qu'espèrent-ils avec leurs salades sur Disney World et tout ça ? Rosie sait très bien que Mme Glendenning et sa sœur n'ont en aucun cas emmené Jamie et Ashley à Disney World. Les pauvres enfants sont montés dans une Impala bleue conduite par une blonde à la sortie de l'école, ça c'est sûr, mais la blonde n'était pas Carol Matthews, et il n'y a jamais eu de voyage à Orlando. La blonde a une complice noire, et c'est cette dernière qui a appelé pour dire qu'il ne fallait pas alerter la police, sans quoi les enfants seraient tués.

Elle a très envie d'appeler Mme Glendenning sans attendre pour lui dire qu'au lieu de l'engueuler comme elle l'a fait vendredi dernier, elle devrait remercier Dieu à genoux qu'il y ait des gens comme elle, Rosie Garrity, qui a pris ses responsabilités en appelant la police et qui les prendrait encore si c'était à refaire.

Il y a quelque chose qui se trame, à présent. Elle en est sûre, à voir tous ces bobards dans le journal.

– Quelles sont les nouvelles ? lui demande son mari.

– Des mensonges, rien que des mensonges, lui répond Rosie.

– Ah, et qui ment, à présent ?

Il est encore en pyjama. Elle déteste ça, quand il vient déjeuner sans même prendre la peine de passer une robe de chambre. Presque 13 h 30 déjà, et il est toujours en pyjama.

– Mme Glendenning, répond-elle. À quelle heure es-tu rentré hier soir, George ?

– Un peu avant minuit.

Il se verse un verre de jus d'orange qu'il boit d'un trait.

– Elle ment à quel propos ? demande-t-il en insérant deux gaufres congelées dans le grille-pain.

277

— Ses enfants, qui ont été kidnappés.

— Ah?

— Je t'en ai parlé, souviens-toi. Elle prétend maintenant qu'ils n'ont jamais été enlevés.

— Pourquoi ferait-elle une chose pareille?

— Menteur, menteur, ça vient du cœur, voilà pourquoi.

— Ouais, fait George, peu intéressé, en se versant une tasse de café.

Il tartine les gaufres avec du beurre, verse du sirop d'érable dessus et commence à manger. Il demeure silencieux quelques instants, puis fait soudain claquer ses doigts.

— Voilà à qui il ressemblait! s'exclame-t-il.

— Je ne sais pas de quoi tu parles, George.

— Son mari, celui qui s'est noyé.

— Et alors?

— J'ai cru le reconnaître hier soir.

— Ce serait un vrai miracle, lui dit Rosie, vu qu'il est mort depuis huit mois.

— Bien sûr. Je sais que ce n'est pas lui. J'ai juste dit qu'il lui ressemblait. Malgré ses cheveux longs, comme ceux d'un hippie. Et il était avec une Noire, alors ça ne peut pas être lui, évidemment. Surtout qu'il est mort.

Des cheveux blonds, très longs, se dit Rosie.

Avec une Noire.

— Sainte Marie mère de Dieu! s'exclame-t-elle.

Si le FBI ou la police locale savaient qu'Edward Fulton Glendenning est toujours vivant, leurs recherches dans les agences immobilières de Cape October et des localités voisines porteraient probablement sur un dénommé Edward Fulton en même temps que sur tout locataire récent ayant pour initiales E. G. Comme il est dit au paragraphe 101 du manuel sur les changements d'identité, il est fréquent qu'une personne qui cherche à disparaître délibérément conserve ses initiales quand elle se choisit un nouveau nom, ou utilise simplement son deuxième prénom comme nom de famille. Et il est rare que le prénom change. Les gens sont trop habitués à se faire appeler Frank, Paul ou Johnny.

Mais les représentants de la loi qui passent les coups de téléphone dans le living d'Alice ignorent qu'Edward Glendenning est toujours vivant et qu'il a pris l'identité nouvelle d'Edward Graham. Ils demandent donc aux différentes agences de location qu'ils appellent si elles ont une cliente du nom de Clara Washington, le seul nom qu'ils connaissent, qui est celui d'une Noire accompagnée d'une blonde.

En les écoutant passer leurs coups de téléphone infructueux, Alice se rend compte qu'ils se raccrochent vraiment à n'importe quoi. Elle a cessé de croire en Dieu le matin où elle a appris que son mari s'était noyé dans le golfe du Mexique. Si Dieu existait, il n'aurait pas permis qu'une telle chose arrive. Mais elle se met tout de même à prier, silencieuse et désespérée, pour que Clara Washington et sa copine blonde la rappellent bientôt et lui disent qu'elles ont « vérifié » les billets, quel que soit le sens qu'elles donnent à cette opération, et qu'elles laissent partir les enfants.

S'il te plaît, ô mon Dieu, fais qu'elles appellent, que le téléphone sonne.

Mais le téléphone ne sonne pas.

Quelqu'un sonne, par contre, à la porte.

La première chose que voit Holmes, quand la porte des Glendenning s'ouvre, c'est une femme noire à la poitrine opulente, qui tient à la main un objet qui ressemble à un Glock 9 mm.

Il a un mouvement de recul immédiat, et Angelet, qui se tient derrière lui sur les marches, manque de tomber à la renverse.

— Hé, petite sœur, dit-il en levant les deux mains, les paumes vers elle, pas besoin de cette artillerie.

— Je ne suis pas ta petite sœur, lui dit Sally.

Angelet a déjà tourné les talons pour s'enfuir.

— Ne bougez plus ! lui crie Sally.

Il s'arrête net.

— À l'intérieur, tous les deux, ordonne Sally.

Holmes passe le premier, en jetant des regards effarés autour de lui. Angelet le suit de près. Sally referme la porte. Aucun des deux hommes ne comprend ce qui se passe dans cette maison. Sont-ils arrivés en plein milieu d'un hold-up ? Tout le monde a l'air d'être armé, à l'exception de Mme Glendenning et d'une autre femme qui lui ressemble comme deux gouttes d'eau. La sœur aux nichons agressifs qui leur a ouvert la porte le flingue à la main – et c'est bien un Glock, Holmes est à présent en mesure de le confirmer – se tient à côté d'une autre nana munie d'un holster d'épaule et assise devant ce qui ressemble à un appareillage électronique. Les deux hommes ont aussi des holsters d'épaule avec de gros calibres. L'idée vient soudain à Holmes qu'Alice Glendenning l'a dénoncé aux flics avec son copain Rudy. Si c'est ça, ce n'est pas très gentil de sa part.

— Écoutez, dit-il, je ne sais pas ce qui se passe ici, mais personne n'a rien fait de…

— Ce qui se passe, lui dit Sally, c'est que vous essayez d'extorquer de l'argent à Mme Glendenning ici présente, et…

— Extorquer ? Hé, ho ! Doucement avec ça !

— Vous vous trompez du tout au tout, fait Angelet en écartant les mains en signe de bonne foi. Tout ce que nous voulons, c'est…

— Vous l'avez menacée de lui faire du mal si elle ne règle pas…

— Mais non, mais non, attendez !

— … les dettes de son mari décédé !

— Menacée ? Qui l'a menacée ? On vous a menacée, ma petite dame ? demande Holmes.

Ce disant, il fait un pas vers elle, ce qui doit apparaître comme une menace aux yeux de la femme qui tient le Glock, car elle le pointe de nouveau sur lui, entre les deux yeux.

— Hé ! Faites attention avec ça, d'accord ? proteste-t-il. Qui êtes-vous, d'ailleurs ? Et qu'est-ce que ça peut vous foutre si le mari…

— Agent spécial…

— … de cette femme nous doit…

— … Sally Ballew, du Bureau fédéral…

C'est trop pour Holmes. Il connaît la suite. Il n'a pas besoin d'entendre le reste. La nana aux gros nichons est du FBI. La veuve d'Eddie Glendenning leur a foutu ce putain de FBI au cul !

— D'accord, on s'en va, dit-il. Ma petite dame, oubliez que votre mari nous doit…

— Une seconde, bordel! hurle Sally.

Alice bat des paupières.

Le canon du pistolet ne tremble pas un seul instant, et il demeure pointé entre les deux yeux de David Holmes.

— Mettez ça par écrit, articule Sally.

— Hein?

— Mettez-moi ça par écrit. Felix, donne un stylo et du papier au monsieur.

— Tout de suite, répond Forbes en fourrant la main dans la poche de son veston pour en sortir un stylo à plume, le genre d'engin que Holmes croyait disparu à jamais.

Il déchire une page d'un petit carnet à couverture de cuir et le tend à Holmes avec le stylo. Holmes se tourne vers Sally en haussant les épaules.

— Écrivez, lui dit-elle.

— Oui, madame.

— « Reconnaissance de dette honorée… » Qu'est-ce que vous attendez pour écrire?

— Comment ça s'écrit, « honorée »?

Angelet lui épelle le mot. Il ne demande qu'une chose, foutre le camp d'ici. Il est prêt à signer qu'il honore n'importe quoi, pourvu qu'on le laisse partir. Il doute d'ailleurs qu'un tel papier soit légal. Et c'est cette femme qui parle d'extorsion! Il est prêt à signer l'arrêt de mort de sa propre mère si ça peut le mettre à l'abri de cette Noire du FBI avec son gros flingue. Holmes est en train d'écrire en faisant la grimace. Lui non plus, visiblement, ne tient pas à s'attarder ici.

— Reconnaissance de dette honorée, répète-t-il quand il a fini d'écrire.

— Soulignez, lui dit Sally.

Il souligne.

— Maintenant, écrivez le nom Edward Glendenning.

— Edward Glendenning.

— Et en dessous… De combien s'agissait-il, madame Glendenning?

— Deux cent mille dollars.

— Deux cent mille dollars, dit Sally.

— Deux cent mille dollars, répète Holmes en écrivant.

— Deux cent mille dollars, reconnaît Angelet avec un petit signe de tête à Holmes pour l'encourager à aller plus vite pour qu'ils puissent se tirer d'ici.

— Et maintenant, écrivez : « Acquitté en totalité. »

— Acquitté en totalité, répète Holmes, qui écrit en tirant la langue.

— Vous signez tous les deux.

Holmes signe. Angelet lui arrache ensuite le stylo des mains pour signer avec un paraphe. Il remet le capuchon du stylo et le rend à Forbes.

— Remettez ce papier à Mme Glendenning, commande Sally.

Holmes s'exécute.

— Merci, lui dit Alice.

— Il n'y a vraiment pas de quoi, madame, fait Holmes.

— La dette est épongée. Vous êtes bien d'accord ? demande Sally.

— Oui, madame, la dette est épongée, répète Holmes.

— Elle est épongée, reconnaît Angelet en hochant la tête.

— Ce qui signifie que vous n'avez plus aucune raison d'ennuyer cette femme, d'accord ?

— C'est d'accord, fait Angelet.

Jusqu'à aujourd'hui, il se disait que ce ne serait peut-être pas désagréable de coucher avec une Noire. Mais il vient de changer définitivement d'avis.

— Pour votre information, précise Sally, je vous signale que si vous décidez d'entrer de nouveau en contact avec Mme Glendenning, vous vous rendrez coupable d'extorsion au second degré, un délit passible, selon les lois de l'État de Floride, d'une peine de quinze ans de prison au maximum et d'une amende de dix mille dollars. Sans compter le procès de droit civil qui vous pendra au nez si vous reniez le document que vous venez de signer. Vous voulez un conseil ?

Les deux hommes la regardent comme des gamins qui ont chahuté en classe et se retrouvent dans le bureau du principal.

— Retournez dans le trou d'où vous sortez et ne revenez plus jamais par ici.

– C'est un bon conseil, madame, murmure Angelet. On peut s'en aller, maintenant ?

– Allez, dit Sally en pointant le museau de son Glock vers la porte.

Ils disparaissent en un clin d'œil. Alice va écarter le rideau devant la fenêtre. Elle voit la Cadillac blanche qui démarre dans un crissement de pneus sur le gravier et s'engage dans la rue en bouffant de la gomme. Derrière elle, Sloate dit à Sally :

– Ce papier que vous leur avez fait signer, ça n'a aucune espèce de valeur.

– Je sais, répond Sally.

Alice aimerait bien pouvoir se comporter comme Sally Ballew vient de le faire. Elle est en train de se dire que, dès l'instant où elle a connu Edward Fulton Glendenning, elle a été dépendante de lui en toutes choses. Et dès l'instant où Ashley est née, et plus tard son frère, elle est devenue de plus en plus dépendante de son mari, jusqu'au moment où elle s'est complètement perdue de vue pour ne plus être qu'une extension d'Eddie, une «madame Glendenning» totalement incapable de fonctionner de manière autonome.

Elle se souvient d'une discussion qu'elle a eue avec Eddie quelques semaines avant la catastrophe. Il s'agissait d'argent, évidemment. C'était leur éternel sujet de dispute. Il n'y en avait jamais assez. Il avait beau faire des heures supplémentaires tous les soirs au bureau, devant son foutu ordinateur, à essayer de devancer les tendances du marché, ils n'avaient jamais de quoi joindre les deux bouts. Et ce soir-là...

– J'ai investi dans des actions.

– Encore ? Et quand commenceront-elles à rapporter, Eddie ? Toutes nos économies sont en train de fondre comme neige au soleil. Chaque mois, quand je reçois les relevés, je...

– Écoute, je ne suis pas devin, Alice. Je me décarcasse pour subvenir à nos...

– Arrête avec ça, Eddie. Envoyez les violons, ça va me faire pleurer.

– Si l'argent te préoccupe tant que ça, pourquoi ne prends-tu pas un emploi de serveuse au McDo ?

— J'ai déjà une occupation à temps plein. J'élève tes enfants.

— Je voulais parler d'un vrai job.

— C'en est un, Eddie.

— Je sais, je sais, tu me l'as dit cent fois.

— J'aurais un vrai emploi si...

— Et c'est reparti.

— Si j'avais accepté la proposition de Denise quand...

— Mais bien sûr. Tu aurais ta boîte de prod aujourd'hui.

— Je serais quelqu'un, Eddie. Au lieu d'être l'épouse d'un homme qui pense qu'élever deux enfants ce n'est pas un vrai...

— Tu m'emmerdes avec tes enfants !

— Comment oses-tu...

— Tu n'arrêtes pas de t'en servir comme excuse pour ne pas...

Elle se rue sur lui toutes griffes dehors. Ses yeux lancent des éclairs. Elle est prête à le frapper pour avoir dit des choses pareilles.

— Non, maman !

C'est la voix de Jamie.

Elle se retourne. Il est dans l'encadrement de la porte de la chambre à coucher, les yeux pleins de larmes.

— Ne fais pas de mal à papa, dit-il.

Elle le prend dans ses bras.

Elle le serre très fort.

— Pardonne-moi, mon chéri, dit-elle. Maman te demande pardon.

Trois semaines plus tard, Eddie se noie dans le golfe.

Elle se demande, aujourd'hui, si Jamie a cessé de parler parce qu'il a surpris leur dispute dans la chambre, et s'il la rend responsable de la mort de son père.

Ashley parle tout bas parce qu'elle ne veut pas que Christine ou son père entendent ce qu'elle dit. Elle sait qu'ils vont partir à la tombée de la nuit. C'est ce qu'elle les a entendus dire. Et elle a peur de ce qui va se passer quand ils partiront.

— Papa a dit qu'il nous avait kidnappés. Tu sais ce que ça veut dire, Jamie ?

Son petit frère hoche la tête en faisant la grimace.

— Et il a demandé une rançon. Tu comprends ce mot, « rançon » ?

Jamie lève les yeux au ciel.

– Il a dit à Christine qu'il ne pouvait pas nous laisser partir comme ça et qu'il fallait trouver une solution.

Jamie prend un air perplexe.

– Je pense qu'il a peur qu'on le dénonce, continue Ashley.

Jamie l'écoute à présent avec attention.

– Je crois qu'il veut nous noyer, Jamie.

Leur premier indice sérieux provient d'un coup de téléphone à Calusa Springs. La fille de l'agence immobilière Barker leur demande :

– Pourquoi cet intérêt soudain ?

– Que voulez-vous dire par là ? fait Sally.

– C'est le second appel que nous avons aujourd'hui concernant une femme noire accompagnée d'une blonde.

– Ah ! Expliquez-vous.

Sally a tous ses sens en alerte. Alice le voit à sa posture, à son attitude. Elle ne sait pas ce qu'on lui a dit à l'autre bout de la ligne, mais c'est sans doute important.

– Un policier a appelé il y a environ une heure, lui dit la fille. Il voulait des renseignements sur deux femmes qui voyagent ensemble, une blonde et une Noire qui auraient pris récemment une location à Calusa. Je lui ai répondu que je n'avais loué aucun logement à des personnes répondant à cette description.

– Ni à une certaine Clara Washington ? demande brusquement Sally.

– D'où sortez-vous ce nom ? demande la fille de l'agence.

– Et vous, comment le connaissez-vous ?

– Elle m'a appelée il y a environ deux mois pour me dire qu'elle avait vu sur Internet que nous avions des villas à louer. Elle voulait savoir le prix et si nous avions quelque chose de libre pour avril-mai.

– D'où téléphonait-elle ?

– De La Nouvelle-Orléans.

– Et vous dites qu'elle a appelé quand ?

– Vers la mi-mars.

– Elle a dit qu'elle se nommait Clara Washington?

– Oui.

– Elle vous a donné une adresse?

– Non, mais elle m'a laissé un numéro de téléphone. Elle est recherchée? Elle a fait quelque chose?

– Pourriez-vous me donner ce numéro?

– Nous ne l'avons plus, désolée. Il fallait qu'elle nous verse cent dollars d'avance si elle voulait qu'on lui réserve cette location. Et elle devait confirmer dans les dix jours. Comme elle n'a plus donné signe de vie, j'ai détruit sa fiche.

– C'était un numéro à La Nouvelle-Orléans, vous en êtes sûre?

– Préfixe 504. C'est La Nouvelle-Orléans, non?

– C'est bien ça. Mais parlez-moi de ce policier qui vous a appelée. Il vous a donné son nom?

– Oui.

– Vous vous en souvenez?

– Ça s'est passé il y a une heure, il est normal que je m'en souvienne.

– Pouvez-vous me donner ce nom?

– Ralph Masters.

Sally se contente de hocher la tête.

Alice comprend qu'elle est sur une piste. Il y a peut-être un Dieu, finalement.

– Merci beaucoup, dit Sally.

Elle raccroche et se tourne vers Carol et Alice, assises côte à côte sur le canapé du séjour.

– Madame Matthews? dit-elle.

– Oui? fait Carol.

– Votre mari s'appelle bien Rafe, n'est-ce pas? Rafe Matthews?

– Oui.

– A-t-il déjà utilisé le nom de Ralph Masters?

– Non. Ralph Masters? Pourquoi ferait-il une chose pareille?

– Simple curiosité. Mêmes initiales. Il est possible qu'il soit allé fourrer son nez dans des affaires qui ne le regardent pas. (S'adressant à Alice.) Nous allons vous quitter un petit moment.

– Que se passe-t-il? demande Alice.

— Clara Washington a appelé la Floride à partir de La Nouvelle-Orléans. Si la compagnie du téléphone nous fournit les informations dont nous avons besoin...

— Qu'est-ce que mon mari a à voir avec cette femme ? demande Carol.

— Il a téléphoné à Calusa Springs pour demander si elle n'avait rien loué là-bas.

— Ça m'étonnerait que ce soit lui, fait Carol en secouant la tête. Rafe est en ce moment sur la route d'Atlanta. En fait, il est probablement à la maison à l'heure qu'il est.

— C'est possible, dit Sally en se tournant vers Sloate.

Elle a l'air décidée et efficace. Pas un geste de trop, pas une parole superflue.

— Marcia et vous, vous avez sans doute envie de regagner votre bureau, Wilbur, murmure-t-elle.

— Pour quelle raison ?

— Pour nous aider à retrouver ce numéro d'où Clara Washington a appelé vers la mi-mars. De La Nouvelle-Orléans à l'agence Barker de Calusa Springs. Sachant à quel point la compagnie du téléphone est habituellement... *coopérative* avec nos services...

Elle marque un temps d'arrêt.

— Nous avons peut-être intérêt à tenter notre chance chacun de notre côté, finit-elle.

— Que se passe-t-il ? demande Alice. Mettez-nous au courant, nous avons le droit de savoir.

— Ça ira si nous vous laissons seule un moment ? demande Sally.

— Elle n'est pas seule, fait Carol, vexée.

— Vous pouvez me joindre à ce numéro en cas de nécessité, reprend Sally en tendant à Alice une carte qui porte le sceau du FBI.

Deux minutes plus tard, tous les policiers ont vidé les lieux.

— Il me faudrait une carte routière, murmure Carol.

Elle sort en chercher une dans l'Explorer.

— C'est où, Calusa Springs ? demande-t-elle à Alice.

La carte est étalée sur la table de la cuisine.

– Environ une demi-heure au sud de l'endroit où nous sommes, lui dit Alice. C'est sur la 41.

– Pourquoi Rafe appellerait-il le sud alors qu'il se dirige vers Atlanta, au nord ?

– Je n'en sais rien, fait Alice.

Elle se demande ce que Sally Ballew a l'intention de faire avec un numéro de téléphone de La Nouvelle-Orléans, si la compagnie veut bien lui en fournir un. En quoi cela les aidera-t-il à retrouver cette Clara Washington – si toutefois c'est son vrai nom – et la blonde qui l'a aidée à kidnapper les enfants ?

– Pourquoi avoir contacté des agences immobilières ? se demande Carol à haute voix. Et pourquoi mon mari aurait-il utilisé ce nom de Ralph Masters ?

– Je n'en sais absolument rien, murmure Alice.

Mais elle se souvient soudain de ce que Clara Washington lui a dit au téléphone jeudi soir.

Si vous ne venez pas seule à la station-service, vos enfants mourront. Si vous n'avez pas l'argent avec vous, vos enfants mourront. Si quelqu'un essaie de m'arrêter, vos enfants mourront. Si je ne suis pas de retour là où je dois être une demi-heure après, ils mourront.

– Je n'aime pas du tout cette femme, et toi ? murmure Carol.

– Je pense qu'elle connaît son boulot.

Si quelqu'un essaie de m'arrêter, vos enfants mourront.

– Je la trouve un peu trop autoritaire, déclare Carol.

Si je ne suis pas de retour là où je dois être une demi-heure après, ils mourront.

Une demi-heure, se dit Alice.

Ils sont à une demi-heure de la station Shell au croisement de Lewiston et de la 41 !

– Montre-moi un peu cette carte, demande Alice en l'arrachant à sa sœur.

Elle regarde l'échelle et mesure en gros cinquante kilomètres au nord, au sud, à l'est et à l'ouest de la station.

Port Lawrence au nord.

La réserve naturelle à l'est.

Compton Acres au sud-est sur la 884.

Calusa Springs au sud.

– Tu fais quoi au juste ? demande Carol. Tu cherches quoi ?

Et à l'ouest, les keys et le golfe du...

– Ils sont à bord d'un bateau ! s'exclame Alice.

Elle trouve la carte que lui a laissée Sally Ballew, se rue sur le téléphone et compose le numéro.

– FBI, répond une voix d'homme.

– Sally Ballew, s'il vous plaît.

– Un instant.

Elle attend. On entend le téléphone sonner à l'autre bout de la ligne.

– Agent spécial Warren Davis, fait une autre voix d'homme.

– Sally Ballew, s'il vous plaît.

– Désolé, mais elle est absente pour le moment. En quoi puis-je vous aider ?

– Pouvez-vous lui transmettre un message dès son retour ? Dites-lui qu'Alice Glendenning a appelé.

– Entendu, madame.

– J'ai pensé à quelque chose que personne n'avait envisagé jusqu'ici.

– Oui, madame. Et peut-on savoir quoi ?

– Il est possible que mes enfants soient détenus à bord d'un bateau. Nous avons fait le tour des logements possibles, mais il se peut qu'ils soient sur l'eau. Elle aurait intérêt à alerter les garde-côtes ou je ne sais qui...

– Très bien, madame. Je transmettrai.

– Merci, dit Alice.

Il y a un déclic sur la ligne. Elle a l'impression de n'avoir pas été prise au sérieux. Elle remet le combiné sur son support. Elle le fixe d'un regard furieux et incrédule quand cela sonne soudain.

Elle décroche aussitôt.

– Allô ?

– Madame Glendenning ?

– Oui.

– Ici Rosie Garrity. Ne raccrochez pas, s'il vous plaît, madame.

– Qu'y a-t-il, Rosie ?

– Mon mari, vous voyez qui c'est ? George.

– Oui, Rosie.

– Il est serveur sur Siesta Key, à Sarasota. Dans un restaurant qui s'appelle *La Licorne*.

– Oui, Rosie. Et alors ?

– Il était à son travail hier soir quand un homme est entré pour dîner, accompagné d'une femme noire.

– Oui ?

– George a cru le reconnaître, et il est allé lui parler. Il s'est présenté...

– Rosie, où diable voulez-vous en venir avec cette...

– Vous vous souvenez, quand je suis tombée en panne de voiture un samedi et que George a été obligé de me conduire chez vous ? Il a croisé M. Glendenning, qui allait chercher son journal dans la boîte aux lettres.

Alice, soudain, l'écoute avec une attention extrême.

– Eh bien, George a cru reconnaître M. Glendenning hier soir dans son restaurant. Votre mari, madame.

– Rosie, qu'est-ce qui peut vous faire croire une chose pareille ?

– Il avait exactement la même taille, les mêmes yeux bleus et les mêmes cheveux blonds.

– Ça ne prouve rien, Rosie.

– Mais ils sont beaucoup plus longs, aujourd'hui. Ils lui arrivent à l'épaule.

– Que voulez-vous insinuer, Rosie ?

Silence à l'autre bout de la ligne.

– Rosie, vous dites que cet homme avait les cheveux longs. Que cherchez-vous à me faire croire ? Qui était cet homme ?

– Que Dieu me pardonne, madame, mais je pense que c'était lui. Votre mari !

– Vous savez bien que c'est impossible, Rosie !

– Je sais, je sais. Votre mari s'est noyé l'année dernière. Alors comment est-ce que je peux croire qu'il était dans ce restaurant hier soir ?

M'man ! J'arrive pas à y croire !

Les paroles de sa fille au téléphone.

– Mais cet homme a payé avec une carte de crédit, et le nom de famille sur la carte était Graham, mais le prénom était Edward.

Seigneur ! se dit Alice.

– Alors, je ne peux pas m'empêcher de me dire que…

– Mon Dieu ! s'écrie-t-elle tout haut.

– Madame Glendenning, supplie Rosie, ne soyez pas fâchée, s'il vous plaît. Ne me mettez pas à la porte. Il fallait que je vous en parle.

– Je ne vous mets pas à la porte, Rosie. Merci d'avoir appelé, mais il faut que je raccroche, à présent.

– Madame Glendenning, vous croyez que ça pouvait réellement être…

Alice remet le combiné sur son support.

Son cœur bat très fort.

– Qu'y a-t-il ? demande Carol.

– Eddie est vivant.

– Hein ?

– Il est vivant. Il était au restaurant hier soir avec cette Noire. Il est vivant, je te dis !

– C'est impossible !

– Je t'assure.

Elle va dans la salle de bains prendre le .32 dans le tiroir du haut de la commode.

– Viens, dit-elle à sa sœur.

13

– C'est lui qui a enlevé les enfants, dit Alice. Avec cette Noire. Je ne sais pas qui c'est.

Elles remontent Lewiston Point Road. Alice se dit qu'elle ne sait pas qui est cette femme, mais elle ne sait pas non plus qui est Edward Graham. Edward Fulton Glendenning n'est plus. Ces deux personnes lui sont complètement étrangères.

– Il a l'habitude des bateaux, dit-elle. Il serait plus à l'aise dans un bateau, et ce serait moins visible que dans un hôtel ou un motel. Et puis on a emmené les enfants là-bas il y a quatre ans, et ils ont adoré ça. Ils se sentiraient en sécurité dans cet endroit.

– Mais quel endroit, Alice ? Où allons-nous ?

– Marina Blue. C'est ce qu'Ashley essayait de me dire au téléphone. Ni Maria ni Marie, mais Marina Blue. Sur Crescent Island. À une demi-heure de la station Shell.

Les deux femmes demeurent silencieuses durant un bon moment.

Le 4x4 Mercedes cahote sur Lewinston Point Road, qui est devenue depuis quelques minutes un simple chemin de terre au lieu d'une route asphaltée criblée de nids-de-poule. La piste est bordée des deux côtés de palétuviers énormes. On entend le bruit de l'eau qui clapote. Le soleil est en train de se coucher. Au cap, la nuit tombe tout d'un coup, surtout quand on se trouve au bord de l'eau, lorsque le ciel vire du rouge au violet, puis au bleu, puis au noir, avec une rapidité à vous couper le souffle.

– C'est pour ça que les enfants sont montés dans la voiture, dit Carol en hochant la tête. Ce n'était pas quelqu'un d'inconnu, c'était leur père.

C'était, se dit Alice.

C'était leur père.

Dieu sait en quoi il s'est transformé aujourd'hui.

Eddie a réglé la note de la marina, il a fait le plein et a ramené le bateau à son mouillage. Christine sait qu'il a l'intention de partir à la tombée de la nuit. C'est tout ce qu'elle sait. Quand elle monte sur le pont, elle le trouve assis à côté du gouvernail, tout seul, silencieux, en train de fumer une cigarette. Il relève le coussin pour lui faire de la place sur la banquette capitonnée. Elle s'assoit à côté de lui et lui prend la main gauche. Il fait très chaud ce soir, mais sa main est glacée.

– Ça va ? lui demande-t-elle.

– Oui, ça va. Que font les enfants ?

– Ils regardent la télé.

Eddie hoche la tête.

– Quand est-ce qu'on rappelle Alice ? demande Christine.

– Il n'y a pas urgence.

– Il faut qu'on lui dise où on va laisser les enfants.

– Je sais.

Tout en hochant la tête, il tire une longue bouffée de sa cigarette.

Ils ne disent rien pendant un bon moment.

Au loin, un poisson fait un bond hors de l'eau.

Puis tout redevient calme et silencieux.

– On va les laisser là comme ça, sur le quai ?

– Non, ce n'est pas ce que j'avais en tête.

– Je croyais qu'on devait appareiller…

– C'est exact.

– À la tombée de la nuit.

– Oui.

– On y est presque, Eddie.

– Je sais.

– Alors, où est-ce qu'on va les laisser ?

— Tu comprends…, commence-t-il.

Il secoue la tête sans pouvoir continuer.

Elle le regarde.

— Ils m'ont vu, dit-il.

Il tire sur sa cigarette.

— Ils savent que je suis vivant, continue-t-il.

Elle ne l'a pas quitté des yeux.

— On ne peut pas les laisser partir comme ça, dit-il.

— On ne peut pas les emmener non plus, Eddie. La police va les chercher partout où nous…

— Je le sais aussi.

— Il faut qu'on les laisse partir, Eddie.

— Mais c'est impossible, tu ne comprends pas ?

— Alors, qu'est-ce que…

Il tire de nouveau sur sa cigarette.

— On part dans cinq minutes, murmure-t-il en consultant le cadran lumineux de sa montre. On met le cap droit sur le golfe.

— Je ne saisis pas. Et les…

Il ne répond pas.

Il se détourne de son regard scrutateur et jette sa cigarette par-dessus bord. Elle forme un arc de cercle rougeoyant dans le noir récent de la nuit et touche l'eau avec un bref sifflement d'extinction.

Elles arrivent à l'embarcadère juste au moment où le ferry se prépare à partir. Alice se gare à côté d'une Taurus rouge. Carol descend d'un bond et gesticule en direction du matelot qui hale déjà les cordages. Elle crie au capitaine dans sa timonerie de les attendre. Alice claque la portière du 4x4 et elles se mettent à courir.

— Ne vous en faites pas, vous avez largement le temps, leur dit le matelot.

Le ferry ne transporte que des passagers. Il ne prend pas de voitures. Il y a une demi-douzaine de personnes à bord quand le capitaine actionne une dernière fois sa sirène. Le bateau décrit un large cercle, met le cap sur Crescent Island, qui se trouve à un millier de mètres de là de l'autre côté du goulet.

Dix minutes plus tard, le bateau accoste.

La nuit est douce et sereine

Eddie a déjà mis les moteurs en marche.

Le *Sundancer* danse contre le quai.

Les deux femmes surgissent dans le noir et se déplacent vers l'endroit où il est à terre, penché sur l'amarre de proue. Il ne les reconnaît que lorsque le lampadaire voisin les éclaire. Il secoue la tête et sourit, car Alice a l'air ridicule à clopiner ainsi sur le quai avec son pied dans le plâtre. Mais quand il voit le pistolet dans sa main, son sourire devient jaune. Il dégage l'amarre du bollard et la lance sur le pont. L'instant suivant, il saute à bord et se penche pour ouvrir le coffre de rangement à côté du gouvernail.

— Où sont les enfants ? crie Alice.

Il est déjà à la barre.

Elle ne lève le pistolet que lorsqu'elle s'aperçoit que c'est une arme qu'il a sortie du compartiment de rangement.

— Lâche ça ! hurle-t-il.

Le .32 tremble violemment dans la main d'Alice.

— Donne-moi les enfants et va-t'en, lui dit Alice. Tu es Edward Graham, à présent. Tu peux oublier tout le reste.

— Mais toi, tu oublieras ? demande-t-il avec l'ombre d'un sourire. Et ta sœur, et les enfants ?

L'arme qu'il tient à la main est un Glock 9 mm, énorme et menaçant. Il est pointé sur son visage.

— Tu sais quel est le tarif pour un kidnapping dans l'État de Floride ? demande-t-il.

Il a presque dit cela sur le ton de la conversation. On croirait qu'il fait un speech sur l'art d'investir dans des actions de croissance.

— Tu peux quitter la Floride, lui dit-elle. Emmène ta copine et…

— Ma femme, rectifie Eddie.

— Ta… ?

— Le kidnapping, c'est la prison à perpétuité, Alice. Si jamais ils nous prennent…

— Personne ne te poursuivra, Eddie. Laisse partir les enfants et c'est tout !

– Non. Je ne peux pas faire ça.

Il met les moteurs en marche arrière.

Elle entend un déclic dans le noir.

C'est la sécurité de son pistolet ?

Il a ôté la sécurité de son arme ?

Deux voix s'élèvent simultanément.

– Ne fais pas ça, Eddie !

– Non, papa !

La première voix, Alice l'a entendue plusieurs fois au téléphone. Et c'est aussi la voix de la femme qu'elle a vue sortir des toilettes de la station Shell et qui monte à présent sur le pont, les mains tendues vers Eddie pour le supplier. *Sa femme*, se dit Alice. *Sa femme.*

La seconde voix, Alice ne l'a plus entendue depuis le jour où on leur a annoncé qu'Eddie s'était noyé dans le golfe.

La seconde voix, c'est celle de son fils adoré, Jamie.

– Ne fais pas de mal à maman !

La voix de son fils ne produit aucun effet sur Eddie. Il tient toujours le Glock de la main droite, pointé sur la tête d'Alice. Sa main gauche est sur la roue du gouvernail en inox. Il se prépare à manœuvrer pour éloigner le *Sundancer* du quai.

C'est l'homme qui a chaussé son pied, un jour, d'une pantoufle bleu nuit.

L'homme qu'elle a aimé naguère de tout son cœur.

Elle ferme les yeux.

Elle les rouvre aussitôt, et elle tire.

Elle tire encore une fois.

Et une autre.

Le sang gicle sur son ciré jaune. Elle le voit s'écrouler sur la roue du gouvernail. Le bateau fait une embardée et heurte violemment le quai. Alice laisse tomber le pistolet et saute à bord. Elle se précipite vers son fils qui se tient, tremblant, devant la double porte à lamelles qui conduit en bas. La femme noire dont elle ne connaît toujours pas le nom ne dit rien. Son regard est mobile, calculateur.

– Maman ?

Ashley monte sur le pont, les yeux écarquillés.

Elle jette un coup d'œil à son père, affaissé, inerte, contre la roue en inox du gouvernail rougie de sang. Puis elle se jette elle aussi dans les bras d'Alice.

La femme noire hésite encore un instant, puis saute soudain sur le quai.

— Ah, non ! fait Carol en pointant le pistolet sur sa tête.

Ils ont appelé toutes les agences immobilières et tous les bureaux de location qu'ils ont trouvés dans les Pages jaunes. Ils se sont même rendus en personne dans une agence, mais ils n'ont pas obtenu le moindre renseignement concernant une femme blonde et une femme noire qui auraient loué un logement quelconque depuis deux mois. Ni avant, au demeurant.

Il ne leur reste donc rien d'autre à faire que de s'envoyer en l'air une fois de plus.

Rafe se dit par la suite, tandis qu'ils récupèrent, épuisés et moites, sur les draps froissés du lit de Jennifer, qu'il y a un certain moment de la journée, ici en Floride, où une chape de silence semble tomber sur tout le pays. La circulation s'arrête, les rues se vident d'un coup, et même les insectes et les oiseaux semblent se figer subitement. Au-dessus de leurs têtes, le ventilateur du plafond tourne paresseusement, faisant voler la poussière qui escalade lentement des colonnes de lumière lunaire argentée. Étendu sur le dos à côté de Jennifer, Rafe se dit que c'est peut-être comme ça dans le monde entier, après tout, quand on vient de faire l'amour et qu'on se sent pleinement serein. On est envahi d'une quiétude qui donne l'impression que le cœur a cessé de battre ou qu'on est peut-être mort. Et qui favorise la méditation.

Il sait qu'il va la quitter bientôt.

Il sait qu'il va se lever pour aller se doucher dans sa salle de bains de poupée. Il va mettre son slip, son jean, sa chemise en coton bleu, ses chaussettes et ses mocassins, et il va appeler un taxi, à moins qu'elle veuille bien l'accompagner jusqu'au parking où il a laissé son camion. Il va quitter cette maison et il ne reverra plus jamais cette femme. Parce que, quoi que dise Eminem de l'occasion qui ne frappe qu'une seule fois à votre porte, ou un truc comme ça, saisir l'instant, saisir la musique, il sait que ce genre de rêve convient peut-être à un jeune rappeur sur la route des 8 miles, mais ce n'est pas pour lui, tout ça, il est incapable de faire des vers.

L'occasion a peut-être frappé à sa porte quand il a appris l'existence de ces superbillets envolés quelque part dans la nature. Et elle a peut-être continué à frapper de manière répétée quand il est tombé sur cette belle femme passionnée prête à poursuivre le même rêve que lui, mais rien à faire, impossible de dégoter ces deux nanas assises sur leur super magot. Il faut savoir saisir le bon moment et la bonne musique. Mais quand il a essayé, ses mains se sont refermées sur le vide.

Alors il sait qu'il va devoir rentrer.

Retourner vers Carol et les enfants. Oui ; et il sait aussi, au plus profond de lui-même, qu'il finira par retourner en prison, parce qu'il est récidiviste. Il est condamné à commettre sans fin la même erreur. Retourner auprès d'une épouse qu'il n'aime plus et de gamins qu'il n'a jamais désirés ; recommencer à déconner, et se faire prendre la main dans le sac ; se faire renvoyer en prison, lui le multirécidiviste qui a entendu l'occasion frapper à sa porte et a voulu lui ouvrir pour la faire entrer, mais n'a trouvé personne sur le seuil. Absolument personne.

Triste réalité.

Putain de triste réalité.

Elle le conduit jusqu'à l'endroit où il a laissé son camion. Ils restent un instant devant la cabine sous la lumière crue des lampadaires du parking. Ils se tiennent la main, les deux mains. Il lui dit combien il regrette que les choses n'aient pas marché comme il l'espérait. Il lui dit qu'il a imaginé trente-six manières de dépenser ensemble tout ce fric s'ils avaient pu mettre la main dessus. Il lui dit qu'il n'a jamais, de toute sa vie, rencontré une femme comme elle, et que ces quelques jours qu'il a passés avec elle ont été les plus heureux de sa vie. Il tient à ce qu'elle croie cela. Il lui explique qu'il a deux ou trois choses à régler en rentrant à Atlanta, mais qu'il reviendra ici en Floride dès que ce sera fait. Et qu'il espère qu'elle patientera.

– Attends-moi, s'il te plaît, Jenny, murmure-t-il.

Elle lui a défendu de l'appeler ainsi, mais il l'a déjà oublié.

Sans lui lâcher les mains, il l'attire tout contre lui et l'embrasse sur la bouche. Elle répond à son baiser. Ils s'écartent l'un de l'autre au bout d'un moment, et il hoche la tête silencieusement et solennellement. Puis il lui lâche les mains et grimpe dans la cabine du camion. Il baisse la vitre.

– Je reviens bientôt, promet-il.

Il met le moteur en marche.

Elle le regarde manœuvrer sur le parking. Elle le regarde rouler vers la sortie. Avant de s'engager sur la 41 nord, il lui fait un grand signe de la main par la fenêtre. Puis il s'en va.

Elle regagne sa décapotable rouge. Elle met la clé de contact en place, mais demeure un bon moment sans la tourner. Puis, à haute voix, elle s'écrie :

– Ce sont tous les mêmes, ces mecs ! Des vrais salauds !

Elle met le moteur en route, allume la radio, augmente le volume et quitte le parking.

LUNDI
17 MAI

14

Sally Ballew appelle son chef à 8 h 30 du matin. D'une voix qui jubile, elle lui dit que la compagnie du téléphone GTE a pu retrouver le numéro de La Nouvelle-Orléans d'où est parti l'appel à l'agence immobilière Harper de Calusa Springs.

Ma Bell[1], à La Nouvelle-Orléans, a pu leur fournir le nom de l'abonné titulaire de ce numéro. Ce n'était pas Clara Washington, mais Edward Graham, avec un seul prénom.

Le bureau local du FBI, explique Sally, a pu obtenir la liste des appels passés à partir du poste d'Edward Graham en Floride, à Cape October, plus précisément. Et l'un des numéros appelés était celui d'une marina de Crescent Island.

En téléphonant à cette marina…

– Qui s'appelle Marina Blue, soit dit en passant, continue Sally. Je pense que c'est ce que la petite fille essayait de dire à sa mère au téléphone…

– Hum…, fait Stone.

– En leur téléphonant, donc, nous avons pu avoir confirmation qu'un individu qui se fait appeler Edward Graham a loué un emplacement dans cette marina pour avril et mai.

– Vous n'avez pas regardé la télé? demande Stone.

– La télé? Non. Pourquoi?

– Ça passe sur toutes les chaînes depuis hier soir.

---

1. Surnom de la compagnie de téléphone AT & T.

– Qu'est-ce qui passe sur toutes les chaînes ?

– La femme l'a descendu. Elle l'a eu avec sa complice. Son mari avec sa maîtresse.

– Quelle femme ? De quoi parlez-vous ?

– Alice Glendenning. Son mari ne s'était pas noyé, Sally. En fait, il est toujours vivant après avoir reçu trois balles. La Noire a été arrêtée. Où étiez-vous donc, Sally ?

– Je...

Elle regarde la longue liste de numéros de téléphone qu'elle a appelés.

– Qui a effectué l'arrestation ? demande-t-elle.

– Un agent de la sécurité à la marina, répond Stone.

Il y a des caméras de télévision partout dans le jardin d'Alice quand Charlie arrive ce matin à 9 h 15. L'Explorer de Carol est toujours dans l'allée. Il se fraie un chemin au milieu des micros tendus vers lui et manque de faire tomber un jeune reporter en jouant des coudes pour arriver jusqu'à la porte.

– Vous êtes de la police ? lui demande une journaliste.

– Je suis peintre, dit-il en sonnant.

La porte s'ouvre. La foule des journalistes tente de forcer le passage, mais Charlie s'est déjà glissé à l'intérieur.

– Ça va ? demande-t-il à Alice.

– Ça va très bien, Charlie.

– Et les enfants ?

– Ils dorment.

– Ils t'ont inculpée ?

– Pas encore.

– Ils vont le faire ?

– Je ne crois pas. Ils ont dit qu'ils allaient enquêter.

– J'aurais aimé que tu la voies, fait Carol, fière de sa sœur.

– J'ai failli le tuer, Charlie.

– Tu aurais dû. Il y a du café ?

L'article de Dustin Garcia de ce matin laisse penser que *La Tribune* de Cape October, et Dustin Garcia en particulier, s'attribuent un rôle majeur dans l'identification et l'arrestation du couple qui a kidnappé les enfants Glendenning.

Sans l'histoire inventée de toutes pièces signée par l'auteur de cet article dans le Fourre-tout de notre édition dominicale, les ravisseurs ne se seraient jamais enhardis à...

Et ainsi de suite.
Peut-être pas le Putitzer, se dit Garcia, *mais pas loin.*

À 11 h 10, Reginald Webster se pointe à la porte d'Alice. Par le judas, elle voit l'armée de reporters derrière lui qui attendent patiemment l'occasion de l'apercevoir. Il semble qu'elle ait droit à un quart d'heure de gloire dont elle n'est pas particulièrement pressée de jouir.
— Tu veux que je te débarrasse de lui ? demande Charlie.
— Non, réplique-t-elle.
Elle lui ouvre la porte.
Il y a une explosion de flashs. Les caméras tournent. La jeune femme qui a demandé à Charlie tout à l'heure s'il était de la police l'interroge en criant pour se faire entendre :
— Quel effet ça fait de tirer sur son propre mari, madame Glendenning ?
— Bonjour, Alice, murmure Webb.
— Bonjour, Webb, répond Alice.
— Votre fille a été violentée ? demande un journaliste.
— J'étais inquiet, dit Webb. J'ai appris la nouvelle à la télé ce matin.
— Tout va bien, lui dit Alice.
— Tant mieux.
— Vous vouliez tuer votre mari ? hurle un autre journaliste.
— J'aimerais toujours trouver une maison dans le coin, vous savez.
— Je vous en trouverai une.
— C'est promis ?
— Promis.

– Ne m'oubliez pas, dit-il.

Il se dirige vers sa Mercury de location, garée le long du trottoir.

La jeune journaliste crie :

– Quels sont vos projets, à présent, madame Glendenning ?

Alice se contente de sourire. Elle referme la porte et va dans la cuisine rejoindre Charlie, qui a mis le café en route.

Dan SIMMONS, *Une balle dans la tête*
Jason STARR, *Mauvais karma*
Jason STARR, *La Ville piège*

Cet ouvrage a été reproduit
par procédé photomécanique par la
SOCIÉTÉ NOUVELLE FIRMIN-DIDOT
Mesnil-sur-l'Estrée
pour le compte des Éditions du Rocher
en août 2006.

Éditions du Rocher
28, rue Comte-Félix-Gastaldi
Monaco

Imprimé en France

Dépôt légal : septembre 2006
CNE Section commerce et industrie Monaco : 19023
N° d'impression : 80531